吞噬星空

典藏版 5

我吃西红柿 著

时代出版传媒股份有限公司
安 徽 文 艺 出 版 社

图书在版编目（CIP）数据

吞噬星空：典藏版. 5 / 我吃西红柿著. — 合肥：安徽文艺出版社, 2020.9（2023.4重印）

ISBN 978-7-5396-6950-2

Ⅰ. ①吞… Ⅱ. ①我… Ⅲ. ①幻想小说－中国－当代 Ⅳ. ①I247.5

中国版本图书馆CIP数据核字(2020)第072178号

TUNSHI XINGKONG DIANCANG BAN 5

吞噬星空 典藏版5

我吃西红柿 著

出 版 人：姚 巍

责任编辑：宋潇婧　卢嘉洋

装帧设计：周艳芳

出版发行：安徽文艺出版社　www.awpub.com

地　　址：合肥市翡翠路1118号　邮政编码：230071

营 销 部：(0551)63533889

印　　制：湖南天闻新华印务有限公司　电话：(0731)88387856

开本：710 mm × 1000 mm 1/16　印张：18　字数：290千字

版次：2020年9月第1版

印次：2023年4月第9次印刷

定价：32.00元

目录

CONTENTS

第194章

死刑

2258年12月27日下午，极限武馆全球总部外面的停机坪上停着许多战机，或是飞碟形战机，或是智能战机，每一架战机的价格都很昂贵。

罗峰的那架王级智能战机在这里面只能算是中等的，一点都不显眼。

今天，30多位议员来到这里。

下午15点10分，那栋巨型飞船式建筑内的最高法庭中，聚集了地球上超过一半的议员强者，还有少数有地位的战神。

“罗峰，我给你介绍一下，这位是拜格雷夫议员。”

在罗峰好友柳河的介绍下，罗峰和一些大名鼎鼎的人物相识了。

这些议员也很给罗峰面子。

“这位是朱喜议员。”柳河笑道，“也是C国人。”

朱喜身材精瘦，长着鹰钩鼻。

“朱喜议员，你好。”罗峰伸出了手。

“罗峰议员，你好。”朱喜当即和罗峰握了手。

看起来，这一幕和之前没有什么区别，罗峰心中却感叹不已。

当年陆纲战神殒身，朱喜议员去参加了悼念会，政界、商界、军方、武者圈的诸多大人物都去恭迎朱喜，那一幕给当时还是火锤小队队员的罗峰很大震撼。

一眨眼，罗峰也成了议员。

“罗峰，你看，那边那位头发花白，面无表情的先生，就是颜海议员。”柳河压低声音，“他虽然是C国人，但是他和李耀的交情非常好，你这次差点杀了李耀，便算和他结下了仇怨，想让他和你交好，是很难的。他的实力很强，有资格冲击第五议长的席位。不过，你放心，他不敢招惹极限武馆的人。当然，你也别去招惹他。”

罗峰看了颜海一眼，只是笑笑。

待他修炼九九煅神，修为跨入行星级一阶，别说是颜海，就连第三议长也不会是他的对手。

远处的颜海面无表情，他看了罗峰一眼，发出冷哼声。

大涅槃时期，颜海和李耀一同闯荡，经历了生死时刻，交情很深。

罗峰要杀李耀，因而颜海很恨罗峰，无奈罗峰是极限武馆的人，颜海只能忍住不动手。

“那就是罗峰！”

“听说他操控暗器时，冲击力极强，能媲美一些议员。”

“那又如何？他毕竟还没有突破，移动速度和战斗方式不如我等迅速、灵活。若是真的和议员厮杀，他恐怕一个都击败不了。”

“有的议员能操控火焰，有的议员能操控寒冰，攻击时防不胜防，的确比他厉害。”

法庭旁听席的一些议员低声议论着。

同时，他们周围有一道屏障，防止谈话声被罗峰听到。这些行星级强者都不想和罗峰结仇，只是内心都很嫉妒罗峰。

罗峰的潜力很大，只达到战神级巅峰，就拥有如此强的攻击力，等将来他的修为突破到行星级，绝对会成为翘楚。他们如何不嫉妒？

“他的潜力大又怎么样，真的和我们相斗，还是弱一些的。”

这就是不少议员心中的想法。

罗峰和诸多议员交谈了一下，他便察觉到这些议员在刻意和自己保持距离，只有极限武馆的巡察使们和他比较亲近。

“第一议长和第二议长来了。”

"洪和雷神。"

旁听席上的议员和部分战神全部安静下来。

只见从法庭侧门走出一个黑衣男子，还有一个穿着白色长袍的光头男子，两人一前一后走向旁听席最前面的位置。

洪目光冷厉，极有气势，而雷神身上散发出一种让人心颤的气息。

"洪，行星级七阶！"

"雷神，行星级六阶！"

罗峰看着这两人，心中大惊。

洪的神情冷漠。

雷神身穿白色长袍，脸上满是笑容，却让人心生畏惧。

这就是地球上的两大强者。

论身体素质，雷神是超越洪的，不过因为洪拥有自己的领域，实力又比雷神强。

当洪和雷神到来后，法庭很快就开庭了。

罗峰坐在原告席上，而李耀和维妮娜戴着手铐和脚镣站在被告席上。

此次是审判两名高级战神，这在历史上是很少见的。

下午4点20分，法庭就做出了宣判。

"李耀和维妮娜·波莱纳斯指使他人谋杀议员家属，罪名成立，判处死刑，立即执行！"

被告席上的李耀和维妮娜脸色微变，其实早在审判前，他们就预料到了这个结果。

"罗峰！"

李耀和维妮娜都死死地盯着原告席上的罗峰。

罗峰瞥了两人一眼。

李耀夫妇竟然敢对付他的家人，他绝对不能让这样的祸害活着，否则就是对自己家人的安全不负责。

"李耀，交出黑神套装！"两位议员对李耀喝道。

李耀环顾了一下法庭，法庭中的议员超过了30位，现场还有第一议长洪和第二议长雷神，要杀他是轻而易举的。他虽然不甘心，但只能将黑神套装交出。

“押送犯人去荒野区，执行死刑。”审判官冷冷地说道。

负责押送犯人去执行死刑的是两位议员，分别是来自极限武馆的柳河和雷电武馆的阿木罕，而罗峰得到批准，可以一起去。

乾坤级智能战机中。

李耀和维妮娜都戴着手铐和脚镣，受到罗峰、柳河、阿木罕的监视。

“罗峰，”维妮娜恶狠狠地盯着罗峰，“你有本事的话，昨天应该在基地市直接杀了我们，没想到，你竟然通过战神宫法庭来审判我们，你这个无耻的浑蛋，我死都不会……”

“闭嘴！”坐在对面的柳河不满地呵斥道。

“我都要死了，还能怕你？”维妮娜冷笑道。

李耀则死死地盯着罗峰，一声不吭。

“虽然你追杀过我，但是后来我并没有找你的麻烦，任由你安心地待在P基地市。”罗峰冷冷地看着李耀，“可我没想到，我的死讯一传出，你就立即对我的家人动手。我不杀你，枉为人子。”

李耀依旧沉默。

“罗峰，我就是死了，也不会放过你！”

李耀的心中一直在咆哮，可是纵有千般恨万般怨，当他被杀之后，一切都成空了。

“我不甘心，我不甘心就这么死！”李耀在心中怒吼道。

乾坤级智能战机缓缓降落。

“下去！”

李耀和维妮娜戴着脚镣，小步往下走，走到了无边的荒野之中。

“柳河，”旁边的阿木罕说道，“你杀李耀，我杀维妮娜。”

“没问题。”柳河应道。

阿木罕缓步走向维妮娜。

维妮娜的眼中满是怨恨。

阿木罕靠近维妮娜的时候，腰间的弯刀瞬间出鞘。

一道亮光划过，欲避让开来的维妮娜，身体一颤，便一动不动了。

“维妮娜！”李耀看了一眼维妮娜的尸身，不由得闭上眼睛。

“人死了，就一切都成空了。我能怎么样，我真的不甘心啊！”李耀既愤怒又不甘心地说。

死亡并不可怕，等待死亡却是很煎熬的。

“李耀，维妮娜……”罗峰瞥了维妮娜的尸身一眼，又看向李耀，“我们就此了结恩怨吧。”

“罗峰，要不你来动手？”柳河看向罗峰。

“你动手吧！”罗峰说道。

柳河朝李耀走了过去。

李耀的身体微微颤抖，他紧紧地闭着眼睛，眼角隐隐有泪痕。

“李耀，去死吧！”

“哧！”周围的光线猛地扭曲，原本一动不动的李耀竟然猛地后退。

“啊——”

李耀仰头咆哮，双拳一用力，挣脱手铐，双脚一用力，脚镣碎裂开来。

“罗峰！”李耀猛地冲天而起，“我一定会杀了你！”

“想逃？做梦！”

罗峰怒喝一声，脚踏遁天梭，冲天而起。

第195章

李耀身死

“追！”

柳河和阿木罕没有丝毫犹豫，立即冲天而起。

行星级强者都可以御空飞行，这是从学徒级武者突破到行星级武者的最大优势。不过，在空中飞行是无法利用双腿力量的，所以飞行速度远远不及地面奔跑的速度。

“好快！”

“罗峰的速度也很快！”

柳河和阿木罕看见李耀和罗峰一前一后迅速飞入高空，消失在他们的视野中。

“李耀的特殊能力应该是光线。”柳河皱眉道，“他和馆主一样，拥有光线这种特殊能力，他的飞行速度比我们快很多，我们追不上了。”

行星级武者之所以被称为“真正的武者”，是因为修为达到了行星级，武者才拥有特殊能力。

“连接馆主。”柳河连忙打开通信手表。

“连接馆主。”阿木罕也打算和雷神联系。

很快，他们的通信手表接通了。

“馆主，在行刑的关键时刻，李耀突破到了议员的级别。而且，他的特殊能力应该是光线，速度非常快。他刚才冲天而起，罗峰已经追过去了，我和阿木罕都没能追上。”柳河立即禀报。

阿木罕也向雷电武馆馆主禀报了这个情况。

之后——

“走，我们乘坐战机去追李耀。”柳河当即召唤乾坤级智能战机。

其实两人心里都清楚，即便乘坐智能战机追过去，也未必能杀得了李耀。

智能战机的飞行速度的确远超议员，可是当智能战机追上后，柳河和阿木罕还是要从智能战机中飞出来，而后去追杀李耀。

但他们的速度不如李耀，根本追不上。

极限武馆全球总部，宴会厅。

这次来了30多位议员，极限武馆当然不可能让诸多议员强者特意跑来，就为了参加一场宴会。对议员强者而言，两位战神的死……只是一件小事而已。对此事很介意的可能只有颜海。

“什么？”洪脸色微变。

“突破了？!”雷神接到禀报后，也大吃一惊。

整个宴会厅一下子安静了下来。

洪直接下令：“妖娆，弗拉基米尔。”

“在！”妖娆上前一步。

一个黑人也上前一步。

“你们乘坐我的洪荒级智能战机，去帮助罗峰击杀李耀。”洪冷冷地说道，“李耀现在修为已经突破，达到议员的级别，他的特殊能力是光线。你们俩速速出发！”

“是！”

妖娆和弗拉基米尔迅速离开宴会厅，乘坐洪荒级智能战机前往荒野区。

顿时，宴会厅一下子沸腾了。

“李耀突破了？！”

“临死前，他的修为竟然突破了，真是够厉害的，而且，他的特殊能力还是光线。”

议员们小声议论。

角落中的颜海脸上难得地有了一丝笑容，暗道：“小秃鹫，你这次可千万要逃掉啊！”

“第一议长命令弗拉基米尔和妖娆去帮助罗峰追杀李耀了。”

“罗峰的攻击力堪比一般议员，可李耀现在的攻击力不比他弱，而且拥有特殊能力，灵活性极为惊人，罗峰这次惨了。”

有的议员为李耀感到惋惜。李耀如果在被审判之前突破，成为议员，就绝对不会被判死刑。然而，现在已经晚了。

“李耀的特殊能力是光线，飞行速度比大多数议员都要快，罗峰竟然敢去追！”

“罗峰太不自量力了。”

有的议员认定罗峰是不自量力，虽然罗峰的实力很强，但是李耀现在的实力突破了，罗峰根本不是李耀的对手。

“洪哥，罗峰这个小家伙太大胆了。”雷神笑道。

“他的确有点鲁莽。”洪眉头一皱，显然对罗峰此次私自行动很失望，“现在的他不是李耀的对手，可他被仇恨蒙蔽了双眼。唉！我得好好培养培养他，毕竟他还很年轻。”

“嗯！罗峰是个好苗子，好好培养的话，一定大有前途，将来遇到一些大事，他或许可以为我助力。”雷神笑道。

洪微微点头：“他的潜力很大，再过个10年甚至20年，他或许能成为第三议长。当然，前提是他得有很强的毅力。”

在这两位强者的眼里，罗峰很有潜力，可是现在罗峰的实力还不够强。

高空。

“我现在就是超越战神的存在，同时拥有议员的实力。”李耀一边疾速飞行，一边大笑起来。

他周围的光线隐隐扭曲，时而身影模糊，时而飘忽不定，衣服很快便被劲风给撕裂了，露出了他强壮的身躯。

“好强大的力量！我的灵活性和爆发力也比过去要强得多。”李耀心中暗道，“我有蜕变的基因原能作为缓冲，拳力爆发明显容易得多。难怪议员都那么厉害。”

这时——

“嗖！”一道流光疾速而来。

“李耀！”一道怒喝声响起。

“罗峰！”李耀的余光瞥到罗峰，眼中凶光毕露，当即停止飞行。

脚踏遁天梭的罗峰也停了下来，在李耀对面凌空站立。

“罗峰，你杀了我儿子，又害死了我的妻子，今天我就让你见识一下超越战神级武者的实力，我要杀了你！”李耀的眼神中满是杀意。

罗峰身体表面的黑神套装形成作战服，他戴着战盔，表情冷漠。

李耀已经成了超越战神级武者的存在？！

自己的修为只达到行星级一阶的境界。

“李耀，你注定要死在我的手上。”罗峰却丝毫不惧，冷冷地看着李耀。

“狂妄！”李耀大喝一声。

这时，柳河和阿木罕乘坐乾坤级智能战机赶过来了，乾坤级智能战机悬浮在远处。柳河和阿木罕的速度不如李耀，并没有急着冲出来。毕竟就算他们冲出来，也追不上李耀，他们只是负责追踪李耀。

只要不把李耀跟丢了，等到洪和雷神派的人过来，就能轻易杀了李耀。

“罗峰，赶紧上战机。”柳河的声音传来。

罗峰却没有理睬，依旧站在李耀对面。

“罗峰，你实在是太狂妄了，今天你一定会死在我的手上。”李耀冷笑一声。

随即，李耀伸出双手，只见手上渐渐浮现出光芒，仿佛锐利的刀光，而且他的双手变得模糊。

罗峰的遁天梭下出现了黑色踏板，他缓缓迈出一步，准备出招。

“虽然黑神套装很厉害，但是你的修为只达到高级战神的境界。”李耀露出一丝诡异的笑容，而后闭上了眼睛。

李耀的身体渐渐浮现出光芒，整个人仿佛被一层金光笼罩似的。

看到这一幕，柳河和阿木罕都大吃一惊。

“李耀一开始就准备拼命！”柳河暗惊。

“李耀果然和罗峰有着深仇大恨，宁可自己身受重伤，也要杀了罗峰。”

身为行星级强者，柳河和阿木罕自然很清楚李耀要做什么。

……

李耀突然动了。

李耀宛如一道流光，疾速射向罗峰。

“李耀，去死吧！”罗峰轻轻一挥手。

“唰！”

遁天梭瞬间变成钻山锥，在12道强大的精神念力的作用之下，产生了12道金色丝纹，金色丝纹迅速蹿到钻山锥的尖端，形成了一股恐怖的穿透力。

“嗖——”钻山锥化作一道金光，速度达到不可思议的地步，恐怕行星级九阶武者都不一定比钻山锥要快。

遁天梭分为三大形态，第一形态的遁天梭可以变为钻山锥或者重山盾；第二形态的遁天梭威力极大，唯有振幅达到30的武者才能修炼；第三形态的遁天梭威力更大，只有达到宇宙级的武者，并且振幅达到48，拥有自己的领域，才能修炼。

第二形态的遁天梭很厉害，而第一形态的遁天梭变形为钻山锥，只发挥出了部分威力，但这已经让罗峰很满意了。

“什么？！”李耀来不及思考。

“轰！”李耀来不及闪躲，他的胸口就被钻山锥击中了。

“嗖！”钻山锥瞬间变回遁天梭，飞回到罗峰的脚下。

李耀死了！

李耀刚刚才突破成为超越战神级武者的存在，意气风发，竟然直接被罗峰给击杀了。

“天哪！”不远处的柳河惊呆了。

阿木罕也愣住了。

李耀的修为可是达到了议员级别，竟然被罗峰发出的一道金光给击杀了！

罗峰刚才的动作太快，瞬间就让遁天梭变成钻山锥，疾速攻向李耀。

“馆主，馆主。”柳河当即开启通信手表。

阿木罕也是如此。

“柳河，罗峰没事吧？赶紧让他进入智能战机，让他冷静一下，别鲁莽！”刚接通，洪就立即吩咐道。

“馆主，李耀被罗峰杀了。”柳河道。

第196章

遁天梭

洪沉默片刻，问道："你说什么？李耀被罗峰给杀了？！"

"是的，馆主。"柳河也不敢相信。

罗峰虽然能同时掌控16件暗器，而且是高等战神级巅峰的精神念师，但是李耀可是超越战神级武者的存在啊，又拥有议员的实力，罗峰想要击杀李耀，这简直是做梦。

如果不是亲眼所见，柳河根本无法相信。

"馆主，我亲眼看到罗峰控制的遁天梭瞬间化为一道金光，击杀了李耀。"柳河说道。

"遁天梭？金光？"洪思忖片刻，然后下令，"柳河，马上带罗峰回总部。"

"是！"柳河应道。

"还有，你的智能战机应该将战斗场景录下来了吧？你马上把视频发给我。"洪命令道。

"是！"柳河应命。

雷电武馆的巡察使阿木罕也刚向雷神禀报完毕。

柳河和阿木罕相视一眼，转头看向罗峰。

下一瞬，舱门打开了。

"李耀被我杀了！"罗峰俯瞰下方，心情复杂。

自从将遁天梭第一形态的第一层练成后，罗峰根本没把一般的行星级一阶武者放在眼里。李耀虽然突破成了议员，但是没有黑神套装，根本不是他的对手。

然而，罗峰击杀李耀后，并没有想象中的轻松。

罗峰和李耀之间的仇怨很深。罗峰初到荒野区时，就感觉实力极强的李耀遥不可及，让自己心生恐慌。随着他不断成长，李耀也不再是他的对手。这次，因为李耀暗中对付他的家人，他一怒之下，才誓要杀了李耀。

“罗峰，想什么呢？你一下子就击杀了李耀，是不是很有成就感？”远处的柳河大声说道。

罗峰摇头一笑，脚踏遁天梭飞了过去。

进入舱内，舱门自动关闭了。

“回总部！”柳河下令。

智能战机立即掉头迅速朝极限武馆总部飞去。

罗峰感觉到柳河和阿木罕看自己的眼神都不一样了，不由得一笑：“柳河、阿木罕，你们这么看着我干什么？”

“你真厉害啊！你竟然击杀了一名议员级的武者。”柳河道。

“佩服！”阿木罕直接竖起大拇指。

“没什么。李耀如果有黑神套装，我想杀他是很难的。”罗峰谦逊一笑。

柳河和阿木罕都暗暗吃惊。

罗峰刚刚击杀了一名议员级的武者，内心竟然如此平静。

在罗峰看来，这的确是一个不可思议的战绩。可是，在9号古文明遗迹中闯荡过后，罗峰心里很清楚，行星级强者在茫茫宇宙中并不算很厉害，自己得到陨墨星入门的传承，击杀了一名行星级一阶武者，没什么值得骄傲的。

片刻后，这架乾坤级智能战机缓缓降落在停机坪上。

罗峰、柳河、阿木罕从战机上走下，直接进入了巨型飞船式建筑。

“其他议员都在宴会厅。”柳河笑着说道。

在柳河的带领下，罗峰和阿木罕很快来到宴会厅。

宴会厅的大门通体呈暗红色，高达3.6米，大门上有着精致的雕刻图案，大门两侧站着两名侍者。

两名侍者躬身行礼，道：“三位议员，请进。”

话落，他们便推开了大门。

大门缓缓打开，宴会厅中的议论声立即传了出来。

罗峰、柳河、阿木罕直接走了进去。

所有人都转头看来，目光落在罗峰身上。

“嗯？”罗峰微微一惊。

30多名行星级的武者正紧紧地盯着他。

“罗峰！”

弗拉基米尔、王裕等极限武馆的巡察使笑着上前迎接。

至于其他议员，则三三两两聚在一起小声议论着。不过，大多数人都在周围布下了屏障，显然他们议论的事情不适宜公开。

“罗峰一直是靠遁天梭飞行的，显然还没突破，修为依旧是战神级巅峰境界。但他只是高等战神级巅峰的精神念师，竟然凭借一道金光就击杀了李耀。”

“罗峰一定是得到了一件极其厉害的武器。”

……

之前李耀修为突破就让所有人震惊，诸多议员都在关注这件事情，但很快就传来了李耀被罗峰击杀的消息。

议员们都想知道这到底是怎么回事。

30多位议员都很关心此事，洪和雷神自然不能瞒着，所以就将罗峰击杀李耀的视频放给他们看。

洪和雷神并没有将视频播放速度放慢，而是以正常速度播放的。议员们都看到罗峰脚下悬浮的兵器瞬间化为一道金光并激射出去，将李耀击杀了。

“罗峰的兵器威力太大了！”

“他不是在9号古文明遗迹中待了一年零三个月吗？肯定有所收获，那兵器估计就是从9号古文明遗迹中得到的。”

“他的修为达到了战神级巅峰境界，又拥有此等兵器，自然能发挥出极强的实力。如果是议员级别的强者使用这件兵器，威力一定更大。”

……

议员们对于那件能化成金光的特殊兵器很是眼馋。

只是，罗峰可不好惹，他可是能击杀议员的强者，所以这些议员都比较克制。不过，议员们觉得他们还是有机会得到罗峰的兵器，他们和李耀有很大不同，他们的实力要比李耀强得多，而且都拥有黑神套装，防御力很强。

罗峰和其他四位巡察使站在一起。

“我怎么感觉不少议员看我的眼神都不对劲？”罗峰低声问。

“谁让你出那么大风头。”

旁边的王裕巡察使沉声说道：“你只是战神级巅峰的精神念师，就能凭借一件兵器击杀一名议员，显然你的兵器很厉害，哪个议员对你的兵器不眼馋？只是，他们比较克制，不过，一旦有机会，大多数议员都会出手抢夺。”

罗峰冷笑一声。

这次回去之后，他就修炼九九煅神，直接成为行星级一阶精神念师。到时候，就算一群议员去找他的麻烦，也是自寻死路。

而且，他相信这些议员还没那么大的胆子。

“轰隆隆——”宴会厅的大门再次打开了。

所有人转头看去。

洪和雷神一前一后走了进来。

所有议员都安静下来，不敢再说话。

“各位，”洪的目光扫过在场的人，“你们刚才议论的事情我听得清清楚楚，没想到，仅仅10多年过去，就有人忘记当年的亚罕事件了。”

“一群废物！”旁边的雷神也冷笑一声。

议员们闻言，脸色发白。

所谓亚罕事件，就是当年洪一怒之下击杀了一位名叫亚罕的议员。

有史以来，击杀过议员的人除了洪，还有雷神。今天之后得加上一个罗峰。

不同的是，洪和雷神击杀的都是穿着黑神套装的议员。

“我和雷神建立战神宫，将各位召集在一起，是希望各位能够为人类的生存而努力。你们必须记住‘团结’这两个字，否则，人类和怪兽种群生存之战的结局很可能是人类灭亡。”洪郑重地说道，“海域的怪兽数量多到你们难以想象，王级怪兽比武者要多得多，更何况，还有两大怪兽皇者。”

罗峰听了，不由得心中一惊。

而那些议员却没有丝毫惊讶，显然都知道这一点。

“团结是最重要的。我不想再看到类似亚罕、李楠盛的人出现，否则，我和雷神不介意除掉他们，这样的人只是害群之马。”洪的语气十分冷漠。

所有议员都没有吭声。

“至于罗峰的兵器，我可以告诉你们，这件兵器叫作……遁天梭。”

一群议员当即竖起耳朵听着。

“这是我送给罗峰的。”洪缓缓地说道，“一是因为罗峰的天赋很高，二是因为罗峰将当初在雾岛得到的大部分草木之灵给了我，所以我才将遁天梭送给他。”

“我这个人很公平。在我看来，你们想要得到就得有付出。”洪顿了顿，看向罗峰，“罗峰，你跟我来，其他人继续享受宴会吧。”

说完，洪掉头就朝外面走去，雷神跟在他的身后，罗峰听到命令后连忙跟上，走出了宴会厅。

宴会厅的大门再次关上。

所有议员这才松了一口气，彼此相视一眼，心有余悸。

洪和雷神已经很久没在议员面前发怒了。

十几年来，议员们似乎已经忘了洪和雷神发怒时有多恐怖了。刚才那一幕，让他们想起了曾经发生的事情，便没有一个人再敢动歪心思。

第197章

雾岛

洪和雷神在前面走着，罗峰走在他们后面。

“他们不愧是地球上的强者。”

罗峰看着两人的背影，将这两人当成了自己将要超越的目标。

短短数十年，洪的修为达到了行星级七阶，雷神的修为虽然只达到行星级六阶，却号称“行星级无敌强者”，他们的修炼速度是远远超过其他人的。

金属大门自动打开了。

三人进去后，金属大门自动关闭了。

一路前行，三人很快来到露天天台上。

洪和雷神都坐下了。

洪看了罗峰一眼，道：“坐！”

“是，馆主。”罗峰走到一旁坐下，挺直了腰杆。

“小子，你到底是怎么凭借遁天梭击杀李耀的，给我详细说说。”雷神一脸笑容，显得很亲切，“当年我和洪发现了遁天梭，琢磨了好久，都没琢磨出个所以然来。我们虽然知道念力兵器的威力很大，但是一直不知道怎么用。”

罗峰心中一惊。

光头水晶人说过，洪和雷神都得到了其他古文明遗迹的传承，的确知道念力兵器的威力极大。不过，遁天梭是陨墨星独门念力兵器之一，使用之法是机密，因此外人即便得到遁天梭也根本没办法使用。

“怎么办？”

《遁天》秘籍的秘密切不可泄露，照上面所载，若是将此秘密传给陨墨星内部的人，会被罚受苦役60年；若是将此秘密传给外部的人，则会被杀无赦！

这是光头水晶人警告罗峰的话。

“水晶光头人监测着整个地球，我一旦泄露秘密，它肯定知道，说不定会直接放出一道激光，将我劈死。”罗峰心想，不敢冒险。

洪和雷神相视一眼。

“你有难言之隐？”洪看着罗峰。

“我在想到底该怎么说。”罗峰深吸一口气，继续道，“两位馆主应该猜出9号古文明遗迹是受到一个智能系统控制的。”

洪和雷神都点点头。

诸多战神一次次进入古文明遗迹，很容易发现古文明遗迹的程序化现象很严重，自然而然能猜出9号古文明遗迹是被智能系统控制的。

“我之前说过，我的脑域阔度高，在9号古文明遗迹中接受了特别的考验，也算是经历了生死时刻，在这个过程中，我得到了精神念师之掌控师的指导，学到了遁天梭的两种用法，一种是攻击之法，一种是防御之法。最终，我在一年零三个月的时间内完成了任务，并且得到了精神念师之掌控师的一套修炼秘法。不过，我觉得好像是一个老师在筛选弟子，隐瞒了很多事情。”罗峰摇头一叹。

洪和雷神都点点头。

“很正常。”洪淡淡一笑，又道，“9号古文明遗迹是现如今地球上少数保存完好的遗迹之一，据我们所知，那就是一个筛选弟子的地方。不过，它对于精神念师比较优待，这从精神念师死亡率和武者死亡率就能看出。”

罗峰闻言一怔。

没错！进入9号古文明遗迹之前，洪说了进入9号古文明遗迹的高级战神级的精神念师有失败的，却没有丧命的，战神级武者的死亡率却很高。很显然，9号古文明遗迹的主人比较看重精神念师，筛选的过程并不是很公正。

据罗峰所知，陨墨星主人呼延博创造出了诸多念力兵器。能创造念力兵器的人恐怕是精神念师一脉不可思议的大人物，因为想要使用遁天梭的第三形态，最起码得是宇宙级精神念师。

能制造出让宇宙级精神念师都要费力才能掌控的兵器，呼延博的实力估计远远超过宇宙级精神念师。

呼延博既然在精神念师一脉中有大成就，专门挑选精神念师作为弟子，也就不奇怪了。

“这方势力看重精神念师，而9号古文明遗迹只是入门考验罢了，怎么可能教导罗峰很多呢？”洪摇摇头，随即看着罗峰，“罗峰，地球上达到议员级的精神念师只有一位，正是第四议长伊斯特。不过，他的天赋没有你高，而且那人的野心太大，我不喜欢。”

“你现在能同时控制16件暗器，应该能突破了吧？”洪看着罗峰，“伊斯特最多只能同时控制14件暗器。”

“应该可以吧，我感觉随时会突破。”罗峰回道。

“嗯。”洪和雷神都微微点头。

如果问谁对宇宙最了解，恐怕就是洪和雷神了。因为地球上大多数遗迹都是这两人发现的。

罗峰知道的事情也远不如洪和雷神知道的多。

正是因为对宇宙很了解，洪和雷神才不敢放松。

“好好努力。”洪不由得鼓励道。

“馆主，你之前说地球上有两大怪兽皇者，这到底是怎么回事？”罗峰问道。

洪和雷神相视一眼。

洪郑重地道：“你进入议员这个圈子的时间太短，其实这算不得大秘密。无论是人类还是怪兽，突破战神级和领主级后，实力就不会增长了。议员也是有强有弱的，而我和雷神的实力远远超过其他人。怪兽也一样，王级怪兽有强也有弱，不过实力差距不会太惊人。”

“海域的面积是陆地面积的数倍，无数怪兽盘踞海域，王级怪兽极多，其中自然也会有极为可怕的怪兽，那两头怪兽被我们称为‘怪兽皇者’。怪兽皇者的实力都非常惊人，除了我和雷神，其他人遇到它们必死无疑。”洪直接说道。

罗峰心中大惊。

海域中竟然还有这么可怕的怪兽？！

不过，仔细一想也能明白。在地球上，地位越高，知道的事情越多，比如普通武者根本不知道草木之灵等宝物。怪兽皇者的消息一旦传开，只会让人类社会更加动荡。只有让议员们知道还有极具威胁的怪兽，议员们才会拼命努力，不敢松懈。

“记住，议员级只是开始，而非终点。”洪郑重地道，“切不可懈怠。”

“明白。”罗峰点点头。

所谓的议员级，也就是行星级，罗峰知道行星级分为九阶，还知道两位馆主分别是行星级六阶武者和行星级七阶武者。

“嗯！”洪思忖片刻，继续道，“极限武馆任命第六位巡察使，这是要在全球公开的，必须选择一个重要日子，我觉得1月份的1日、5日、18日都是不错的日子，你选一天吧。”

“出任巡察使？”罗峰顿了顿，笑道，“那就选1月5日吧。”

“嗯。”洪点点头，“好了，你去参加宴会吧。”

“是！”罗峰应道，当即离开了。

露天天台上只剩下洪和雷神。

“洪哥，我觉得这小家伙隐藏了什么。”雷神笑道。

“每个人都有秘密，有的秘密连亲人都不能告诉，我们没必要逼迫他全盘托出。”洪缓缓地说道，“我担心的是，地球终有一天会被宇宙中的一些国度或者势力发现，到时候人类是灭亡，还是被奴役，都很难说。所以，我们必须让修为尽早达到恒星级，这样一来，我们才有保护地球的能力。”

“嗯。”雷神微微点头。

这两大巅峰强者正在担忧着人类的命运。

一阵敲门声响起。

“进来。”洪刚一出声，门就自动打开了。

妖娆走上露天天台，恭敬地道：“馆主，刚刚得到消息，雾岛发生了一些特殊变化，馆主看完视频就知道了。”

“雾岛？！”雷神惊诧地道，“洪哥，那不就是你得到摩云藤的地方吗？”

“播放吧！”洪吩咐道。

明月小区。

晚上，罗峰一家人在吃晚饭。

“爸、妈，今晚我要出去办事，大概要五六天的时间。”罗峰端着饭碗，夹起一块炒蛋。

“五六天？！”罗洪国、龚心兰、罗华都大吃一惊。

“这才刚回来，怎么又出去？”龚心兰忍不住问道，“没危险吧？”

“孩子出去，肯定是有大事要做，别打岔！”罗洪国低喝道。

“我是关心小峰，你吼什么！”龚心兰没好气地道。

“好了，爸、妈……”罗峰连忙说道，“这次我出去一点危险都没有，只是办一件要紧的事情，五六天后，就能回来。”

罗洪国等人这才放心。

深夜时分。

罗峰脚踏遁天梭悄然离开家，而后进入了王级智能战机。

他将座椅放平，盘膝坐着。

“放心吧，到时候给你打电话。”罗峰刚刚结束和徐欣的通话。

“1号，接下来的一段时间，不允许任何人打扰我，直至我出来。”罗峰吩咐道。

一切都准备妥当。

罗峰和家人、徐欣都说过了，巡察使任命仪式是在1月5日举行，还有八九天，足够自己突破到行星级了。

“我要修炼九九煅神。”

罗峰深吸一口气，闭上眼睛，迅速将九九煅神的修炼过程回想一遍。

“没问题！那就……开始吧！”

罗峰的呼吸逐渐变得平缓，心跳减速，而在那无边的识海当中，原本平静的的精神念力猛然汹涌起来。

“轰隆隆——”精神念力骤然开始旋转，不断地加速。

第198章

神秘怪兽诞生

罗峰开始修炼九九煅神，而受到洪警告的诸多议员都乖得很，C国普通老百姓们则为即将到来的元旦做准备。

整个地球平静得很。

2258年12月30日21点36分，距离夏威夷群岛数百公里外的海域深处。

幽冷！黑暗！

一颗直径约12米的椭圆形黑色巨蛋已经在这个海底区域停留一年多了，上面布满了烂泥和杂草，很不起眼。周围一带海域中的不少怪兽早就发现了这颗黑色巨蛋，可是从未有一头怪兽能够咬破蛋壳。渐渐地，就很少有怪兽来咬这颗黑色巨蛋了。

黑色巨蛋微微震颤一下，蛋壳上面的杂草和烂泥有部分滑落。

早在1个多月前，这颗黑色巨蛋就偶尔震颤一下，渐渐地，它震颤的频率越来越高。昨天，它震颤了10余次。

黑色巨蛋再次震颤，蛋壳上的杂草和烂泥又有部分滑落，逐渐露出金色斑纹。

“嗡！嗡！嗡！”

随后，黑色巨蛋剧烈震动起来，震动的幅度越来越大。

随着一道清脆的声响，黑色巨蛋表面出现了一道裂痕。

“啪！”

黑色巨蛋直接爆裂开来，一个黑漆漆的不明物从蛋壳中冒出来。

而后，这个不明物竟然开始吞吃蛋壳。

仅仅十几分钟，那直径约12米的椭圆形巨蛋的壳竟然被吃掉了三分之一，而那不明物全部显露了出来。这是一个全身漆黑，身上布满黑色鳞片，有着强壮四肢的爬行类不明生物。它那庞大身躯上有一对布满鳞片的翅膀和一条犹如龙尾的尾巴，脑袋上有一根独角，全身有着一层黏液，根本看不清它的真实模样。

随着不断地吞吃黑色蛋壳，那黑色怪物的身体竟然渐渐变大，当它吃完所有黑色蛋壳的时候，体长从12米逐渐变到16米。

此刻，黏液已经完全被它的身体吸收，它的模样开始变得清晰。

“呜——”一道声音从它的喉咙中发出。

这是一头从未见过的怪兽，全身的黑色鳞片犹如锐利的刀锋，无论是布满鳞片的翅膀，还是强壮的四肢、尾巴、独角，都是黑色的。

它的黑色独角上隐隐有着金色斑纹，很不起眼，只有仔细看才能发现。那神秘金色斑纹沿着它的独角、头部、脖颈、背部的鳞片一直延伸开来，仿佛一层金色斑纹铠甲融入它的背部，甚至于密集的金色斑纹从背部蔓延到了双翅，又蔓延至四肢。

而后，这头神秘怪兽盘踞在海底，环顾四周。

其血脉中蕴含的古老记忆逐渐涌入脑海。

神秘怪兽的暗金色双眸猛地一亮，变成耀眼的金色，它的独角、脖颈、背部鳞片上的金色斑纹微微亮起，浮现出肉眼可见的金色。

周围的水流瞬间停住，海底的岩石微微震颤起来。

一股股能量涌入神秘怪兽的体内。

仅仅片刻，它就停止吸收能量了。

“呜——”它猛地站起身来，左顾右盼，似乎在思考什么。

随后，它发出一声不甘的低吼，随即微微甩动尾巴，“嗖”地破水前进。

忽然，它的前方出现了一群鱼类怪兽，牙齿尖利，眼珠泛红，每一头鱼类怪兽都超过5米长，诡异的是，它们的腹部下方竟然生出两只三趾的利爪。

“呦！”一道尖锐的声音响起。

一大群鱼类怪兽迅速朝神秘怪兽包围过来，它们显然将神秘怪兽当成了食物。

海域中的怪兽种类太多，就连常年生活在海底的怪兽们都经常遇到从未见过的怪兽，一般来说，它们是按照对方的大小来判断实力的。

海域怪兽比陆地怪兽的个头大。王级海域怪兽一般身体的长度都超过百米，领主级海域怪兽身长一般超过20米。

眼前的神秘怪兽身长才16米左右，恐怕连领主级都没达到，这群鱼类怪兽当然不怕，它们联手的话，可是能够猎杀领主级怪兽的。

“呦！”随着一声令下，一头头鱼类怪兽猛地冲出。

“唰——”

一道道红色光线从这群鱼类怪兽的眼中射出，密密麻麻的红色光线瞬间形成了网状，覆盖住神秘怪兽。

神秘怪兽冷冷地看着朝自己猛地冲来的鱼类怪兽。

“呜——”一声低吼响起。

“唰！”神秘怪兽那布满刀锋般鳞片的翅膀突然展开。

它倏地动了！

瞬间，它就化作一道带着金光的幻影，幻影瞬间遍布周围300米的范围，这300米范围瞬间变成了死亡之域。

大部分鱼类怪兽瞬间死亡，乃至于附近其他海域的怪兽都被神秘怪兽的翅膀给击杀了。

“唰！”神秘怪兽尾巴一甩，继续前行。

看到实力弱于领主级怪兽的，它根本停都不停。

两头领主级的震山鲸出现在它的前方。

它低吼一声，再次张开双翅。

从这一刻开始，海域中开始了一场断杀。

神秘怪兽十分厉害，它对付领主级怪兽都不费吹灰之力。这对于周围海域的怪兽而言，简直就是一场灾难。

大量领主级怪兽丧命，此事终于引起这一片海域的王者，即一头强大的王级怪兽龙龟的注意。能够占领此海域核心地带周围数千里区域，这头龙龟怪兽算得上是王级怪兽中极为强大的怪兽。

大涅槃时期之前，它就在某个海底洞穴生活了100多年，算是龟类怪兽中生命力最强的怪兽。

“嗽——”庞大的龙龟在海底迅速前行。

单单龟壳的直径就超过300米，这头龙龟如果浮出海面，就如同海上的一座岛屿。因为身体太大，它无法沿着江河进入内陆，否则，以防守出名的龙龟怪兽绝对会让人类非常头疼。

“它竟然敢在我的地盘杀死我的手下，我一定要杀了它！！！”龙龟怪兽心中怒吼。

王级怪兽拥有智力，甚至比一些人还要聪明。

“原来在那里。”

在一些领主级怪兽的带领下，龙龟怪兽迅速前行。

侵犯它的领地，在它的领地大肆杀戮，它必须将对方杀了或者赶走。如果它不主动战斗，那就只能认输，退出这个领地，任对方占领这个领地。这是海域怪兽的规则。

“呜！”

神秘怪兽很不高兴，它吞吃了海域中大量看似实力很强的怪兽，按照它的传承记忆，那等体形的怪兽实力很强，它吃掉它们后，对它有不少好处。可是，它吃了那么多怪兽，实力并没有提升。它很不满，决定先趴下来休息一会儿，毕竟它只是刚出生不足一天的幼兽。

忽然，它的脑袋微微抬起，看向远处，眼眸中亮起一道金光。在这幽深海底，它的金色瞳孔似乎能够看得很远。

下一瞬，它迅速站起身来，发出一声低吼，尾巴一甩，闪电般冲了出去。

……

龙龟不屑地盯着眼前的小不点。

神秘怪兽的身长只有16米左右，的确是小不点。

“这是什么种类的怪兽，我怎么没见过啊？它有四肢、利爪，难道是陆地上的？可是，它又有双翅，难道是飞禽类怪兽？”龙龟拥有一定的智力，可是并不知道眼前的小不点到底是哪种怪兽。看它在海域中前进自如的样子，显然很擅长在水底活动。

看起来，它像陆地怪兽，又像飞禽类怪兽，却生活在海域中。

这到底是什么玩意儿？

“呜！”神秘怪兽兴奋地低吼一声。

而后，它那一双遍布鳞片的翅膀猛地展开。

“嗖！”瞬间，神秘怪兽化作一道幻影。

看到这一幕，龙龟怪兽却依旧悠闲地盯着神秘怪兽。

龙龟怪兽以防御出名，王级怪兽也休想轻易伤到它。

“哧哧——”

龙龟怪兽猛地一颤，原来神秘怪兽的翅膀掠过它的龟壳时，竟然令龟壳裂开了，幸好龟壳非常厚，没有受伤。

“这小不点……”龙龟怪兽难以置信地看着神秘怪兽。

神秘怪兽叫了两声。

“嗖！”神秘怪兽这一次没有张开翅膀，而是化作一道流光，瞬间就冲到龙龟怪兽的面前，而后神秘怪兽伸出两只前肢。

“唰——”它的脚趾伸出，仿佛锋利的尖刀。

“呼！”它一爪子就划过龙龟怪兽的脑袋。

龙龟怪兽那布满鳞片的脑袋竟然被神秘怪兽的利爪直接抓破了。

“怎么会这样？”龙龟怪兽眼中有着惊恐之色，而后就没有气息了。

神秘怪兽兴奋地吞吃龙龟怪兽。

周围的领主级怪兽早就被吓得四散逃跑。

吃完后，神秘怪兽趴下，眯起了眼睛。

此刻，它的身长又增加了。

神秘怪兽诞生，在海域中掀起了一场血腥狩猎，人类并没有察觉，罗峰依旧在王级智能战机中潜心修炼九九煅神。

第199章

步入行星级

2259年1月1日。

明月小区，罗峰家。

“很抱歉，王先生，我哥不在家。”客厅中，罗华向一个戴着眼镜的儒雅中年男子说道。

“今天是元旦，罗议员竟然不在家？”儒雅中年人有些惊讶。

“嗯，实在抱歉。”罗华无奈一笑，“我家还有事，就不留王先生了，下次我亲自招待王先生。”

“好，那我就先告辞了。”

这位王先生很有礼貌，当即离开了。

看到对方离去，罗华摇摇头。

近几天，来了很多邀请他哥的人。个个都大有来头，这些人竟然亲自来邀请罗峰这位议员！

刚才的王先生是C国政界高层的代表。

“哥到底去哪了？”罗华站在家门口，暗自思忖，“极限武馆的人邀请他，军方的人也邀请他，政界也派人来邀请他，A国也有人来邀请他，就连HR联盟的人都来邀请他，大家似乎都不知道他出去办事了。”

“哥到底在干什么？”罗华暗自思索着。

……

举国欢腾的元旦到了，当天晚上，很多人都在看晚会。

明月小区的一架智能战机中，机舱内隐隐有些许光芒，罗峰盘膝静坐在那里，一动不动。

他的识海当中，一道精神念力形成了水流，水流旋转着，形成一圈圈漩涡。漩涡猛地扩张开来，顿时水流仿佛一块透明的水幕。

原本扩张开来的水幕猛地收缩，一下子就变成了一颗旋转着的水球。水球呈半透明状，其中隐隐有各种奇异光线闪烁，极少数暗金色碎片混杂其中，显然还没完全化开。

膨胀！收缩！

再膨胀！再收缩！

在这种特殊的规律下，水球中的暗金色碎片渐渐消散，从而令他的精神念力更加旺盛。

“膨胀，水球薄如蝉翼。

“收缩，水球晶莹剔透。

“第80步成功了！接下来，可以开始第81步了，这可是最后一步！”罗峰有些激动，最后一步是九九煅神中最重要的一步，也是难度最大的一步。

罗峰的识海之中，一颗透明的大水球不断地旋转着，没有任何雾气弥漫，水球也没有发生任何变化。

“开始！”随着罗峰的操控，水球逐渐发生变化。

“轰隆隆——”

水球震荡起来，同时弥漫出一道道念力雾气，念力雾气贯穿整个水球。

10道念力雾气、20道念力雾气、30道念力雾气……

很快，整个水球完全被念力雾气覆盖住了。

时间一分一秒过去。

在罗峰的操控下，水球不断地发生着细微的变化，它表面的雾气越来越浓，甚至形成了一个超大雾球，根本无法看清雾球内部的水球。

不知道过了多久，超大雾球是水球的百倍之大。

“似散未散，就是这一刻！”罗峰心中一声大吼，“爆！”

超大的雾球瞬间爆炸开来，雾气遍布识海的每一处。超大雾球爆开后，紧接着，一股巨大的吸力在识海的核心处产生了。

大量的雾气和水流仿佛陷入黑洞中，疯狂地旋转，并且往核心处聚集。

“嗡！”识海内部又发生了一次震荡。

雾气和水流全部消失不见。无边无际的识海中只剩下核心处的光点。

这是一颗美轮美奂的光球，表面有一层光晕。光球是由透明晶体构成的，密密麻麻的透明晶体组成了一颗光球。

光球不断地旋转，一股无形的力量扩散开来，融入罗峰的全身。

“成功了！这就是行星级，这颗光球就是行星级强者的核心。”

罗峰心念一动，一道道精神念力立即从光球中分散出来，遍布全身。

智能战机中。

当行星级精神念力进入罗峰身体的瞬间，他体内的骨骼、筋脉、肌肉、筋膜、皮肤等都发生了不可思议的变化，体内的遗传基因也迅速分解，而后重新组合。

这次变化比以往任何一次突变都重要得多。当初在9号古文明遗迹中，光头水晶人说了，从学徒级升到行星级，这是生命层次的一次跃迁。达到行星级后，可以不用呼吸，还可以直接御空飞行。

修为达到行星级，才有资格称得上武者，称得上精神念师；达到行星级，才能在宇宙中闯荡。

“这种感觉好美妙！”罗峰很是震撼。

“所谓学徒级实力提高，是从学徒级一阶（初级武者）到学徒级九阶（高级战神），是在原有身体基础上的一次次提高。而达到高级战神，就已经是极限了。不跨过去的话，就永远无法突破。一旦跨过去，生命层次就跨入了更高层次，也就达到行星级一阶，然后逐步提高，直至达到行星级九阶。”

深夜。

明月小区中，很多人已经入睡，停在草坪上的智能战机舱门缓缓打开。

“嗖！”

一道人影冲天而起，而后悬浮在高空，黑色长袍随风猎猎作响。

“这就是已经达到了行星级？”

罗峰俯瞰下方的城市，同时默默地感受着识海中的光球。

他终于发现行星级强大的奥秘，那光球不只是精神念力的核心，还是具有奇异能力的小星球，它会自转，还有自身的磁场。

而且，它还能按照罗峰的意识控制身体周围的磁场，以抵消地球的引力，所以罗峰自然能悬浮。

若是光球给罗峰一个前冲的磁场力，罗峰就能往前迅速飞行。也就是说，行星级强者都拥有属于自己的小星球，而他们就是这个小星球的主人。按照行星级强者的意愿，光球可以给其增加一定强度和一定方向的磁场力，这样行星级强者自然能迅速地随意飞行。

不过，微型星球的磁场强度有限，所以行星级强者的飞行速度也是有限的。

“难怪水晶光头人说从学徒级到行星级是生命的跃迁。行星级强者竟然拥有一颗小星球，那小星球还能自转，拥有磁场。这颗小星球或许弱小，可是随着不断成长，自然会带给它的主人更大的帮助。拥有小星球，这样的强者才能算是真正的强者。”罗峰感慨不已。

深夜。

罗峰悬浮在高空中，张开双臂。

“精神念力形成一颗小星球，从而令我的能力强大了很多。”罗峰的心情十分愉悦。

原本精神念力是以流水形式存在的，形成微型星球后，的确令罗峰的能力强大不少。不过，这种机会是很少的。从学徒级九阶达到行星级，从行星级九阶达到恒星级，从恒星级九阶达到宇宙级，这才是生命的跃迁，才会令意识得到一定程度的强化。正常情况下，实力提升根本没有这等机遇。

“遁天梭！”罗峰心念一动。

顿时，黑色背心中的365把飞刀迅速飞了出来，组合成了遁天梭，出现在罗峰脚下。

“我身体周围自然形成磁场，加上精神念力做推力，再脚踏遁天梭，不知道我的飞行速度如今能快到什么程度。”

Y城上空，罗峰宛如瞬移，消失在原地。

罗峰不再受到地球引力的限制，这种随心所欲飞行的感觉非常美妙。

第200章

额外收获

荒野区。

罗峰悬浮在半空，低头看了看辅助光脑："幸亏有辅助光脑，我可以测试一下速度。"

辅助光脑是陨墨星成员必备的工具，其功能远远超过地球上的通信手表。辅助光脑能够检测出从学徒级到宇宙级的武者的战斗力基本数值，还能探测一定范围内的环境，测试速度和攻击力等。

"辅助光脑，将我在不同情况下的飞行速度全部测试一遍！"

"唰——"

一身黑衣的罗峰一次次在空中闪电般飞过，每次飞行的速度都不一样。

仅仅片刻，几种情况下的速度测试结束了。

第一种情况，不使用磁场和遁天梭，只靠精神念力推动，速度达到912米/秒。

第二种情况，不使用遁天梭，使用磁场和精神念力，一般精神念师就是这样做的，速度达到1223米/秒。

第三种情况，也就是罗峰的巅峰情况，遁天梭、磁场、精神念力全部爆发，速度达到2412米/秒，十分惊人。

"使用遁天梭和不使用遁天梭，速度完全是两个层次。"罗峰被这两个数据吓了一跳，"行星级一阶精神念师的飞行速度是1223米/秒，使用遁天梭，速度却达到2412米/秒，速度快了近一倍。"

罗峰心里很清楚，速度越快，阻力越大，在速度达到了1223米/秒的基础上，想要再加快速度是很难的，由此可以看出遁天梭的厉害。

“精神念师若是拥有一件念力兵器，实力的确能提升好多啊！”罗峰惊叹不已。

“接下来，测试一下我的攻击力。”

罗峰心念一动，遁天梭中的一把飞刀分离出来，而后飞刀在精神念力的作用下，瞬间化作一道流光，射向远处废弃的加油站，加油站当即爆炸开来。

罗峰低头看向辅助光脑的显示屏。

攻击力：行星级一阶28%（精神念师）。

罗峰不由得笑起来。

辅助光脑上有详细的说明，行星级一阶的最高值是最低值的两倍多。行星级一阶精神念师最低攻击力大概是100万千克，最高为200万千克。

行星级一阶28%（精神念师），这说明罗峰的飞刀攻击力在128万千克左右。

“刚刚踏入行星级一阶，飞刀就有这么强的攻击力，不错。”罗峰很满意。

按照辅助光脑的说明，踏入行星级后，精神念师和基因武者的区别很大，基因武者的力量分为肉体力量和基因原能，踏入行星级后，他们的原能可以外放，原能攻击力可达到100万千克，肉体力量可达到100万千克，所以行星级一阶武者的攻击力数值可达到200万千克—400万千克，是精神念师攻击力数值的两倍。

看起来，武者占优势。可是，要知道，武者们的力量振幅能达到四五倍就算不错了，就连雷神的力量振幅也才达到7倍。

而罗峰踏入行星级前，力量振幅足足有16倍，加上飞行速度方面的优势，就更加了不得了。而且，精神念师同样要修炼基因原能，毕竟身体强大，才能承载精神念力。

“辅助光脑，测试一下遁天梭变形后的钻山锥的威力有多大。”

黑夜中，一道金光闪过，顿时一阵爆炸声响起。

“攻击力达到行星级一阶28%（精神念师），振幅达到36倍！”

看着辅助光脑显示屏上的数据，罗峰特别满意。

他的力量振幅达到了36倍，雷神的力量振幅才达到7倍，另外一位行星级精神念师的力量振幅才达到14倍，和他无法相比。

其实，罗峰催动钻山锥第一层，使用的是12道精神念力，振幅达到12倍，不过钻山锥的威力使罗峰融入的精神念力的威力增大了2倍，从而令力量振幅达到骇人的36倍。

“按照光头水晶人所说，地球上，大多是行星级一阶武者，少数武者的修为达到了行星级二阶，倒是有两个行星级三阶武者，修为更高的就是洪和雷神。

“两个行星级三阶武者和我相比，估计实力相差无几，论速度，恐怕不如我。

“接下来看看我如今能同时控制多少把暗器。”

罗峰心念一动。

“唰——”

一把把飞刀离开遁天梭，疾速在周围穿行，每一把飞刀都发挥出了罗峰现如今最强的攻击力。

第1把飞刀、第2把飞刀、第3把飞刀……

“第18把飞刀！”罗峰脸上的笑容愈加灿烂。

“这是不是意味着，我可以学习《遁天》第一形态的第二层境界了？！”

遁天梭第一形态一共有三层境界，修炼者能同时控制12件暗器后，才能修炼遁天梭第一形态的第一层境界；修炼者能同时控制18件暗器后，才能修炼遁天梭第一形态的第二层境界；修炼者能同时控制24件暗器后，才能修炼遁天梭第一形态的第三层境界。要使修炼者的能力增强是很难的，罗峰也是靠突破到行星级才使得能力增强的。

以后，他只能一步步地修炼。

“仅仅修炼遁天梭第一形态的第一层境界，威力就那么大了。那修炼遁天梭第一形态的第二层境界，威力又如何呢？”

这次踏入了行星级，罗峰同时控制的飞刀数量从16跃升到18，也算是额外的收获。正因如此，罗峰可以直接修炼遁天梭第一形态第二层境界。

不过，真正修炼的时候，罗峰发现实在是太难了。当初他能同时控制16件暗器，而修炼遁天梭第一形态的第一层境界的要求只是同时控制12件暗器，可他学了几个小时，失败了数百次。

此次罗峰同时控制的暗器数量勉强达标。

1月2日，失败！

1月3日，依旧失败！

1月4日，还是失败！

罗峰深深地体会到修炼遁天梭的难度之大了。不过，难度再大，他也不会放弃。将来一旦修炼成功，他就是洪和雷神之外的第三大强者。

至于现在，罗峰有战胜第三议长、第四议长等人的信心，只是很难做到一招绝杀。

1月5日是罗峰出任巡察使的日子。

凌晨。

一架红色三角形战机从海洋上空迅速飞过，正是洪专属的洪荒级智能战机。

洪荒级智能战机内。

一身黑衣的洪和一身白袍的雷神都坐在座椅上。

“洪哥，这次你可别跟我抢雾岛上的宝物。”雷神说道。

“现在说这些做什么，将那个怪兽皇者解决了再说。”洪瞥了雷神一眼，端起旁边的茶，喝了一口，感慨道，“这可是兽类出现的第三个怪兽皇者，估计它在地底或者水中都有可能发挥出百分百的实力。”

“难归难，雾岛中肯定有大宝贝。”雷神不甘心，又道，“那些草木之灵也就罢了，上次你可是在雾岛发现了摩云藤。按照我们之前得到的古文明遗迹中的一些资料的记载，即便是在浩瀚宇宙中，摩云藤都是非常珍贵的宝贝。有了摩云藤，你的实力增强了不少吧？”

“那摩云藤还处在成长状态，但也使得我增强了五成实力。”洪难得地露出一丝笑容。

“洪哥，你的实力本来就极强，在行星级武者中都堪称无敌了。如今又增强了五成实力，那你就更厉害了。待摩云藤继续成长，效果更加惊人。”雷神忍不住说道，“之前雾岛出现了摩云藤，这次又冒出了一头我们从未见过的厉害怪兽，肯定是因为雾岛中有宝物。”

洪微微点头。

“嗯。当初罗峰发现雾岛时，雾岛周围的湖泊中就有许多怪兽，我虽然心存疑惑，不明白那么多怪兽为何聚集在湖泊中，但是那时我的心思都在摩云藤上，只是在带走摩云藤时，稍微探察了一下雾岛，没有发现什么。

“现在看来，湖泊中不仅有大量领主级怪兽，而且竟然会冒出怪兽皇者。”洪眉头一皱。

“草木之灵、摩云藤、怪兽皇者……这雾岛的确很特别。”洪看向雷神，微微一笑，“不过，雾岛中的宝物可是有缘者得之，放心，我不会跟你争。”

雷神微微点头，随即咧嘴一笑：“待极限武馆新任巡察使的任命仪式结束，我就一直待在雾岛，我就不信我得不到宝贝。”

“你想一直待在雾岛？也好，我也会去雾岛，到时就看谁的运气比较好。”洪微微一笑。

“贪心。”雷神只是笑着说了这两个字。

第201章

第六位巡察使

Y城明月小区。

清晨，朝阳升起。

“爸，小心点，慢点。”罗峰扶着父亲罗洪国，叮嘱道。

罗洪国在小区里颤巍巍地走着。

“罗议员好！”一名年轻武者看到罗峰，脸上露出崇拜之色，当即恭敬行礼。

那名年轻武者心中暗自惊叹：“罗议员现在可是超越战神的存在，如此人物，竟然还亲自搀扶他的父亲出来散步。”

草坪中央的鹅卵石路上，罗峰搀扶着父亲一步步往前走。

“小峰，你现在的身份不一样了，就不用亲自陪我了。家里不是有服侍人员吗？”罗洪国压低声音道，“你看看，周围有不少邻居看着我们呢。小峰，你现在是议员，注意点身份。”

“我是议员，您就是议员的父亲，我搀扶您出来散步，这不是很正常的嘛。”罗峰笑笑。

罗洪国不由得摇头一笑。

看着罗洪国走路这么艰难，罗峰既心痛又无奈。

当初李耀夫妇对付罗峰的家人，害得他的父亲差点丢了性命。虽然他的父亲侥幸逃过一劫，但是腰和脊椎受伤严重。罗峰想办法弄到了一些药物，可是效果并不是很理想。

现在，父亲的双腿还是使不上劲儿。

“如果千年黑乌根还在，让我爸服用一点点，应该就能痊愈。可惜，弟弟将千年黑乌根卖给别人了。”

罗峰并不怪罗华，若是罗华没有靠千年黑乌根换取商业银行第八股东的身份，父母恐怕会更惨。

“就算我是行星级强者，若想得到一份草木之灵，也不是件容易的事。”罗峰十分头疼。

中午。

“小峰，你出任巡察使的典礼在这个频道能看到吗？”

客厅内，罗峰的父母、甄楠的父母、罗华、甄楠都在看电视。

“嗯！就是这个专属频道。”罗峰点点头，笑道，“我出任巡察使的典礼下午两点开始直播。”

今天就是罗峰出任巡察使的日子，这可是极限武馆的大事。

不过，所谓公开，实际上是对各国的高层公开。一般的武者和普通大众是不太清楚高于战神级武者的人物的情况的。

“爸、妈，我先走了。”

而后，罗峰向甄楠的父母打了招呼，就离开了家。

2259年1月5日，14点整，全球极限武馆总部大型会议厅，巡察使任命典礼正式开始。

“先生们、女士们，欢迎大家参加全球极限武馆巡察使任命典礼，今天，参加此次典礼的有极限武馆总馆主洪。”

台上的主持人高声介绍，顿时摄影机对准舞台下方的洪。

“雷电武馆总馆主雷神、战神宫第三议长默汉德森、战神宫第四议长伊斯特……”

一位位举足轻重的大人物端坐在自己的位置上，台上的三维虚拟投影仪的屏幕逐次显现出这些大人物的面容。

“我最后要介绍的是即将出任极限武馆巡察使一职的罗峰议员！”

顿时，罗峰出现在三维虚拟投影仪的屏幕上。

“我这是第一次记住这么多议员的名字。”罗峰低声说道。

“巡察使任命典礼是议员们难得的一次聚会。”罗峰身旁的柳河低声说道，“此等典礼，两大武馆馆主以及其他大人物都会参加。一般来说，除非有重要的事情，否则议员们都会参加。”

罗峰点点头。

“下面有请JN基地市Y城Y区极限武馆的教官江年，他是罗峰议员最早的一任教官。”主持人大声说道。

顿时，音乐声响起。

略显紧张的江年从会议厅后面的座位上迅速起身，跑向前台。

见到江年，罗峰愕然。

江年教官都被请来了？！

“柳河，典礼的流程到底是怎样的？”罗峰低声问道，“前两天，Y城的极限武馆总教官邬通，还有我的兄弟陈谷、张科都被请来了，难道他们今天都要登台？”

“整个典礼会介绍你的光辉事迹。”柳河低声笑道，“别急，这才刚刚开始呢！中间还会有一些歌舞表演，那可是全世界知名的歌手和舞者带来的表演。”

柳河说得没错。

主持人开始介绍罗峰的光辉事迹，从罗峰住在廉租房并在极限武馆刻苦修炼（江年登台），到第一次参加武者实战考核（邬通登台），再到加入火锤小队，并且第一次进入荒野区（火锤小队的全部成员登台），又到进入精英训练营学习（江芳老师登台）……

主持人将罗峰塑造成了“完美天才武者”。

“你有没有觉得自己很厉害？”柳河低声笑道。

“嗯，我都有点崇拜自己了。”罗峰笑了。

典礼举行到一半，穿插了各种歌舞表演，登台表演的都是全球知名的歌手和舞者，这些人上台后，都会先表达一番自己对罗峰的崇拜之情，甚至有女歌手隐晦地向罗峰表达了爱慕之情，整个典礼两个多小时后才进入尾声。

“罗议员，罗议员。”后面传来了呼唤声。

“嗯？”罗峰疑惑地转头看去。

后面的席位上坐着一位头发花白的老者，老者笑道：“是我，刘彦。”

“刘老，您这是？”

罗峰记得，安排座位的时候，自己后面坐的不是刘彦，显然刘彦刚才换了座位。

“罗议员，你还记得在进入9号古文明遗迹之前，让我们帮忙寻找你父母的亲人吗？”刘彦说道。

“哦，对，有这么回事。”罗峰连连点头。

他的父母最大的心愿是能够找到大涅槃时期失去联系的亲人和朋友。当初自己刚刚担任监察使，就请刘彦帮忙寻人了。转眼一年多过去了，才有消息传来。

“你们查到了吗？”罗峰问道。

“我们只查到一些。”刘彦歉然地道，“因为基地市的建立，许多档案遗失了，查找起来很难。当初，我们耗费不少精力，一直在努力寻找，后来你被困在9号古文明遗迹中，这项工作就暂时停止了。前不久，你的实力大增，我们才能动用更多力量去寻找。”

“我明白。”罗峰点点头。

为了一位死去的战神，当然没必要耗费太大力气去寻人。而罗峰后来从9号古文明遗迹中活着出来了，还成了议员，各个特殊部门自然会动用更大力量去帮他寻人，效率比之前高得多。

“我想知道，我爸妈的那些亲戚还有几个活着？”罗峰追问。

“我们现在查到的有三人。”刘彦低声说道，“一个是你父亲的表弟汤成，一个是你母亲的堂妹龚心花。汤成的母亲也活着，也就是你父亲的亲姑妈罗红琴。”

罗峰闻言一愣。

小时候，父亲经常提到姑婆罗红琴，姑婆的年龄比他的父亲大些，经常带父亲玩，还给父亲买吃的。

没想到，姑婆还活着。

至于母亲的堂妹龚心花，罗峰听母亲提起过，不过母亲谈得不多。

“至于其他亲戚，还在寻找之中。”刘彦说道。

“谢了。”罗峰点点头。

“回头，我将这三人的资料传给罗议员。”刘彦笑着说道。

大涅槃时期，虽然死了很多人，但是父母的亲戚不少，不可能全部丧命。现在查出有两家人还活着，父母知道此事后，一定很开心。

……

“各位嘉宾，接下来就是本次典礼最重要的时刻，有请罗峰议员！”主持人高声喊道。

随着音乐声响起，罗峰起身，在众人的注视下，缓步走上台。

主持人向罗峰微微躬身，随即说道：“下面有请极限武馆的总馆主洪，他亲自任命罗峰先生为极限武馆的第六位巡察使。”

顿时，掌声响起。

一身黑衣的洪走上台。

“馆主。”罗峰期待地看着洪。

洪手一翻，手中出现了象征着巡察使特权的极限巡察令。

洪仔细打量了罗峰一番，微微一惊：“罗峰，你又突破了？”

洪和罗峰周围的空间微微扭曲，完全隔绝了谈话声。

“嗯，我不久前才突破的。”罗峰回道。

“行星级的精神念师飞行速度非常快，你又拥有遁天梭，飞行速度应该更惊人。你的飞行速度是多少？”洪当即问道。

“馆主，什么是行星级精神念师啊？”罗峰故作好奇地问道。

“待会儿我再和你说。”洪再次问道，“你现在的飞行速度是多少？”

罗峰也不隐瞒，当即回道：“我的飞行速度超过了2400米/秒。”

“什么？你的飞行速度比第四议长伊斯特快多了，你排第三，只比我和雷神慢一点。”洪点点头，又道，“典礼过后，你就随我去雾岛一趟吧。以你现在的飞行速度，保命是没问题的。”

“雾岛？”罗峰有些疑惑。

“嗯，此事典礼之后再说。”说完，洪将手中的极限巡察令递给罗峰。

罗峰郑重地接过极限巡察令。

自此，罗峰便是极限武馆的巡察使了。

第202章

驻扎雾岛

典礼结束后。

极限武馆全球总部的巨型飞船建筑内的金属通道中。

洪在前面走，罗峰紧紧地跟在他身后。

“咔！”金属门自动打开了。

洪和罗峰两人走过后，金属门自动关闭。

“罗峰，你第一次到极限武馆总部的时候，是不是怀疑过这巨型飞船建筑是真飞船，还是模拟的飞船？”洪笑着说道。

罗峰微微一怔，道：“我的确怀疑过。”

“我告诉你，这是一艘真的星际飞船。”洪道。

“真的？”罗峰十分惊讶，当即开始观察走廊和通道。

此刻，洪已经步入一间密室中。

罗峰当即跟上。

密室内只有一块大显示屏。

“这是一艘被损坏的星际战舰。”洪表情平静，缓缓地说道，“当年我发现它的时候，它就已经坏了，无法再飞入宇宙。不过，这星际战舰就算是一个空壳，其防御程度也远远超过地球上任何基地市的建筑。后来，我有能力了，就将它从地底弄出来了。”

“我以星际战舰为极限武馆总部，就算是激光炮，也休想攻破这星际战舰。”洪指向显示屏，显示屏顿时亮起，浮现出了宇宙的星空画面，“这宇宙并非普通人认为的那般简单。”

“人类有时候很自大，连陆地上的很多动物和植物都没见过，更没见过海洋中的无数动植物。也就是说，连地球上的很多物种都没搞明白，竟然有人凭借浅显的知识，断定宇宙中没有其他生命，你说可笑不可笑？”洪看向罗峰。

罗峰微微点头。

的确，古时候人类认为大地是平的，后来才知道，地球是圆的；古时候人类认为太阳是绕着地球转的，后来才知道原来是地球绕着太阳转。

人类总是仅仅明白一点，就自认为全部掌握了。之后，才发现过去错得何等离谱。

“的确很可笑。海洋是无边无际的，人类有很多地方没有探索到，而宇宙比海洋广阔得多，堪称无限，岂是被局限于地球上的人类所能判定的？这无异于坐在井底的青蛙以为天空跟井口一样大。”洪摇摇头，“宇宙中的文明和种群复杂无比，也神秘无比。”

“罗峰，武者和精神念师真正的分级一两句话说不清楚，你自己先看吧。”

洪的手指指向屏幕。

屏幕上顿时出现了关于武者和精神念师级别的详细阐释，学徒级、行星级、恒星级、宇宙级，每一级都分为九阶。此外，视频中还描述了行星级强者、恒星级强者，乃至于宇宙级强者的不同实力。

“天哪！”罗峰顿时惊呆了。

他从光头水晶人那里得知宇宙级强者很可怕，此刻看视频，他更震惊了。

“一座城市就这么被毁灭了？陨石？那是什么，白矮星？”

罗峰惊讶地看着视频中的一颗白色星球。视频记录了两名强大武者降落在一颗星球上，彼此厮杀。旁边还有文字介绍，那里是地面引力是地球3亿倍的白矮星。

精英训练营的古文明遗迹重力室的引力最高才到地球的1000倍，远远不及白矮星的地面引力。

如此恐怖的引力，连原子都会被压碎。人类是不可能在白矮星上生活的，更别提战斗了。

“那两个人在白矮星上战斗，的确不可思议。不过，人体真正的奥秘岂是地球上的科学家能够研究透的？他们哪里能够想象得出，人体内会有一颗小星球，小星球会产生磁场，行星级精神念师一拳就能砸出达数千吨甚至上万吨的力量？”洪淡淡地道。

研究得越透彻，越会发现自己无知。

罗峰很赞同这句话。

这段视频深深地震撼了罗峰。

光头水晶人说得再多，也不及这段视频震撼。

“这是宇宙级强者战斗的视频，也是我得到的唯一一段记录宇宙级强者战斗的视频。”洪定定地看着视频，目光满含向往，“宇宙级强者能够横穿宇宙，仅凭肉身和星际战舰战斗，甚至能在白矮星上生存。宇宙级强者可以轻易让地球上的人类灭绝！”

“在宇宙中，行星级强者勉强只能当保镖或者打手，也就混口饭吃，恒星级强者才算得上是大人物，宇宙级强者则是堪称帝王级的人物。他们随便加入一个星球，就可以拥有大量的行星领地，控制上千亿子民。”洪看起来很平静，声音却隐隐有些发颤。

话落，洪转头看向罗峰。

罗峰正目光灼灼地看着视频，心想：“我哪天才能在白矮星上战斗啊？据光头水晶人所说，无数星球中才能诞生一个宇宙级强者。”

“罗峰。”洪沉声说道。

“馆主。”罗峰看向洪。

“你的脑域阔度很高，虽然我没有手段完全测试出你的脑域阔度，但是你在9号古文明遗迹中的经历足以证明这一点。”洪顿了顿，继续说道，“在茫茫宇宙中，你的精神念师天赋或许不算什么，可是，至少在地球上，你的精神念师天赋是第一的。”

洪紧紧地盯着罗峰：“我和雷神的武者天赋极高，我和他是地球上实力数一数二的，而你的精神念师天赋是地球第一的，我希望你不要松懈，千万别因为在地球上功成名就了就沾沾自喜。你要知道，地球只是一颗普通的行星，需要我们守护，地球上人类的命运也得靠我们保护。”

罗峰重重点头：“明白，馆主！”

此刻，罗峰终于明白洪和雷神比其他人强得多的原因了，他们早就是地球上数一数二的强者了，却依旧在不断努力，不断进步，丝毫没有松懈。

当天。

洪和罗峰乘坐智能战机前往雾岛。

罗峰收到了刘彦发来的亲戚的资料，不过现在他的父亲身体还没好，根本没办法到远方探亲。而这些资料一旦被他的父母知道，他们恐怕一时半刻都等不了，所以罗峰暂时没将资料给父母，想着等父亲的身体好一些，再告诉他们。父亲已经等了20多年，不差这半年。

……

一架红色三角形战机在前，一架深蓝色三角形战机跟随在后。

罗峰、洪、雷神这三人都待在红色的三角形战机内。

“雾岛到了。”洪说道。

机舱内，三维虚拟投影仪早将下方的景色显示出来。

罗峰看到了周围百里的湖泊，湖泊周围有许多飞碟形战机、三角形战机等，甚至还有一些正在建设的驻扎基地。

罗峰大吃一惊，问道：“馆主，这是雾岛？”

“嗯！”洪点点头。

“可是……”罗峰看着三维虚拟投影仪屏幕显示的雾岛，惊愕不已。

雾岛中的湖泊上方已经没有雾了，就连湖泊中的“岛屿”也消失不见了。

“坐标是对的。”罗峰看了一下通信手表上的坐标，十分震惊。

“自从雾岛中的摩云藤被我收走，雾气就消散了。”洪当即解释道，“至于那座岛屿，不久之前发生了一场大战，使得整座岛屿都毁了。”

“岛屿被毁了？！”罗峰心中暗惊。

到底是何等激烈的战斗，竟能毁掉面积如此之大的岛屿？

“罗峰，”旁边的雷神指着湖泊，说道，“这个湖泊很诡异，湖中有许多怪兽，怪兽数量很多，实力很强。更可怕的是，其中有一头长着13只触手的可怕怪兽，是我们发现的第三个怪兽皇者。”

“怪兽皇者？！”罗峰不敢相信。

自己曾经在湖泊中闯荡，小命差点都玩完了。如果当时怪兽皇者出现，自己肯定就没命了。

“这雾岛的确很奇特。”洪郑重地说道，“明明只是一座小小的岛屿，竟然有着大量的草木之灵，还诞生了摩云藤那种珍贵的宝物。除了这些，湖泊中的领主级怪兽比海洋中的都多很多，甚至还有一个怪兽皇者。”

“地球上各方势力的人几乎都认定这里有奇宝，毕竟前几次探索古文明遗迹时，根本没发现草木之灵等宝物，上次在雾岛中的发现是惊人的。”洪指着三维虚拟投影仪屏幕显示的湖泊周围，“你看，那些飞碟形战机和基地都是五大强国、各大基地市势力，以及一些议员的。雾岛湖泊周围的激光炮超过了20门。”洪看向罗峰。

罗峰显然有些吃惊。

激光炮可是能击杀王级怪兽的，雾岛周围的激光炮竟然超过20门。

“至于谁能得到宝物，就看运气了。”洪缓缓地道，“你如果没有兴趣，现在就可以回去了，有兴趣的话，就驻扎在雾岛周围。我可没地方招待你，你回自己的智能战机吧。”

“是。”罗峰点点头，直接朝外面走去。

“记住，如果碰到怪兽皇者，别硬碰硬，逃得越远越好。”洪叮嘱道。

罗峰点点头，当即走出了舱门。

他跳下洪荒级智能战机，落在荒野中，看着眼前的湖泊。

和一年多前相比，这里的变化太大了。

“雾岛到底隐藏着什么，竟然引起了这么多方势力的关注？”罗峰疑惑不解，而后转头朝自己的王级智能战机走去，“洪和雷神都在这里，就算这里真的有奇宝，我想得到奇宝几乎不可能。我还是在一边看戏，同时将遁天梭第一形态的第二层学会再说。”

罗峰并不贪心。

人贵在有自知之明。五大强国、各大基地市、两大馆主齐聚雾岛，雾岛上还有怪兽皇者，他凭什么去夺宝物？

第203章

地底3500米

王级智能战机悬浮在高空。

罗峰从高空俯瞰，一架架小型战机分散在湖岸，在一群武者的保护下，许多工作人员或是架设激光炮，或是架设一些特殊的探测仪器、监测仪器，在忙碌着。

湖泊周围的数十里范围内，几乎看不到一头活的怪兽。

除了这些小型战机外，还有6架超大型的飞碟形客机。

“全世界各大势力到底安排了多少人来这里啊？”罗峰感叹不已。

……

“指挥中心，指挥中心，我是03，我是03，一切正常，一切正常。”

“指挥中心，指挥中心，我是08，我是08，方向调整完毕，方向调整完毕。”

大量消息迅速传到了指挥中心。

一架红色的巨型飞碟形客机停在湖岸1500米处，这正是雾岛争夺战中C国人马在此的驻扎基地，也就是指挥中心。

湖岸分散着6架巨大的飞碟形客机，这些客机分别来自于C国、R国、I国、A国、E国和HR联盟。这种大型飞碟形客机造价昂贵，一般的基地市都造不起，也舍不得造。

此次，五大强国和HR联盟都调用了一架巨型飞碟形客机来此，停在湖岸，当作驻扎基地。

客机的防御力强、机动性强，的确是最佳驻扎基地。

……

“我还是认认真真将遁天梭第一形态的第二层练好。”罗峰一边饶有兴趣地观看下方事态发展，一边准备修炼。

忽然，他手臂上的辅助光脑振动起来。

“喂，你好。”罗峰接通了电话。

“我是贾谊，不知道有没有荣幸和罗峰议员见一面？”

“贾谊？你现在也在雾岛？”罗峰心中微微一动。

“罗峰，你在半空中，应该能看到雾岛湖岸一共有6架大型飞碟形客机，其中红色的那架客机就是我们C国人的驻扎基地，我已经安排人到基地门口去迎接你了。”贾谊说道。

“我马上到。”

罗峰直接飞出王级智能战机，朝下方的那架红色巨型飞碟形客机飞去。

“测试战斗力，学徒级九阶以上显示。”罗峰将辅助光脑对着红色的飞碟形客机。

顿时，他的辅助光脑屏幕上浮现出一些讯息。

“哦？4位议员？12位高级战神？我们C国的武者实力挺强的嘛。”罗峰惊诧。

罗峰落在飞碟形客机的门口。

一个美貌女子微微躬身，道：“罗议员，请跟我来。”

罗峰跟着女子走到飞碟形客机的走廊上。

女子道：“这条走廊已经被改造成‘激光通道’，若有外人擅自闯入，将会被直接射杀，稍等一下。”

“嘀！嘀！嘀！”走廊上方的红色警示灯响了三声，而后熄灭。

“总指挥在顶层舱内。”女子指着楼梯。

罗峰抬头看去，楼梯尽头的金属门关闭，门口站着两名战神级守卫。

“见过罗议员。”两名战神级守卫微微躬身。

“哗！”金属门打开了。

罗峰直接步入其中，顶层的大厅被改造了，其中没有座椅，而是安装了诸多先进的设备，甚至有一些从古文明遗迹中发掘出来的设备。中央是微微凸起的圆形廊台，圆形廊台上站着四名穿着作战服的武者。

看起来，他们的年纪都不小了，其中还有一人的头发都白了。

“罗峰！”

“罗议员！”

这四人都笑着走过来，为首的中年人身材精瘦，笑道：“罗峰，你又突破了？”

“嗯，前几天突破的。”罗峰点点头。

刚刚罗峰是御空飞行过来的。

这四位议员自然能看出罗峰已经正式跨入议员级，过去议员们对罗峰并不尊重，如今罗峰一突破，他们的态度顿时变了。

罗峰没有突破的时候，就能击杀李耀。如今罗峰突破了，那还了得？他绝对算得上是议员中的强者。

“贾谊先生，自从知道你的一些事迹，就一直很想见见你。上次我在出任巡察使的典礼上，并没看到贾谊先生，这次总算如愿了。”罗峰笑道。

这并非恭维，罗峰的身份变了之后，就可以看到很多人的档案，看到贾谊的档案后，罗峰就很敬佩贾谊。

贾谊堪称传奇人物。其父辈、爷爷辈都是军人，就连老太爷也是参加过大战的老士兵，这是一个军人家族。贾谊从小就体弱多病，发育不良，身体瘦小。大涅槃时期，他却一次次地拯救了逃难的C国子民，超过千万人被他救出。

大涅槃时期，武者没有形成系统的训练，然而贾谊成了军方第一位超越战神的存在，基地市建立时期，他的功劳也很大。他一直效忠于国家，是军方的骄傲，又拥有极强的实力。

论实权，他在C国绝对排得上前三，算得上是C国军方的领袖人物。

“行星级二阶？！如果贾谊出生在我这个年代，有人指导他修炼，估计他的修为会更高。”罗峰心中暗道。

“哈哈！我也很想见见我们C国新一代的天才武者。”贾谊朗声大笑，“我旁边的这三位，你都认识吧？”

“朱议员，拓跋议员，邓议员。”罗峰笑着打招呼道。

那三位议员都微笑致意。

罗峰看向大厅，厅内的仪器非常多，很多都是他没见过的，忍不住赞叹道：“这些仪器的工艺很奇特，不像是我们制造出的仪器。”

“这些都是从古文明遗迹中发掘出的仪器。”贾谊指向其中一块大屏幕，下令道，“将雾岛湖泊探测影像传过来。”

“是，总指挥。”

顿时，屏幕亮起，屏幕上出现了湖泊，湖泊中有无数个模糊的影子。

“那些影子都是水域怪兽？”罗峰好奇地看着屏幕，“厉害！你们竟然能探测到湖泊中的怪兽。”

“这个并不难，五大强国都做得到。”贾谊走到屏幕面前，指着屏幕的某处，“你看，这个湖泊最深处达千米。可是，那个怪兽皇者不在湖泊内。”

“下探到3500米处。”贾谊下令。

屏幕上的图形陡然变化，一直延伸到地底3500米处。

“这是……”罗峰瞪大眼睛。

“这就是兽皇，被我们命名为‘触手兽’。”

贾谊指着屏幕上一个模糊的影子，那影子体形庞大。要知道，整个屏幕探测地面深度达到3500米，可是那影子的宽度竟然占据大半屏幕，可见其体形之大。

“触手兽一共有13条触手，每条触手的长度达1500米。”贾谊缓缓说道，“你看，它还顶着一个类似于龟壳的玩意儿，瞬间，它就可以将13条触手都收回到龟壳内。”

“不仅如此，它还具有触手类怪物的相似特征，那就是它的触手被斩断后能迅速长出来。”贾谊摇摇头，“我们已经探察雾岛好几天了，并没发现宝物或者秘密，主要是因为兽皇潜藏在地底，我们不敢下去。”

罗峰微微点头。

进入地底杀兽皇？做梦！

“前几天，洪下去过一次，斩断了兽皇的两条触手，却被兽皇给逃掉了。”贾谊看向罗峰，又道，“重宝出现的时机一般都很特别，想要得到重宝也得看运气。论实力，洪超过了所有议员，可是运气……”

“罗峰，你愿不愿意加入我们，帮C国一把？”贾谊看着罗峰。

其他三位议员也看着罗峰。

罗峰闻言一怔。

这贾谊太会扯了吧，明明是来雾岛夺宝的，竟然将国家搬出来拉拢罗峰。如果真的是C国有难，罗峰当然会帮忙，只是这件事……

“贾谊先生，很抱歉。馆主也在这里，我是不会和馆主作对的。”罗峰歉然一笑，“我还有事，就先告辞了。”

既然拒绝了别人，罗峰也不好在这里待太久。

贾谊笑道：“没关系。这些日子，我们都在这里，有时间的话，可以过来聊聊。”

“行。”罗峰微微一笑。

贾谊等议员亲自送罗峰离开。

罗峰走出红色飞碟形客机的舱门，外面狂风呼啸，荒野杂草低伏。

“所有人员注意！我是极限武馆馆主，我即将进入雾岛的湖泊中，欲一举杀死兽皇。所有非议员武者立即进入各自的驻扎基地，议员级强者切勿在湖泊上空飞行，小心被波及。”声如擂鼓，响彻周围。

“馆主要去杀兽皇？！”罗峰不由得大惊。

“什么？洪要去杀兽皇？！”贾谊等议员也大吃一惊。

“嗖——”湖岸，一名名议员级强者都御空飞起。

第204章

洪和兽皇

灰蒙蒙的天空中，30余道人影悬浮着。

他们都是地球上的强者，是超越战神的存在。

罗峰和贾谊等人也凌空站立。

“上次洪去杀兽皇，以失败告终。虽然洪让兽皇受了伤，但是洪自己也受伤了。”贾谊看向洪荒级智能战机所在的方向，“这才几天，罗峰的任命典礼刚结束，洪怎么就要再次对付兽皇了？”

“的确很奇怪。”其他三位议员都很疑惑。

人都是很在乎名声的，更何况是地球第一强者洪。洪对战兽皇，第一次没成功，大家尚且能理解。如果洪没有一点把握，第二次动手对付兽皇，很可能会失败，引人背后非议。

“馆主应该有把握吧！”罗峰眉头紧锁。

贾谊等议员都摇摇头：“如果洪有把握，早就把海洋中的那两大怪兽皇者解决了。”

议员强者们悬浮在高空中，议论纷纷。

湖岸的小型战机都飞回了各家驻扎基地，所有议员级以下的人都进入了驻扎基地。上次洪和兽皇大战时，大多数人都旁观了，知道动静有何等大，一旦被波及，就连议员强者都有可能丧命。

“看，洪和雷神出现了。”

“这次是洪和雷神联手吗？”

“后退！后退！千万别待在湖泊上方，离远点。罗峰，在湖泊上空是很容易遭到波及的。无论是你们馆主还是兽皇，随意一击的攻击力都不是我们能够承受的，千万别大意。”贾谊等人连忙说道。

罗峰当即跟着往后飞行。

雾岛周围一片安静，各个驻扎基地的人监测着湖泊的动静。

30余名身着黑衣的议员强者悬浮在高空，他们的注意力都在洪和雷神身上。

只见洪和雷神并肩飞向湖中。

雷神看向洪，低声道：“洪哥，那触手兽一旦进入湖里，如鱼得水，可是我们进入湖里，实力会大大削弱。上次你没能成功击杀触手兽，这次将摩云藤带来了，就有把握了吗？”

人在水底会受到水的阻碍，速度越快，阻力就越大。洪和雷神在湖底受到的限制的确极大，而兽皇在湖底却游刃有余。

“我带了摩云藤，有三成把握能击杀触手兽，就算杀不了它，我也能安全回来。”洪俯瞰湖泊，平静地道，“更何况，雾岛湖泊地底最强的就是这个兽皇，它是我们得到雾岛宝物最大的拦路虎，不杀了它，我们怎么得到宝物？”

雷神点点头。

的确，如果不击杀兽皇，就根本无法去湖泊底部探察。

“你此举是帮五大强国和HR联盟。”雷神一笑，“也是帮我。”

“我早就说过，想要得到宝物，是看缘分的。就拿遁天梭来说，明明在我的手里，我却不太会用，自然发挥不了多大威力。它到了罗峰手里，威力却很大，这说明遁天梭和罗峰有缘。”洪露出一丝笑容，“摩云藤本非地球之物，我没有离开地球，摩云藤却落到我手里，也算是和我有缘。”

雷神笑了，显然赞同洪说的话。

“你就待在这里，看我如何解决触手兽。”

洪刚刚说完，整个人直接化为一道光芒，猛地扎入湖中，湖面产生一丝丝涟漪。而后，洪就穿过了湖泊最深处，进入了湖底的烂泥层、岩石层。

他疾速往下潜。

天色昏暗，6个驻扎基地都亮起了灯光。

30余道人影依旧悬浮在高空。

“看，动了。”贾谊盯着自己的通信手表屏幕，大叫起来。

其他三位议员和罗峰都盯着通信手表的屏幕，屏幕显示出了兽皇庞大的影子。

此刻，兽皇的影子陡然动了，13条触手疯狂搅动。同时，兽皇迅速往上冲。

“这个红色光点代表的是洪。”贾谊指着附在某一条触手上的红色光点。

人体高不足2米，而兽皇一条触手长达1500米，两者比例差距惊人。

“洪在迅速移动，兽皇则靠触手发起反击。看，大地都震动了。”

罗峰等人惊讶地看着下方的大地，因为兽皇的疯狂反击，攻击余波传递到地面，引起大地微微震动。

“兽皇的一条触手断了。”

罗峰等人都紧紧地盯着屏幕，只见其中一条触手断了。

“洪和兽皇的速度都好快。”

“兽皇已经逃入湖中，速度陡然快了数倍。洪也进入湖中，速度虽然提升不少，可是显然没有兽皇速度提升幅度大。”

贾谊等四位议员都紧张地注视着，同时谈论起来。

“不好，退！”贾谊低吼一声。

屏幕显示出，一条触手猛地伸出湖面。

罗峰等人后退的时候，一条足足有20米粗、表面类似于岩石层的触手猛地冲破湖面，而后冲天而起。

那触手瞬间搅动湖面，威力影响周围数千米。

“轰隆隆——”

湖面大浪汹涌，大量水域怪兽被震得飞起，或是惨死，或是受伤。

“这怪兽皇者的实力比当初的摩云藤要强得多。”

罗峰闻到了一股极为难闻的腥味，类似于海产腥味，又有点像蚯蚓的味道，非常刺鼻，让人想要呕吐。

“即便我们拥有黑神套装，若是和触手正面碰撞，我们十有八九都会丧命。”贾谊看向罗峰，“罗峰，我劝你在黑神套装外面再穿上SS级作战服。”

“难怪你们都穿上了作战服。”罗峰点点头。

贾谊等四位议员都是外面穿着SS级作战服，里面穿着黑神套装。

远处，空中悬浮着的行星级强者几乎都是这样穿的。

“面对如此强悍的兽皇，穿上SS级作战服，的确多了保命的可能。”罗峰点点头。

SS级作战服虽然无法完全将冲击力挡住，但还是可以削弱不少冲击力。

罗峰等五人紧紧地盯着通信手表的屏幕。

“洪冲到兽皇的龟壳内了。”

“他们厮杀得好激烈。”

“嗖！”一道人影从湖中冲天而起，正是气势如虹的洪。

此刻，洪手持一杆银色长枪，双眸中闪过一道精光。

周围百米范围皆被黑雾笼罩。

手持长枪的洪再一次疾速冲入湖中。

“兽皇的第二条触手断了！”旁边的朱喜忍不住惊呼。

“洪附在了兽皇的龟壳上。”

“咦，怎么回事？”

罗峰等五人大吃一惊。

通信手表显示屏上，代表洪的红色光点竟然消失了。

罗峰疑惑地看向贾谊。

贾谊摇摇头：“我也不清楚，我还从来没遇到过这种情况。一般来说，只要是有生命的，都会被探测到。”

“有生命？如今探测不到洪，难道洪已经死了？”旁边的拓跋议员惊叫出声。

“快看！”罗峰忽然喊道。

顿时，贾谊等人转头看向远处的湖泊，只见水浪滔滔的湖泊更加震荡起来。而后，七八条触手伸出了湖面，搅动着。

湖中的大量水域怪兽被波及，大多都丧命了。

“嗷！”一道悲戚的声音从地底传出，令地面的人都微微一颤。

“好刺耳的声音！”

半空中悬浮的30多名行星级强者不禁捂住耳朵，面露痛苦之色。

那一条条触手舞动的速度减缓，之后竟然无力地坠落，落入湖中，甚至有两条触手落在了旁边的荒野上，砸得地面裂开了两条深沟，湖水迅速灌满了深沟。

“死了！”

“触手兽死了！”

“快看，监测屏幕上，兽皇的影子不断地变淡，说明它的生命气息正在迅速流逝。咦！影子没了！”

在罗峰等五人的注视下，兽皇那庞大的影子竟然消失了！

而那个红色光点出现了，依旧格外耀眼。

那是洪！

“湖面又荡漾起来了。”

30余名行星级强者都看向广阔的湖面，只见湖面震荡，而后一截触手冒出湖面，紧接着出来的是洪，洪的右手上一根数10米长的藤蔓缠绕住了触手。

洪一飞冲天，将这个庞然大物拖出了湖面，出现在湖泊的上空。

地球上五大强国、HR联盟的人都愣愣地看着这一幕。

同一时刻，这个场景被传送到了地球的各个国家和组织。

所有人都沉默了。

第205章

大发掘

看到兽皇尸身的瞬间，聚集在湖泊旁的所有人员都屏气凝神。

这实在是太不可思议了！

拖着兽皇尸身的洪朝旁边的荒野飞了过去，而后缓缓降落。

兽皇庞大的尸身落在荒野大地上。

“扑通！”

荒野大地猛地震荡。

“好强！”罗峰看着高空中一身黑衣的洪，心中暗自赞叹。

洪的脸色苍白，眼睛却很亮，隐隐还浮现出喜悦的神色。

“行星级无敌高手？没想到，洪在水中都能杀死水域兽皇。”罗峰很是震撼。

行星级无敌高手，即行星级同级别高手中最强的，他不会被击败，却不代表能杀死所有行星级对手。这和高级领主级怪兽的力量、速度都比高级战神要强得多是一个道理，怪兽因为种群关系，其力量、速度等方面天生占优势。

论身体力量，怪兽皇者远超洪。而且，还是在它最擅长的环境中战斗，如果洪没有自己的领域，或者换一名行星级六阶武者过来，恐怕会被兽皇直接击杀。

洪拥有自己的领域，属于行星级无敌高手，再加上摩云藤，又把握好了时机，一举就将兽皇给击杀了！

“有一天，我也要像洪一样击杀兽皇。”罗峰看着远处宛如天神般的洪，心中暗道。

罗峰等强者被洪的战绩震撼的时候，地球上各方势力的首领却打起了主意。

“这可是地球上第一具兽皇尸身，堪称无价之宝。”

“总统先生，我们研究小组从来没有得到过兽皇尸身，我们请求总统先生和极限武馆协商一下，至少获得兽皇的部分尸身。”

“我提议立即购买兽皇的部分尸身，我们一定要最先研究兽皇尸身的骨骼结构、皮肤等等，我们HR联盟可是世界上最大的武器供应商，这一次，我们必须研究出更加厉害的兵器、作战服，继续占领市场。”

五大强国、HR联盟等等势力都眼红兽皇尸身。

要知道，当年第一具王级怪兽的尸身就让人类发明出了SS级作战服、SS级兵器，甚至发明出了更高一等的SSS级作战服、SSS级兵器等。不过，从性价比方面来讲，SSS级作战服的价格太昂贵，几乎没人买SSS级作战服。而且有那些钱，还不如买黑神套装。

而这可是第一具兽皇尸身，仔细研究的话，说不定会有很大的成果。

天已经黑了。

茫茫的荒野上，洪站在尸身旁边，和兽皇庞大尸身一比，仿佛蝼蚁一样渺小。

“柳河。”洪打开了通信手表。

“馆主。”远在洪宁基地市的柳河连忙应道。

“你立即调遣甲一研究队和两支特殊战神小队，以最快速度赶到雾岛，来见我。”洪下令。

“是，馆主。”

除此之外，洪还下令让三大亲卫之一野兽也赶来雾岛。这样一来，他麾下的三大亲卫就聚齐了。在这个关键时刻，洪信任的还是三大亲卫。

“是，主人。”一道浑厚的声音从通信手表中传出。

“洪哥。”一道洪亮的声音响起。

洪转头看去，来人正是身穿白袍的雷神。

雷神笑眯眯的，仰头看了看旁边庞大的兽皇尸身，道：“洪哥，我真的佩服你，你竟然杀了兽皇。”

洪微微点头。

“哼！你还真是一点都不谦虚。”雷神没好气地道。

洪看了雷神一眼，有些无奈。

他们都是大涅槃时期之前出生的，雷神是混血儿，有C国人和I国人的血统，雷神的父亲是个瑜伽师，曾经专门去I国学习瑜伽，因此认识了雷神的母亲。而后，雷神父亲带着雷神母亲回国了。

雷神从小就很调皮，可能是受到影视剧的影响，非常喜欢C国功夫。

从小受父亲教导，雷神在瑜伽方面很有成就，再加上苦学C国功夫，获得了“雷疯子”的外号，在武术圈的名气很大。C国武术圈内很多人都知道有一个非常喜欢挑战的混血年轻人。大涅槃时期到来，雷神结合C国武术和I国的瑜伽术，创造出了可以将身体力量发挥到极致的九重雷刀。和雷神不一样，洪在大涅槃时期前是一个杀手。

洪和雷神性格虽然不同，但是有一点是相同的——对自己要求都很苛刻。

从小就受到父亲严格教导，雷神当然能吃苦，洪就更别说了，他有当杀手的经历，自然吃得了苦，这导致他性格比较冷酷。

大涅槃期间，两人的实力突飞猛进，加上一些奇遇，还有自身天赋很高，彼此切磋，实力提升得更快。论身体素质，从小就得到很好训练的雷神显然比洪更强。而且，雷神从小就接受了系统性的学习，其进步速度一直很惊人。

身体强度、速度、力量，以及对肉身的利用效率，雷神都超过了洪。

然而，洪的悟性极高，修为达到行星级时就拥有自己的领域，自然成了世界第一强者。

两人分别创立了极限武馆和雷电武馆。他们麾下的人一直在竞争，他们却没有阻拦，两人之间的交情也没受到任何影响。他们可是经历过一次次生死的，交情当然很好。在他们看来，麾下的武者彼此竞争，对于双方都有好处。

“洪哥，你都杀了一个兽皇了，海洋里还有两个兽皇，你能不能把它们干掉？”雷神笑着问道，“如果能把它们干掉，我们以后就轻松多了。”

“不一样！这个湖泊不深，虽然面积很大，可是对那兽皇而言根本不算什么，毕竟它的一条触手就长达1500米。也就是说，在这个湖泊里面，它想翻个身都很麻烦，这个湖泊的深度和面积都限制了它的发挥。此外，它成为皇者还没多久，肉身利用效率比较低，所以我才能一举击杀它。

“海洋里的那两个老家伙在大涅槃时期就达到了王级，而后逐步成长为皇者，并且那两个兽皇在海洋中经历了一次次战斗，可不是好对付的。

“这个兽皇不知道从哪里冒出来的，它的经验少，自身力量控制远不如那两个老家伙。”

雷神点点头。

“不急，我们在陆地上的实力比那两个家伙要强，它们应该不敢上岸。”洪缓缓地说道，“待我们的修为踏入恒星级，或者我的摩云藤成长到更厉害的程度，那就有把握对付它们了。”

“洪哥，你别跟我提摩云藤，我很眼红啊！”雷神忍不住嘀咕道，“你竟然得到了摩云藤，运气未免太好了。”

摩云藤堪称无价之宝。

在茫茫宇宙中，一株摩云藤的报价是不可思议的。洪通过宇宙的一些知识传承，知道摩云藤的价值，所以当初他才那么兴奋，甚至舍得将念力兵器送给罗峰，以换取摩云藤。在洪看来，念力兵器远不如摩云藤。

“罗峰，来我这里。”

罗峰接到了洪的电话。

“是，馆主。”

罗峰当即朝洪所在的位置飞去。

看到远处庞大的兽皇尸身，罗峰心中有些疑惑。馆主一个人就灭了兽皇，按理说应该不需要他前去帮忙，现在召集他做什么呢?

一会儿，罗峰降落下来。

此刻，洪正站在兽皇尸身旁，一旁还有洪的亲卫妖娆、冰山。

“馆主。”罗峰出声了。

“罗峰。”洪转头看向罗峰，微微点头，“我已经将兽皇触手兽击杀了，现在探岛湖泊最大的难题已经解决。各国政府、HR联盟等势力的人已经开始探索湖泊了，还有一些人在做准备工作。”

“我也安排了不少人过来。现在，你们三个马上潜入湖泊，搜索湖泊中的宝物。”洪郑重地道，“一旦发现宝物，能夺则夺，不能夺取，则立即通知我。”

“是，馆主。”妖娆、冰山、罗峰三人恭敬应命。

“另外，此次我会将得到的宝物做相应分配，发现宝物者可以获得宝物的30%，夺得宝物者能得到宝物的30%，剩余40%归极限武馆所有。”洪顿了顿，又道，“也就是说，如果谁发现并得到了宝物，即可得到宝物的60%。”

妖娆、罗峰等人都点点头。

能够分到宝物的60%，这已经很不错了。毕竟有宝物在身，不怕别人来抢，更何况，他们背后还有洪这个大靠山。

“好！你们三个现在就出发！”洪下令。

“是！”

罗峰、妖娆、冰山立即化作三道流光朝远处的湖泊冲去。

此刻，不少议员强者也朝湖泊飞去。

第206章

冰雪大帝

罗峰、妖娆、冰山这三人的装束类似，都是外面穿着作战服，里面是黑神套装，只不过妖娆和冰山多了一副金色面具。

湖泊上空，三人并肩飞行。

“我们三个分开行动。”妖娆说道。

“好！”冰山一如既往地冷酷。

“行！”罗峰点点头。

湖泊的平均深度仅仅几百米，而兽皇之前盘踞在地底3500米处，说不定宝物藏在湖底下方的岩石层中，寻找的难度极大。

他们分开来找的话，效率应该比较高。

“我还是先查看一下这个湖泊。”罗峰瞥了瞥远处，只见数千米外的一道人影俯冲进入湖泊，显然又是一位议员强者，“看来雾岛湖泊中的宝物吸引力很大啊！”

“扑通！”罗峰也飞入湖泊之中，水花四溅。

“唉！我根本不知道那个宝物是什么，怎么找啊？”罗峰有些头疼，“现如今，各方势力的人都不清楚宝物是什么，宝物数量有多少，只能如瞎子般乱找，幸好我是精神念师，精神念力辐射到周围200米范围，现在快去搜索吧！”

用念力扫描比用雷达扫描的效果更好。

就这样，罗峰开始了一场寻找宝物之旅。上次罗峰在雾岛的湖泊差点丢了小命，这次，他的飞刀能将领主级怪兽轻易击杀。

罗峰耗费了32分钟，就扫描了湖泊超过80%的区域，一路击杀上百头怪兽，单单死在他手下的领主级怪兽就有13头，其中有两头高级领主级怪兽，它们身上的材料被罗峰收进了背包中。

“行星级精神念师在地球上赚钱真容易。”

罗峰收了这两头高级领主级怪兽的材料，放弃了其他领主级怪兽的材料。

“罗峰，你有没有什么发现？”妖娆的声音通过通信手表传来，“我已经探测过湖泊超过36%的区域，没有任何收获。”

“我也没有任何发现。”罗峰低声说道，“我探测了湖泊80%的区域。”

论探测能力，行星级强者肯定比战神们要强得多，因为行星级强者的基因原能可以外放。如法尔议员，其身体周围环绕着火焰，又如JN基地市的蓝冉，当初他们阻碍罗峰杀李耀时，周围的温度骤降，瞬间使得喷泉结冰。

行星级武者可以控制周围一定范围内的能量，从而探索宝物。

当然，行星级精神念师探索能力最强，其次是行星级武者，而后是战神级精神念师，最后才是战神级武者。战神级武者只能靠着眼睛去看，效率最低。

“你探测了湖泊80%的区域，我探测了湖泊36%的区域，冰山探测了湖泊41%的区域，都没有收获。我认为，我们该进入地底进行探测。”妖娆传音道。

“我同意。”罗峰回道。

“嗖！”同一时刻，妖娆、冰山、罗峰这三名行星级强者迅速冲天而起，破开水面，飞到空中。

而后，他们朝湖泊中心的雾岛遗址飞去。

“扑通——”

罗峰亲眼看到远处的一名名战神级武者从战机中跃入湖中。

“战神竟然都来找宝物了，真是……”罗峰摇摇头，“还好，他们都是进入岛屿的泥土中寻找，并不蠢。”

在湖泊中，战神若是遇到领主级怪兽，简直是拿自己的小命开玩笑，而那几位战神跃下的湖水区域不久之前还是一座湖心岛屿。

不过，一场大战之后，这座岛屿被毁了不少，剩余部分都在水面之下。

那些战神跃下之后，迅速往下钻，寻找宝物。岩石层中，他们遇到了怪兽。不过，那些怪兽的实力都很弱。

“地底的土壤层和岩石层范围更广，而且探索难度比水中更大。”妖娆冷冷地道，“老办法，我们分开行动。”

“我先走一步。”罗峰说完，直接进入湖中。

仅仅八九米深处，罗峰就扎进了岩石层中，他是头上脚下的姿势，双脚化为尖锥，轻易刺破下方的泥土和岩石，往下坠去。

地底一片黑暗。

“对别人而言，在地底找宝物恐怕会很难。”

罗峰的精神念力辐射开去。

他不知道宝物是植物、矿物、生命，抑或是古文明遗迹。正因为他没有目标，所以探察起来比较慢。

3个小时后。

地底两三千米深的地方，一条暗河的河水汹涌无比。

“砰”的一声，罗峰撞破了山石，落入暗河之中。

“就是这里，上次我吃千年柳木心的时候，就是在这条暗河旁，还真有些怀念。现在又到了这里，我先挖个洞，休息一下。”

罗峰在暗河通道旁边略高处挖了一个洞穴，而后盘膝坐下。

刚才3个小时，他不断地探索，就算是念力足够，心神也会疲惫。

“什么味道？”罗峰盘膝坐着休息，忽然鼻子动了动。

一阵淡淡的米香味隐隐地传入他的鼻子。

罗峰猛地睁开眼睛，心中暗道：“难道是宝物？”

地底两三千米处竟然有米香，这是很古怪的事，说不定牵涉到雾岛的秘宝。

罗峰嗅了嗅，直接蹿进地底的暗河中，时而冒出河面嗅一嗅：“嗯！味道是从这个方向传来的。”

他确定了方向，立即迅速赶了过去。

“轰隆隆——”罗峰沿着暗河竟然来到了更加宽阔的河中，暗河好像只是这条宽阔大河的分支。

“这里面有水域怪兽。”罗峰念力一扫，“不过，怪兽的数量不多。”

对此，罗峰一点都不奇怪。

之前在C国驻扎基地，罗峰看到屏幕上的探测图显示湖泊平均深度达到300米，最深处近1000米。不过，这些只是图形上的主要数据，实际上，湖泊和地底还有各种通道，不然以兽皇那样庞大的体形，怎么可能从地底3500米处疾速冲向湖面。

而且，兽皇时而冒出湖面，时而潜入地底，这么频繁地移动，会产生一条条通往地底深处的暗道。当时，屏幕探测仪就探索出地底有好多通道，其中有不少水域怪兽。

“米香味是从那边传来的。”罗峰迅速飞了起来。

“嗖！”罗峰很快就到了50多米之外，他悬浮在河面上，看着前方。

幽暗的地底河流上方有一颗白色晶石，白色晶石发出了微弱的光亮，还散发出一阵又一阵米香味，让人不由得有流口水的冲动。

地底河流中的许多怪兽都盯着白色晶石，其中有一头怪兽瞬间跃起，吞下了白色晶石。

罗峰刚刚发现白色晶石，就看到它被一头水域怪兽给吞下了。

“不对劲。”罗峰疑惑地看着眼前的一幕，“其他水域怪兽为什么没有去争夺白色晶石呢？其中有不少是领主级怪兽，领主级怪兽的智力不比人类低，肯定有什么原因。”

下一瞬，那跃起吞下白色晶石的甲壳类怪兽全身发出道道白光，身体不断膨胀。

一道道痛苦的嘶吼声响起。

砰的一声，甲壳类怪兽身体爆炸开来，那颗白色晶石坠落，悬浮在湖面之上。

一群水域怪兽围着白色晶石，却都不敢吞下它。

罗峰见状，倒吸一口凉气。

那白色晶石看起来无比神奇，香味让人直流口水，没想到竟然堪比毒药。

“湖泊中有不少怪兽的尸身。”罗峰念力一扫，心中暗道，“看来之前有不少怪兽因为吞服白色晶石而丧命。”

就在这时——

“那是宝物！”

“雾岛秘宝！”

两道惊呼声响起。

而后，两道人影从不同方向疾速而来。

“宝物是我的。”罗峰心念一动，精神念力形成大手，直接朝白色晶石抓去。

这白色晶石如此诡异，罗峰可不敢用真手去抓。

“砰！”

一只朝晶体抓去的白色大手和罗峰精神念力形成的大手撞击在一起，二者直接溃散。

“罗峰，这宝物是我的，你速速让开。”一道怒喝声响起。

“第三议长，冰雪大帝默汉德森？！”罗峰的脑海中当即浮现出此人的信息。

冰雪大帝默汉德森是地球上两位行星级三阶武者之一，出生于A国，是A国现如今的第一强者，操控冰雪之力达到了出神入化的地步，人称冰雪大帝，是实力仅次于洪和雷神的超级强者。

“这是我们极限武馆的东西，你竟敢抢，找死不成？！”罗峰大喝一声。

遁天梭立即悬浮在他的面前，他随时准备施展绝招。

第207章

神奇的白色晶石

地底河流。

三名行星级强者凌空站立。

“罗峰，你这是在跟谁说话呢？”一道浑厚的声音响起。

说话的正是默汉德森。

他体形壮硕，身材魁梧，犹如高高在上的帝王，冷冷地看着罗峰。

“默汉德森，这东西是我先发现的，请你让开。”罗峰同样神色冷漠。

“很好！”默汉德森的脸上浮起一丝笑容，“已经很久很久没人敢这么跟我说话了，你这个毛头小子竟敢在我面前放肆，我今天就替你们馆主好好教训教训你。”

说完，他瞥向不远处的一位议员。

那位议员看了看默汉德森，又看了看罗峰，挤出一丝笑容，道：“两位，以和为贵，这宝物我就不要了。”

“嗖！”话落，他闪电般地离去。

“你先出手吧，不要磨叽，3秒内，我就解决你。刚才那老小子肯定会通知外面的人，我们速战速决。”默汉德森淡淡地道。

“你真是狂妄！”罗峰遥指默汉德森，“你待会儿可别一招都接不住。”

“哼！”默汉德森冷哼一声。

他可是堂堂第三议长，难道连这点实力都没有吗？要知道，连行星级二阶的精神念师伊斯特都败在他手里，他岂会怕罗峰这个刚刚踏入行星级的精神念师？他是A国的第一强者，可不是好惹的。

“钻山锥！”罗峰目光冷厉。

遁天梭瞬间分解成为365把飞刀，转瞬就形成了圆锥形状的表面布满螺纹的武器。

遁天梭分解并变形成钻山锥，速度极快，连行星级强者都无法看清，这是修炼《遁天》的基本功。

12道金色丝线瞬间在钻山锥的尖端缠绕。

一道刺耳的音爆声响起。

空间仿佛被搅乱了，一道金光瞬间带着气浪朝默汉德森袭来。

默汉德森脸色大变，瞬间出拳，拳套上有着锋利的尖刺。

然而，钻山锥的速度太快了！

默汉德森的拳头仅仅和钻山锥擦了一下，钻山锥顿时改变路线，直接刺在他的腹部。

钻山锥尖端的穿透力极强，很快就刺穿了默汉德森身体表面的SS级作战服，而后刺在默汉德森内层的黑神套装上。

钻山锥强劲的穿透力瞬间被削弱了九成，剩下的一成作用到了默汉德森全身。

默汉德森不由得后退七八米，脸色变得惨白。

“好强硬的身体。”罗峰心中暗惊。

不过，一切都在他的预料之中。默汉德森可是行星级三阶武者，如果没有黑神套装，估计会死在他的手上。可是，默汉德森拥有黑神套装，很难被杀。

“很好。你竟然让我受伤了。”默汉德森目光冷厉，“现在我……”

“你的速度太慢，根本打不到我。”罗峰朝默汉德森咧嘴一笑。

“你就给我当靶子吧！”罗峰大喝一声。

顿时，罗峰面前的钻山锥化作一道金光。

一道刺耳的声音再度响起，掀起了宛如龙卷风的气浪。

默汉德森这一次没有站在原地硬扛了，而是迅速后退，同时挥动双拳。

低沉的撞击声响起。

钻山锥尖端和默汉德森的拳头撞击在一起。

默汉德森大惊失色，顿时后退数米。

“钻山锥的攻击速度没达到极致，默汉德森勉强能抵挡得住。”罗峰脑海中闪过一个念头，“还好，钻山锥的强劲穿透力靠的不是速度，而是金色丝纹。”

这时，钻山锥上再度响起了让人心悸的声音。

“唰！”一道金色流光疾速袭向默汉德森。

“砰！”第三次撞击的声音响起。

默汉德森往后退的同时，嘴角渗出了血。

“罗峰的攻击力怎么这么强啊？他的攻击力和伊斯特相差无几，不过他的兵器攻击速度太快，比伊斯特操控的暗器速度快得多。”

钻山锥一次次攻击默汉德森，其攻击力很是可怕，攻击速度又极为惊人。

默汉德森根本不可能完全避开，以至于他每次都被攻击得倒退数米。下一瞬，钻山锥继续朝他攻击而来。

“怎么办？”默汉德森暗自思忖。

作为世界第三强者，他已经很久没有面临如此困境了。

罗峰的攻击力和伊斯特不相上下，但钻山锥透过黑神套装，令默汉德森受了轻伤。而钻山锥的攻击速度比伊斯特操控的暗器快得多，默汉德森勉强用双手阻挡，身体根本无法躲开。

“你让不让？”罗峰高声喝道。

“拼了！”默汉德森默默地道。

短时间内，默汉德森被钻山锥攻击了12次。

终于，他一咬牙，选择了最愚笨也是最有效的办法。

钻山锥化为一道金光，再次袭向默汉德森，而默汉德森这一次不再用双拳抵挡，而是换成双掌抵挡。

只见他的两个黑色手掌早就蓄势以待，瞬间，黑色手掌猛地变大。

金光轰向黑色手掌的刹那，黑色手掌的黑色皮肤瞬间合拢，仿佛一个黑色罩子，竟然将遁天梭困在里面。

靠着黑神套装的延伸功能，他在瞬间就困住了遁天梭。可是，他一直不想用这一招，他之前每次被钻山锥攻击的时候，不由得后退，其实是主动卸去冲击力，减少身体受到的伤害。

而且，在后退的同时，默汉德森会侧身避开极具冲击力的遁天梭。

此次他困住了遁天梭，相当于是主动承受钻山锥对身体的伤害。虽然钻山锥的冲击力仅仅增加了五成，可是一旦达到临界点，冲击力每增加一点，对身体的伤害就大得多。

“罗峰！”默汉德森大喝一声，而后，猛地用力蹬在旁边的山壁上。

他可是行星级三阶武者，双腿爆发力量，速度瞬间飙升，瞬间超过2000米/秒。

他立即放开遁天梭。如果不放开，遁天梭一发动，他就吃大亏了。

“他的速度太快了！”

罗峰瞬间朝上方冲去，进入了岩石层。

在岩石层中，精神念师的灵活度、速度都是默汉德森根本没法比的。

“罗峰，你有本事就出来！”默汉德森完全被气疯了，他已经很久没吃过这么大的亏了。

他被罗峰的遁天梭连续攻击那么多次，最后还是以重伤为代价才夺得先机。

“你有本事就进来啊！”罗峰的声音传了出来。

数百米外，罗峰撞破岩壁，惊讶地看着河流上方，原本悬浮着的白色晶石消失了。

之前罗峰逃跑的时候，就发现一头地龙怪兽吞下了白色晶石。罗峰没有当回事，他相信那头地龙怪兽也会爆炸，白色晶石还会回到原处。

可是，罗峰的精神念力发现地龙怪兽并没有死。

“这是怎么回事？”默汉德森脸色微变。

"他竟然连宝物被地龙怪兽吃掉了都不知道。"罗峰心中暗道。

地龙其实是一种蚯蚓衍变而来的最可怕的一种怪兽，一般都是领主级怪兽。

王级怪兽中，更是有地龙王怪兽。

"哼！"默汉德森恨恨地看向罗峰。

他被罗峰连续攻击十几次，怎么可能没有恨意？更何况，他又是高高在上的冰雪大帝，别人对他尊敬有加，更别说让他遭此大辱了。

只是，他很忌惮罗峰面前的兵器。

此刻，两人都紧紧地盯着那头地龙怪兽。

只见地龙怪兽身体不断膨胀，隐隐发出白光，散发出浓郁的米香味。

"白色晶石应该被地龙怪兽给吃了。"

默汉德森并不是精神念师，不可能时刻注意宝物。刚才那些怪兽一直没敢吞下白色晶石，所以默汉德森一直很放心。在他看来，如果怪兽要吞下白色晶石，早在他和罗峰来之前就吞掉了，所以他唯一的夺宝对手就是罗峰。

忽然，地龙怪兽猛地仰头大吼起来。

"哧哧——"

一根独角从其额头位置生长出来，原本泛着白光的地龙身体陡然抽搐，体形迅速变大。

"独角？！"默汉德森大惊。

"王级地龙王怪兽？！"罗峰也是大惊，"这头中级领主级怪兽吃了白色晶石，直接升为王级怪兽，这怎么可能呢？"罗峰震惊了。

忽然，他的脑海中闪过一个念头。

"那触手兽难道也是吃了白色晶石才蜕变成为兽皇的？"

第208章

震撼

以洪、雷神等人对地球的探察力度，恐怕实力强一些的王级怪兽早早就被记录在案了。按理说，怪兽皇者是一步步艰难成长起来的。

然而，雾岛的湖泊中突然冒出兽皇，简直不可思议。

这是洪、雷神以及全球各方势力很关注这个地方的原因。

“天哪！”默汉德森完全震惊了。

罗峰仔细打量着处于蜕变状态中的地龙王，只见地龙王的身躯迅速膨胀，身体的宽度、长度、表皮的色泽都在发生变化。

这头进化的地龙王怪兽发出痛苦的低吼，额头的独角迅速变长。

它的实力也在疾速飙升。

如此快的飙升速度，让服用过千年柳木心的罗峰都大为震惊。

“馆主，馆主，我是罗峰。”罗峰看出了此事很是严重。

“罗峰，什么事？”洪的声音依旧平静。

“我现在所在的位置之前有一颗奇异的白色晶石，被一头中级领主级怪兽给吞了，现在这头地龙怪兽在短短的时间内欲蜕变成王级地龙王怪兽，现在还在蜕变过程中。”罗峰迅速禀报。

“你待在原地，我马上就到。”洪的声音有些急促。

同一时刻，雾岛湖岸驻扎的一架巨型飞碟形客机内。

其他议员已经去进行探索了，只留下C国最强者贾谊在总指挥处主持大局。

“警报，警报，这里发现了疾速变强的生物的气息。”

“警报，警报。”

圆形大厅中响起了急促的声音，原本冷静的贾谊脸上露出了惊讶的神色。

“显示地点！”贾谊大声喝道。

“嘀！”

墙壁上屏幕的画面迅速放大，而后聚焦某一点周围500米的范围。

同时，工作人员的声音响起：“总指挥，这里出现了两位议员强者的生命气息，而就在刚才，一道不算很强的生命气息瞬间飙升，超过了雾岛周围一带所有怪兽的生命气息，我们断定应该是王级怪兽。”

“也就是说，短短的时间内，一头领主级怪兽蜕变成了王级怪兽。”工作人员的声音有些颤抖。

“你们确认情况属实吗？”贾谊脸色大变。

“我们有90%的把握。”工作人员回道。

“继续监测。”贾谊下达命令后，立即控制手中的通信手表，“朱喜、老邓、拓跋，赶紧赶往我给你们的坐标点，我马上就到。”

不单单是C国拥有这种探测仪器，五大强国当年在某一个古文明遗迹中都弄到了这种探测仪器。几乎同一时间，各方势力都发现那里很特别。耗费了很多时间，一直没有什么收获的各国人马迅速朝那里聚集。

地底2000多米处，原本只是汹涌奔腾的地下河流变得疯狂了。

那头痛苦的地龙王怪兽不断地翻滚，扭动着庞大有力的身躯，以至于整条地下河疯狂地震荡起来，水浪拍打着旁边的山石。

罗峰和默汉德森都悬浮在半空。

山石坠落，狂风袭来，浪涛扑打。

对于两名行星级强者而言，这些山石和浪涛根本不算什么，完全无法靠近两人。罗峰周围的精神念力轻易阻挡住了山石等的侵袭，而默汉德森周围更是隐隐泛起白色寒气，形成白色的隔离罩，将自己保护得好好的。

罗峰和默汉德森都俯瞰着下方那头地龙王怪兽。

那地龙怪兽蜕变了又怎么样？

默汉德森可是行星级三阶武者，罗峰虽然只是行星级一阶精神念师，但是意识极其强大，而且拥有念力兵器遁天梭，其实力不亚于默汉德森。

两大强者要对付刚刚晋级为王级怪兽的地龙王，是轻而易举的。此刻，对于罗峰和默汉德森而言，杀地龙王怪兽并不重要，重要的是，他们要搞清楚白色晶石到底有什么神奇力量。

“轰！”一道流光穿透山石，以让罗峰和默汉德森都心颤的速度出现在地下河流的上方。

正是一身黑衣的洪。

“馆主。”罗峰连忙飞过去。

洪微微点头。他瞥了远处的默汉德森一眼。

默汉德森之前还一副高高在上的样子，看到洪冷厉的眼神，不由得微微躬身。

现如今，地球上，能够和洪平等对话的就只有雷神，其他人和洪的实力差距太大了。

“罗峰，你说的就是这头地龙王怪兽？”洪看着下方即将完成蜕变的地龙王怪兽。

“就是它，不久之前，它还只是一头中级领主级地龙怪兽。”罗峰肯定地道。

“默汉德森？”洪看向默汉德森。

默汉德森恭恭敬敬，道：“第一议长，罗峰议员说的属实。”

“仅仅一颗白色晶石就让中级领主级怪兽跃升为王级怪兽？”洪眉头一皱，显然有些不敢相信。

须知，怪兽从高级领主级升为王级，难度丝毫不亚于人类从高级战神级升为行星级。而怪兽族群的王级怪兽之所以远远比人类社会的行星级强者要多，是因为怪兽本身的数量很多。

所谓的多，是相对人类行星级强者而言的，对于整个怪兽族群来说，王级怪兽依旧少得可怜。而现在一颗白色晶石就让中级领主级怪兽跃升为王级怪兽，也就是说，这颗白色晶石很可能会让中级战神直接跃升为议员强者。

“洪，你发现了秘宝，也不叫我。”一道抱怨声响起。

一道白袍人影出现在河流的上空。

“见过雷神。”罗峰微微躬身。

“见过第二议长。”默汉德森也微微躬身。

“罗峰，你可真是你们馆主的幸运星啊！”雷神微微一笑，“可惜，这地龙怪兽已经蜕变为地龙王怪兽，生命气息陡然变强了数十倍乃至上百倍。各方势力的仪器估计都测到了，各方势力的人马上就会赶到这里。”

话音刚落，一道道人影疾速而来。

“唰——”一名名行星级强者出现在地底河流的上空。

“地龙王怪兽？这里竟然有一头地龙王怪兽？！”

“难道生命气息陡然变得很强的就是它？它从领主级突破到了王级？”

诸多议员强者悬浮在河流的上空，俯瞰下方的地龙王怪兽。

地龙王怪兽已经结束蜕变，惊恐地看着河流上方的人。它有一定的智力，自然知道能够御空飞行的是人类中真正的强者，实力可以匹敌王级怪兽。

虽然它已经蜕变为王级怪兽，实力不俗，但是人类强者实在太多了。

“哧哧——”地龙王怪兽猛地朝河底冲去，欲钻进地底深层。

“你竟然还想逃！”洪一挥手，黑色领域立即弥漫开来，将地龙王怪兽笼罩其中。

地龙王怪兽陷入了那个黑色领域的范围内，疯狂地挣扎，可是它感觉自己仿佛被无数根绳子捆住，根本无法挣脱，只能痛苦地发出低吼。

这时，洪再次一挥手。

一道黑色流光射穿了地龙王怪兽的脑袋。

洪和雷神仔细地观察倒下的地龙王怪兽。

“没问题。”洪微微皱眉。

“它跟正常进化的地龙王怪兽一样。”雷神也皱起了眉头。

地底河流的上空，诸多人类强者凌空站立。

刚刚晋级为王级怪兽的地龙王怪兽就这么被击杀了。各方势力的强者看着轻易击杀地龙王怪兽的洪，很是震惊。

他们早就知道洪很厉害，此次见识到洪出手的极强威力，他们仍旧惊讶不已。

“罗峰，你再说一遍，那白色晶石是什么样的。”洪转头，说道。

“是，馆主。”罗峰仔细回忆，郑重地道，“这是一颗白色晶石，它之前就悬浮在河流上方。此外，它发出了淡淡的白色光晕，令黑暗的地底有了一丝光亮，而且它还发出了米香味。”

“米香味？这白色晶石不仅能发出光芒和米香味，还可以悬浮。怪兽吞掉白色晶石，还能进化？”洪默默地思忖着。

雷神也在思考。

“对了，之前还有一头领主级怪兽吞掉过白色晶石，可是，很快，它的身体就爆炸了，而白色晶石丝毫无损。”罗峰追加了一句。

“什么？那领主级怪兽吞掉了白色晶石后，身体就炸裂了？”

洪、雷神，以及其他几个议员强者眼睛一亮。

“5号古文明遗迹！”一位议员忍不住惊呼，身体微微颤抖。

“是木伢晶，是木伢晶！”另外一位议员也惊呼道。

“是木伢晶。”洪和雷神相视一眼，眼中有着炽热的神色。

“摩云藤出现在地球上，现在连宇宙中极其珍贵的木伢晶也出现在地球上。”雷神忍不住说道。

“木伢晶？”旁边的罗峰心中疑惑，低声念叨着。

木伢晶到底是什么？

洪和雷神都是地球上的巅峰强者，猜测出那白色晶石是木伢晶，此刻他们都流露出期待的神色。

虽然不知道木伢晶是何物，有何用途，但是罗峰能够猜出木伢晶绝对是比草木之灵珍贵得多的宝物。

第209章

争夺

“木伢晶？”其他议员心中都疑惑得很。

众人都看向洪、雷神以及那三名显然知情的议员。

在场的个个都是人精，看到洪等人的反应，都猜出木伢晶绝对是宝物。

“木伢晶？”一位金色卷发的议员疑惑地道，“吃了木伢晶，领主级怪兽竟然能够直接升为王级怪兽。如果多吃几颗木伢晶，岂不是可以变得更强？难道兽皇是吃了木伢晶才蜕变成功的？”

周遭死一般的寂静！

洪等五人不由得瞪了金色卷发议员一眼。

金色卷发议员却装出一副疑惑的表情。

洪等五人都知道木伢晶很是特殊，自然晓得兽皇是因为吃了木伢晶才发生蜕变的。可是，他们并不想说出这个秘密，一旦说了，就会引起大混乱。

“兽皇？！”

“没错，这湖泊根本没有诞生兽皇的环境，一定是木伢晶的作用。”

“兽皇吃了木伢晶，刚才地龙怪兽也吃了木伢晶，木伢晶的数量应该不会很少，雾岛湖泊的地底估计还有木伢晶。”

“我们赶紧去找。”

议论声纷纷响起。

不少人偷偷地观察洪等五人的反应。

“快，快，快，我们快去找木伢晶。”

“出发！”

一时间，议员强者们或是沿着河流，或是钻到岩石层，开始在地底疯狂搜索。

和之前的搜索行动不一样，此次他们可是有准确的目标。

看着那些议员疾速离开，洪和雷神相视一眼。

“我觉得刚才那家伙是故意说出来的。”雷神低声说道。

“嗯！我也这么认为。”洪淡淡地道。

“你怎么一点也不着急啊？你可比我更需要木伢晶！”雷神脸上浮现出一丝笑容。

洪却转头看向身后的罗峰、妖娆、冰山三人，吩咐道：“雾岛地底肯定还有木伢晶，你们赶紧去搜索。”

“是，馆主。”罗峰等三人恭敬应命。

“去吧！”洪微微点头。

而后，罗峰迅速冲入湖泊，钻入湖泊下方的地底深层。

罗峰释放出念力领域，迅速地在地底穿行。

“馆主、雷神，以及其他知道木伢晶的人都没说木伢晶到底能干什么。”罗峰目光冷厉，“不过，正因为他们不说，证明木伢晶很是珍贵，足以让人疯狂。”

罗峰不敢有丝毫松懈。

25分钟后——

“罗峰，罗峰。”一道道声音从通信手表中传出。

“贾谊？”

“恭喜，你们馆主刚刚得到了一颗木伢晶，不过有七八个人都看到了。”贾谊说道。

“哦！”罗峰有些惊讶。

半个小时不到，洪就发现并得到了一颗木伢晶。

结束通讯后，罗峰集中精力搜索木伢晶。

“第一颗木伢晶被地龙怪兽吞掉了，第二颗木伢晶被馆主得到了，看来湖泊地底的木伢晶的确不少。”

16分钟后——

黑暗的岩石层中，地底积水透过岩石层缓缓地滴下，一阵难闻的味道弥漫在岩石层中。

罗峰当即闻了一下。行星级强者的嗅觉是很灵敏的，罗峰瞬间就察觉到那让人作呕的味道中夹杂着一丝淡淡的米香。

“就是它！”罗峰瞬间断定散发米香味的是木伢晶。

“在那边！”罗峰眼睛一亮。

罗峰头顶的黑色头盔迅速变成尖锥，脚下的遁天梭瞬间发力。

“哧哧——”岩石层被钻开。

罗峰瞬间化身为钻探机，以惊人的速度迅速朝米香味传来的方向赶去。

一阵咒骂声响起。

“嗯？”

数名行星级强者钻出了一个巨大的地底洞穴。

此时罗峰直接冲进了地底洞穴，他惊讶地发现一名武者趴在岩石上，已经没了气息。

这时，一道人影从旁边蹿过来，跪伏在一旁，大喊：“马哈，马哈！”

“你竟然杀了马哈！”又一人恨恨地说道。

“法尔议员，你们太过分了。”

三名武者气势汹汹地说道。

他们的对面站着E国的四名行星级强者。

“哼！他只是战神而已，若是乖乖献上木伢晶，我们还能饶他一命，他竟敢反抗，找死。”

E国的一位议员冷冷地说道。

这四人都是议员，而对方的三人仅仅有两人是议员。

“罗峰来了！”

“我们走！”

E国四人看到罗峰到来，转头就钻入岩石层，迅速离开了。

“浑蛋！”那三名武者咒骂道。

“他们竟然杀人！”罗峰通过通信手表给洪传去讯息，“馆主，我是罗峰。我现在在湖泊地底的某处，刚才E国一方从I国一方抢走了一颗木伢晶，同时击杀了I国一方的一名战神级武者。”

洪的声音透过通信手表传来：“罗峰，刚才各国产生了摩擦，你要小心点。这可是国家和国家、国家和武馆之间的争夺，无比残酷。”

“明白。”罗峰低声说道。

各个国家的人马争夺木伢晶，即便杀了人，又有谁能去审判行凶者？

罗峰长叹一声：“唉！实力不够的人得到宝物后，反而会是灾难。”

随即，罗峰离开了。

当天晚上10点56分，第1颗木伢晶出现，被地龙怪兽吞下，随即地龙怪兽蜕变为地龙王怪兽，被洪击杀。

深夜11点31分，第2颗木伢晶出现，被洪所得。

深夜11点47分，第3颗木伢晶出现，被E国的四位议员所得，此次，第一次出现武者死亡。自此，原本还有些拘束的各方势力的人变得残暴，开始了杀戮。

深夜12点12分，第4颗木伢晶出现，被A国一方所得，此时，A国和R国大战，导致双方三位议员强者身受重伤，其中一人更是脏腑破裂，幸亏及时服用生命之水，否则就殒身了。

自此，各方势力争夺木伢晶的战斗变得疯狂。

凌晨1点56分，间隔了接近2个小时，第5颗木伢晶和第6颗木伢晶相继出现，这两颗木伢晶都被雷神得到。其他行星级强者虽然很是眼馋，却不敢与之争夺。

“运气真好，一下子得到了2颗木伢晶。”

超大的洞穴中，十几名行星级强者都紧紧地盯着中间的雷神，只见雷神左手握着两颗泛着光芒的白色晶石。

不过，连旁边的洪都没出手，其他议员谁敢出手啊？

“洪馆主，我先走一步。”雷神笑着看向赶来的洪。

洪无奈地点点头。

“走，继续去寻找木伢晶。”洪转头就走。

刚刚才赶到这里的亲卫野兽和罗峰也继续寻找。

三大亲卫之中，野兽的武力是最强的，他是1个小时前才抵达这里的。

罗峰迅速朝地底而去，一口气就到了地底4000多米深处，搜索起来。

“我和第四议长伊斯特都是行星级精神念师，我们的搜索范围很广，可是我们1颗木伢晶都没得到。”罗峰刚刚看到雷神得了2颗木伢晶，心中痒痒的。

大概过了半个小时——

“嗯？”罗峰嗅了嗅，惊呼出声，“米香味！”

罗峰的脸上露出一丝喜色，确认好香味传来的方向，他立即迅速靠近。

搜寻木伢晶的速度要非常快，一旦有所迟疑，很可能会被人抢先一步。

“噗！”罗峰撞碎一块岩石。

顿时，“哗哗”的声音传来，原来岩石层夹着一条非常小的溪流。当罗峰撞破这层岩石的时候，顿时一阵浓郁的米香味传来。

罗峰转头看去，不由得瞳孔一缩。

“天哪！”罗峰感觉自己心脏都快要停止跳动了。

只见那地底暗流旁有3颗白色晶石，3颗白色晶石悬浮着，散发出浓郁的米香味。

“3颗木伢晶？！”罗峰很是惊喜，直接一招手。

精神念力仿佛一只无形的大手，迅速将20多米外的3颗木伢晶给卷住，直接收了回来。

“轰隆隆——”一阵轰鸣声响起。

先后有三人撞碎岩石，出现在地底暗流的旁边，其中之一就是冰雪大帝默汉德森，还有E国的两位议员强者。

“3颗木伢晶？！”

这三人勉强看到3颗木伢晶的影子，就见那3颗木伢晶已经落入罗峰的手中。

罗峰直接将木伢晶收到黑神套装的背心的夹层中，除非杀了他，否则那些人休想得到木伢晶。

罗峰斜觑E国的两位议员，又扫了一眼默汉德森。

“各位，先走一步。”罗峰说完，瞬间钻入岩石中。

第210章

木伢晶

“默汉德森竟然没追我，估计是上次被我当靶子打，心中有所顾虑了。”罗峰在岩石层中疾速穿行，暗松一口气。

他本来以为默汉德森等三人会出手，然而对方竟然没有阻拦。他钻入了岩石层中，那三人想阻拦也已经来不及了。

E国的两位议员强者眼睁睁地看着罗峰溜走了，不由得又急又怒，都看向身侧的默汉德森。

其中一个棕色卷发的中年人忍不住道：“第三议长，那可是3颗木伢晶，你就眼睁睁地看着罗峰把它们据为己有？”

“是啊！那可是3颗木伢晶啊！”另外一人急切地道。

“哼！”默汉德森冷哼一声。

他看穿了这两人的心思，不由得冷笑一声：“你们想得到木伢晶，那就去追啊，竟然想利用我，做梦！”

说完，默汉德森化作一道幻影，直接钻入岩石层中，使得大量碎石崩飞、滚落。

空旷洞穴中只剩下E国的两位议员，他们的身体表面分别形成火焰光罩和淡绿色光罩，将周围的山石撑起。

“怪了。默汉德森的脾气怎么变了？”

这两位议员强者相视一眼，有些发蒙。

看到罗峰得了3颗木伢晶，他们当然眼馋。然而，罗峰的修为未达到行星级时，就能击杀李耀。现如今，罗峰的修为达到了行星级，实力肯定更强，绝对不是他们所能对付的。

他们当然希望默汉德森能够出马。在他们看来，默汉德森出手还是有希望的，到时候，他们可以联手趁乱抢夺木伢晶。

“过去默汉德森脾气可没这么好，他一向横行霸道，哪里会惧怕别人？”

“嗯，他的确很是霸道，刚才我也以为他会出手阻拦罗峰，没想到他根本没出手。”

“博尼特，我听说，第1颗木伢晶出现时，默汉德森跟罗峰交过手。”金色卷发的中年人低声说道，“当时我还以为这是假消息，现在看来，消息十有八九是真的。而且，默汉德森很可能吃了点亏。”

“哦？”棕色卷发中年人微微一愣。

“除非罗峰的实力极强，让默汉德森忌惮，否则默汉德森怎么可能不去争夺木伢晶？之前，他为了得到1颗木伢晶，就带着人和R国来了一场大战，现如今，罗峰可是得了3颗木伢晶，他却视而不见。”金色卷发中年人说道。

“有道理。对了，赶紧将罗峰得到3颗木伢晶的消息传出去。”

“嗯，不能让罗峰将3颗木伢晶据为己有。”

阴暗的地底深处，腐朽的气息弥漫开来。

“罗峰！”一道声音从通信手表中传出。

罗峰当即应道：“馆主。”

“你得到了3颗木伢晶？”

罗峰心中一惊。

这消息传得可真快。

他的脑海中迅速涌现诸多念头，道：“是的，馆主。”

“很好，你就待在原地，我马上过来。”洪道。

片刻后——

“轰！”一道流光撞破岩石，出现在罗峰的身侧。

正是一身黑衣的洪。

“馆主。”罗峰微微躬身。

“罗峰，你的运气真是不错。”洪忍不住夸赞道，“你得到了3颗木伢晶，按照之前我们说的，其中60%归你，也就是1.8颗木伢晶，那就取个整数，2颗木伢晶归你，剩下的1颗木伢晶归极限武馆。”

“是，馆主。”罗峰没有丝毫犹豫，直接递过去一颗木伢晶。

洪伸手一招，散发着米香味的木伢晶就落入他的手中，他迅速收起。

这时，两道人影出现在旁边，正是被米香味吸引过来的贾谊和朱喜。

看到旁边的洪和罗峰，贾谊笑道：“见过第一议长。看来第一议长又有收获了，恭喜恭喜。”

“没什么。刚才罗峰得了3颗木伢晶，将3颗木伢晶交给了我而已。”洪道。

“哦！”贾谊看了看罗峰，若有所思。

“那真是恭喜了。”随即，他带着朱喜迅速离去。

目送贾谊和朱喜两人离去，洪才转头看向罗峰，笑道：“罗峰，这木伢晶很是珍贵，就像烫手的山芋。如果遇到其他人，你就直接说将3颗木伢晶都给我了，他们就不敢找你的麻烦了。虽然你现在的实力还算强，但是如果几位议员联手对付你，你会有危险。”

罗峰微微点头。

的确，他的遁天梭只能攻击一个人，如果几位议员联手围攻他，的确会比较危险。

“你继续搜索吧。雾岛地底的木伢晶估计还有很多。”洪难得地露出了笑容，而后转身钻入岩石层中。

“木伢晶到底有什么功效？”罗峰目送洪离去，心中很是疑惑，“馆主一直不肯说，我也不好询问。算了，我先努力多收集一些木伢晶，应该只有好处，没有坏处吧。”

上一次他分到了不少草木之灵，他心里明白，得到宝物的机会很难得。虽然他是行星级强者，但是想要得到草木之灵还是很难的。

显然木伢晶比草木之灵要珍贵得多，这次当然得趁此机会多弄点。

凌晨2点30分，罗峰一人得到了3颗木伢晶，之后的3个小时，大家都没有一点收获。

早晨6点08分，C国的人终于得到1颗木伢晶，这是人类武者发现的第10颗木伢晶。

上午8点36分，I国一方得到了1颗木伢晶。

与此同时，第12颗木伢晶被洪得到了。

傍晚5点31分。此刻，这次搜索木伢晶的活动已经持续了近20个小时，一共出现了18颗木伢晶，除了被王级地龙怪兽吃掉的那颗木伢晶外，另外17颗木伢晶全部被人类武者所得。

当然，所谓的18颗木伢晶是公开出来的讯息。有些势力或者高手得到木伢晶后，悄然收入囊中，别人根本不知道。

也就是说，其实人类武者得到的木伢晶超过17颗。

傍晚5点31分，各方势力的武者们终于迎来了最大的一次发现——8颗木伢晶出现了。

最先发现这8颗木伢晶的正是罗峰和HR联盟的伊斯特等人，不过8颗木伢晶散发的米香味太浓了，仅仅几秒钟，十几名行星级强者都被吸引过来了。

汹涌的暗河上方，十余名行星级强者正在混战。

“小心罗峰！”

“闪开！”

A国的两位议员紧张地大喊。

“啊！”一道金光猛地轰击在一位议员的腹部位置，使得该议员身上的SS级作战服直接碎裂开来。

而后，那道金光重重地轰击在那位议员的黑神套装上，令议员猛地撞击在旁边的岩壁上。

岩壁猛地一震，而后出现了大量裂纹。

紧接着，无数碎石直接从岩壁上脱落。

“噗——”那位议员喷出一大口血，身体贴着岩壁坠落下去。

“生命之水。”那位议员在坠落的同时，立即往嘴里插了一根试管。

“咔嚓！”他直接咬碎试管，拼命吸着试管中的生命之水。

而后，他迅速吐出口中的玻璃碎片，有的玻璃碎片还夹杂着血丝。

“让开！”罗峰低吼一声，遥指远处的另外一名强者伊斯特。

变成钻山锥的遁天梭瞬间化为一道金色流光，金色流光闪电般袭向伊斯特。

伊斯特狼狈地用念力控制诸多暗器进行一次次抵挡，才侥幸闪躲开去。

“干得好。”旁边一个满头金发的高大壮汉使出一记重拳，轰飞一名名行星级强者，发出兴奋的咆哮声，同时一把抓住1颗白色晶石。

“野兽，干得漂亮！”罗峰笑道。

“妖娆，小心！”旁边的冰山陡然喊道。

只见一道银白色剑光正偷袭妖娆。

这是一场激烈的混战。

短短的时间，8颗木伢晶散发浓郁的米香味吸引了18名行星级强者。

幸好冰山、妖娆、野兽这三大亲卫都在一起，他们一起赶来帮助了罗峰。因此，极限武馆一方势力大增，罗峰四人开始抢夺木伢晶。

“这里竟然出现了8颗木伢晶！”罗峰感到不可思议。

“第1颗木伢晶就出现在这条地下河流的上游，当时我就仔细地搜查过，没有发现木伢晶。没想到，现在这里竟然一下子冒出8颗木伢晶。”

罗峰发现，木伢晶是会自己移动的。

“馆主怎么还不来？”妖娆大声问道。

“馆主马上就到！”野兽当即回道。

“让开！”罗峰猛地大吼一声。

“唰——”熟悉的声音再度响起。

各方势力的人都有些害怕。

罗峰的独特武器的攻击力可是出了名的。

那道金色流光的攻击速度极快，威力极大，就连第三议长默汉德森都很难躲避开来。

第四议长伊斯特同样是行星级精神念师，也都无法完全避让开来。

“奇怪，我的精神念力欲向罗峰的金色流光施加外力，可是，刚要靠近，就被金色流光那股奇异的力量给撕裂了。”伊斯特很是头疼。

他发现罗峰的兵器释放的金光是一种很特殊的力量，具有强烈的撕扯性，竟然能撕裂精神念力。

“轰！”周围的空间猛地一震，一道黑色的人影出现在混战的行星级强者中。

时间仿佛静止了！

黑色领域迅速弥漫开来，瞬间辐射周围百米区域，波及了包括罗峰在内的12名行星级强者。

“怎么会这样？”

罗峰觉得自己身上像被压着数百斤重担一样，抬手都非常吃力，周围还有无数水草缠住了自己的手脚，令自己动弹不得。

在洪的黑色领域覆盖下，所有人根本无法动弹。

霎时，所有人都停止了战斗。

洪拿起最后一颗木伢晶，然后走到罗峰等四人的身侧。

妖娆立即道：“禀报馆主，我们一共得到了3颗木伢晶。此次是罗峰先发现的，而且罗峰在争斗中起了主要作用，震慑住了第三议长和第四议长。”

“嗯。”洪微微点头，随即转头看向罗峰，“罗峰。”

“馆主。”罗峰应道。

洪点点头，赞叹道：“你做得不错！”

此次战斗后，极限武馆得了4颗木伢晶，成为最大的受益方。A国和E国各得到1颗木伢晶，HR联盟得到2颗木伢晶。

看到洪带领罗峰等四人离开，行星级强者们这才议论起来。

“那可是4颗木伢晶啊，极限武馆这次可是大赚了一笔。”

“此次主要还是罗峰的功劳，他牵制住了第三议长和第四议长。”

“罗峰的攻击力太可怕了。”

“他的武器威力好大啊，如果那些议员没有生命之水，恐怕都会死在他的手上。”

“那可不是，就连第三议长和第四议长都不是罗峰的对手。”

这些议员见识了罗峰的超强实力，都有些后怕。

过去他们虽然关注罗峰，但是并没太在意。没想到，罗峰现在的实力竟然和第三议长、第四议长是一个级别的。经历今天这一幕，他们都告诫自己不能招惹罗峰。

现如今，地球上实力极强的是洪和雷神，这是第一梯队的高手；接下来，就是罗峰、第三议长、第四议长、第五议长这四人，他们是第二梯队的高手；贾谊、颜海等行星级二阶武者和拥有特殊绝招的行星级一阶武者有十几人，乃第三梯队的高手；而那40名行星级一阶强者为第四梯队的高手。

“走！抓紧时间去找木伢晶！”I国的议员们大声说道。

“快，快，快！”默汉德森焦急地喊道。

顿时，一群行星级强者迅速飞离此处。

这一场争夺木伢晶的大战还没结束。

第211章

地球最强兵器

2259年1月8日深夜11点36分，雾岛却正值白天。

忽然，罗峰破水而出，悬浮在湖面的上方。

“我已经近三天没有见过太阳了。”罗峰仰头看看蓝天上飞过的飞禽类怪兽，而后低头看看下方的湖泊，“三天了，木伢晶估计快被找光了。第一天搜索到的木伢晶是最多的，第二天搜索到的木伢晶少很多，第三天到现在，才搜索到2颗木伢晶。”

不过，三天内，他的收获倒是不错。

一来，他的运气比较好，曾经一次性就得到了3颗木伢晶。

二来，身为行星级精神念师，他的搜索效率在所有人中排名前3。这三天，他凭借一己之力得到的木伢晶有5颗，如果算上他和冰山、妖娆、野兽联手夺到的木伢晶，则更多。

“罗峰。”洪的声音从通信手表中传出。

“馆主。”罗峰连忙应道。

“你速速来我现在所在的地点。”

“是！”罗峰根据通信手表确定了洪所在的位置，很是惊讶，“嗯？馆主竟然在湖泊地底2000多米处的暗河的某一处。”

“嗖！”

罗峰直接下坠，穿过湖泊，迅速朝地底潜去。

暗河的其中一段。

洪和三大亲卫都在，极限武馆的其他巡察使也在。

“砰！”顶部的石壁裂开，罗峰疾速坠落。

当他快落入湖面的时候，直接悬浮而立，而后朝洪迅速飞去。

“馆主！”罗峰唤道。

“嗯！你稍候片刻，还有人没到。”洪道。

他看向罗峰，满意地笑了。

这一次极限武馆一方争夺木伢晶，洪的收获是最多的，其次是罗峰。

罗峰在这次争夺木伢晶的大战中名声大振。地球上的行星级强者们都很忌惮罗峰，自动将罗峰划入第二梯队，罗峰的实力和第三议长、第四议长、第五议长是同一个层次的，第三议长和第五议长都是行星级三阶高手，而第四议长是行星级二阶精神念师。

麾下有罗峰此等骁将，洪自然非常开心。

“呼！”

又一道人影疾速飞来，正是极限武馆的巡察使之一——柳河。

“馆主。”柳河恭敬地向洪行礼。

随后，他看向罗峰，笑道：“罗峰，你这次可是大赚。我们的收获不及你。”

“运气好而已。”罗峰嘿嘿一笑。

此次，馆主一开始只是带着罗峰、妖娆、冰山三人来到雾岛，后来又让野兽赶过来。洪并没有将五位巡察使召来。

不过，木伢晶的消息传开后，极限武馆的五位巡察使都知道木伢晶极为珍贵，又知道地球上大半行星级强者都聚集在雾岛。

顿时，柳河、弗拉基米尔等巡察使经过洪的同意，都乘坐战机赶来了。

错过了第一拨争夺木伢晶的机会，柳河等五人的收获的确很少。

“好了，所有人都到齐了。”洪看向三大亲卫和六大巡察使，立即在周围设置屏障。

“这一次我们极限武馆的收获不小。”洪的脸上露出一丝笑容，“按照我之前说的，发现木伢晶的人可以获得木伢晶的30%，而通过战斗获得木伢晶的，也可得到木伢晶的30%，最后木伢晶的40%归极限武馆。”

“野兽，你发现并且得到1颗木伢晶，可得到木伢晶的60%，记0.6颗木伢晶。你和他们联手战斗三次，按照每次的贡献，加起来可得1.2颗木伢晶，所以你一共可以得到1.8颗木伢晶。”洪道。

“是，馆主。”野兽恭敬地应道。

“妖娆……你总共可以得到1.6颗木伢晶。”

“冰山……你总共可以得到2.2颗木伢晶。”

“柳河……你总共可以得到0.3颗木伢晶。”

……

按照功劳分配，每个人可得的木伢晶都算出来了。

“最后一个是罗峰，也是这次收获最多的。他独自得到4颗木伢晶，按照60%计算，就是2.4颗木伢晶。此外，他参加群体战斗4次，按照每次的贡献，累计可得2.1颗木伢晶，合计是4.5颗木伢晶。”洪说完后，开始分配木伢晶。

罗峰最终得到4颗木伢晶。

妖娆分得1颗木伢晶。

冰山分到2颗木伢晶。

“我可以给你们每颗木伢晶20星辰的报价。就拿罗峰来说，你现在手里有4颗木伢晶，账上还有0.5颗木伢晶，也就是说，你账上还有10星辰。当然，你也可以用木伢晶兑换星辰。

“其他人也是一样。待回到总部，你们可以将零头兑换成星辰，然后在我这里购买物品。”

听到洪这番话，三大亲卫和六大巡察使都露出了满意的笑容。

“罗峰，你这次赚大了。1颗木伢晶可以兑换20星辰，你分到了4.5颗木伢晶，也就是能兑换90星辰，都可以购买一架洪荒级智能战机了。”柳河笑呵呵地道，“我就可怜了，只分得0.3颗木伢晶，只能兑换6星辰。”

“我的运气比较好而已。”罗峰谦逊一笑。

实际上，罗峰得到的木伢晶是5颗，并非4颗。

这次搜寻木伢晶，很多讯息是公开的，不过也有人悄悄地得了木伢晶，没有让别人知道。

罗峰得到5颗木伢晶，其中4颗木伢晶是被别人发现了，唯有1颗木伢晶是没有其他任何人发现的，所以罗峰将它藏了起来。

事实上，这也是所有人默认的一个潜规则，只要能不被别人发现，藏就藏吧。洪也懂得这个道理，所谓水至清则无鱼，洪不会干涉太多，毕竟他能得到属下所得木伢晶的40%。

“现在雾岛湖泊地底估计没什么木伢晶了。”洪看向几人，缓缓地说道，“我们此次搜寻活动到此结束，想回去的可以先回去，想继续碰运气的就继续搜索。无论你们搜寻到多少木伢晶，百分百归你们。不过，周围一带几乎被搜遍了，别抱太大希望。”

“是，馆主。”

罗峰等人相互聊了几句，就分开了。

柳河等巡察使来得晚，不甘心，想继续搜寻木伢晶。

野兽等三大亲卫则准备回总部了。

“你们去找吧，我不急。”

“罗峰，你此次赚大了，当然不急。我们先去搜寻了。”

罗峰和柳河等人告别，直接扎入地底，而后凭借精神念力在3000多米深处钻出了一个洞穴来。

他打开了辅助光脑。

“喂！”罗峰拨通了徐欣的电话。

现如今，地球上的通信系统的确很发达，除了9号古文明遗迹等特殊区域，地底深处和岩石层中都能轻易地接收信号。

“罗峰，你到现在才想起给我打电话啊，说，你去干什么了？”辅助光脑屏幕显示出，徐欣裹着浴袍，头发湿漉漉的。

“这几天都在雾岛这边。”罗峰笑道。

“哦！我听说各大国家和HR联盟的人都去了雾岛。对了，你们到底在雾岛干什么？我爷爷他们想探探消息，不过这个消息是HR联盟内部的SSS级消息，我爷爷估计也打听不到。”徐欣很是好奇。

“我们在雾岛争夺一种宝物，名叫木伢晶。”罗峰说道。

“木伢晶，这是做什么用的？”徐欣疑惑地道。

“我也不知道，我只知道这玩意儿是无价之宝，这么说吧，1架大型飞行客机的价值都未必比得上1颗木伢晶。”罗峰在洞穴中一边走一边说。

“什么？不可能吧？”徐欣很是惊讶。

“是的。徐家的资产加起来，恐怕都买不起1颗木伢晶。”罗峰道。

“天哪。”徐欣瞪大眼睛。

她总算明白，为什么连徐家的族长都没资格查询此消息了。

罗峰确实没有撒谎。

洪给出的1颗木伢晶的价格是20星辰，要知道，1份龙血才值1星辰，即价值800亿，可以想象木伢晶有多珍贵。

对于各个国家而言，木伢晶简直是比核武器还重要的战略物资，是无法用金钱衡量的。

当然也没人会傻到用这宝物换取金钱的，它是超脱整个世界的经济体系的。实际上，洪给出的20星辰还算少的。不过，地球上一下子出现了数十颗木伢晶，洪也没办法给出太高的价格。

“1颗木伢晶的价值就比我们整个家族的资产还要高……”徐欣震撼了。

“这次争夺木伢晶大战，丧命的战神级武者超过20名，死去的议员有3位。如果不是议员都有生命之水，死去的议员恐怕会超过10位。”罗峰又说出了让徐欣震惊的消息。

“什么？有3位议员殒身了？！”徐欣惊呆了。

罗峰看到徐欣吃惊的表情，觉得很有趣。

“嗯？”忽然，罗峰感觉脚猛地一疼。

“怎么回事？”罗峰的后背和额头冒出了冷汗。

“嗖！”他整个人瞬间移动到了数十米外。

他可是行星级精神念师，脚上穿着SS级战靴，里面还有一层黑神套装。如此强的防护下，什么样的攻击会让他的脚疼，而且他之前竟然没有丝毫察觉？

罗峰用精神念力一扫。

他发现自己刚刚所站的岩石上正卡着一个物品。

“这是？”罗峰屏住呼吸，缓缓走过去。

他伸手拿起卡在岩石中的红色碎片，这红色碎片只有巴掌大，却好像有一吨重。论密度，它应该已经超过地球上的任何一种材料。

红色的碎片其中一边是锋利的刀刃，这块碎片应该是一把战刀的刀刃碎片。

这刀刃碎片卡在岩石中不知道多少年了。罗峰刚刚没注意，一脚踩到，脚被割伤了。

罗峰抬起自己的右脚一看，SS级战靴底部竟然完全被划开了，出现了一个豁口。

“天哪！”罗峰完全被吓傻了，“这……这可是SS级战靴啊！”

SS级战靴是什么宝物？这么说吧，SS级战靴能抵挡得住王级怪兽的攻击，只有遭受王级怪兽多次攻击，才可能裂开。比如罗峰用12道念力操纵钻山锥才能钻破SS级材质的作战服。

“我刚刚仅仅是走路，一脚踩过，SS级战靴就被它给划破了。”

罗峰看着手中的红色刀刃碎片，心惊不已。

“它，它到底有多锋利呢？”罗峰暗自思忖。

而后，他脱下自己的战靴。

“唰！”

他的右手轻轻地一挥刀刃碎片。

SS级战靴直接被削得片片掉落。

“我根本没用多大的力气，刀刃碎片竟然轻易割开了SS级材质的战靴。如果我用全力的话，那割开兽皇防御的毛皮也很容易吧。”

想到这里，罗峰心中一颤。

这可是一件逆天的兵器，比遁天梭要强大得多，足以威胁到兽皇，甚至可以威胁到洪和雷神。

“这兵器实在太可怕了，暂时不能暴露。一旦暴露，就算再重视我，估计洪和雷神也不可能任由这种逆天兵器在我的手上。”罗峰心中暗道。

“这到底是谁的兵器呢？它又怎么会碎裂？”

罗峰仔细地抚摩着红色刀刃碎片，隐隐感觉到刀刃碎片散发出古老的气息。

第212章

古老遗迹

“冷静！”

激动的状态持续了很久，罗峰才渐渐冷静下来，陷入了思考。

“很明显，这是一块极其锋利的刀刃碎片。我是精神念师，可以用念力操控它，将它当成飞刀去杀敌。不过，对于雷神和洪而言，刀刃碎片的吸引力并没有我想的那么夸张。洪和雷神都是绝顶高手，洪使用长枪，雷神使用战刀，即便他们得了这刀刃碎片，他们也没办法使用。

“不如我将这刀刃碎片熔炼成兵器？可是，这么奇异的材质，熔炼恐怕很难。”

罗峰对于刀刃碎片不太了解。不过，通过短时间的接触，他猜测这是一件非常可怕的兵器的残片。此等兵器残片，怎么可能承受不了超高温或者超低温呢？

现在看来，也就精神念师能用念力操控并使用这块刀刃碎片。

“在不是足够安全的情况下，我还是不用这块刀刃碎片。”罗峰瞬间做出了决定，“从今天起，这刀刃碎片我会贴身收藏，正常情况，绝对不拿出来，除非遇到困境，才拿出来杀敌。一旦出手，肯定会将对方击杀。”

罗峰已经将这刀刃碎片当成最强王牌。

毕竟他全力施展出钻山锥，也得耗费较大力气才能破开SS级作战服。而这刀刃碎片就能轻而易举地划开SS级战靴，显然其威力更大。

“去！”罗峰心念一动，念力卷住刀刃残片。

他同时脱掉左脚战靴，左脚战靴和右脚的残破战靴都被念力卷着悬浮在半空。

“破！”

刀刃碎片在念力操控下化作一道红色光芒。

“噗！”轻微的声音响起。

红色光芒连续划过，两只SS级材质的战靴化成了大量碎片，待得罗峰用念力操控刀刃碎片停下，那两只战靴的大量碎片才从半空坠落。

“刀刃碎片的威力好强。而且，其飞行速度很快，并且没有产生音爆声。”罗峰倒吸一口凉气。

一般来说，战神使用数百千克重的兵器时，都能使出数倍音速速度，罗峰是行星级一阶精神念师，念力操控一吨重的刀刃碎片，速度快是正常的。不过，按理说，此速度应该比不上他使用那些很轻的飞刀的速度。可是，这一番试验后，此速度比罗峰使用飞刀的速度慢不了多少。

“如果谁拥有这样一把战刀，战刀挥劈起来，速度恐怕会快数倍。”罗峰更加喜欢这块刀刃碎片了。

他看向自己身上的黑神套装。

“黑神套装是以防御力惊人而出名的，极为坚硬，不知道这刀刃碎片能不能划开黑神套装。”罗峰的脑海中涌现这个念头。

当即他心念一动，黑色手掌迅速变到足足3米长。

刀刃碎片悬浮在不远处。

“我倒要看看，到底是刀刃碎片的攻击比较厉害，还是黑神套装的防御比较厉害。”罗峰两眼发亮。

“去！”

他心念一动，刀刃碎片瞬间化作一道红色光芒。因为刀刃碎片本身的炼制方法和结构比较特别，令刀刃碎片攻击时遇到的空气阻力小得惊人。

罗峰勉强听到一阵微弱的风声，红色光芒已经切向黑色大手掌的拇指。

“噗——”

虽然切割黑色大手指极为艰难，但是刀刃碎片终于切割而过。

黑色大手掌的拇指一阵晃动，迅速和黑色大手掌连接在一起，宛如没有丝毫破损。

“真，真的破了！天哪！”罗峰心中一阵狂喜。

他知道黑神套装的防御肯定是有极限的，可是，他是行星级一阶精神念师，靠着奇异的刀刃碎片，竟然真的切割开了黑神套装。

紧接着，黑神套装就恢复完好了。

可是，罗峰清清楚楚地记得刚刚那一幕。

“好家伙，够强的。不过，这黑神套装的防御也很厉害，我用刀刃碎片轻而易举地切割了SS级材质的战靴，切割黑神套装时却极为艰难。难怪我的钻山锥用尽全力都划不开黑神套装。”罗峰心情很是愉悦。

从今天起，即便是生死战斗，即便对手是第三议长，他都有十足的取胜把握。

不过，面对雷神和洪，他就没多大战胜的把握了。

“我在这地底发现了木伢晶，现在又发现了刀刃碎片。”罗峰心中一动，“这地底会不会还有其他宝物。”

想到这里，罗峰先和自己半途关闭通信的对象徐欣道歉，而后继续探索。

……

“目标锁定。”

“已经取得外壳残片。”

“改变暗示，开始接引。”

一道道肉眼无法察觉的奇特波纹产生了变化，从地底深处疾速穿行，而后穿过诸多岩石层，抵达正在搜索宝物的罗峰身上。

这波纹很是奇特，是肉眼、仪器、念力都无法察觉到的，然后悄无声息地传入罗峰的识海。

罗峰正在逐渐朝地底深入。

"嗯？"罗峰看向通信手表。

"喂。"罗峰接通。

"罗峰，是我，柳河，你找得怎么样了？有没有找到木伢晶？不少议员都在找木伢晶，不过都没有任何发现。"柳河道。

"我也没找到木伢晶，想要找到这玩意儿得靠运气。"罗峰笑道。

"嗯！我跟其他人商量过了，准备再找6个小时，如果还找不到，就回去。"柳河缓缓地说道，"到时候，一起回去吧。"

"行。"话落，罗峰结束通信。

"我搜索了这么久，也没发现其他的刀刃碎片或者木伢晶。那我继续往地底深处找找看。那么久的时间，大陆板块移动，兵器估计都沉陷到地底极深处了。"

罗峰继续朝地底穿行，此刻已经深入到地底9000多米处。

他不断地深入地底。

终于，他到达了地底15000千米处。

"目标到来。"

"舱门隐身，关闭。"

地底深处，一块厚实的岩石竟然震颤起来，而后直接消失不见了。在此之前，这块厚实岩石上出现了满是灰尘的半打开的舱门。

罗峰正漫无目的地朝地底深入。他心中有一种感觉，如果真的有其他刀刃碎片，应该就隐藏在地底极深处。

"往这边走。"

罗峰此举纯粹是心血来潮，往地底深入的时候，他随意地选择了路线。

诡异的是，无论他如何改变前往地底的路线，总是和那古老的舱门不断地接近。

"轰隆！"罗峰撞开了岩石。

虽然身处黑暗的地底，但是他这个行星级强者的视力是极好的，看到了旁边狭窄的夹缝中似乎有金属。

“嗯？”

罗峰当即操控精神念力将周围大量的岩石全部弄开，眼前出现了一条足够两人并行的通道，通道尽头有一扇布满灰尘的奇异的银白色金属门，这扇类似智能战机舱门的金属门。

“这是什么？”罗峰一头雾水。

湖泊地底的10000多米深处出现了一扇满是灰尘的金属门。

“难道这是地球上从未发现过的古文明遗迹？”罗峰有些激动。

据他所知，地球上的人已经发现了不少古文明遗迹，洪和雷神就得到过古文明遗迹中的文明传承，这很可能是洪和雷神实力远远超过其他人的一个原因。

“这是什么门？”

罗峰心念一动，遁天梭中顿时飞出了18把飞刀，18把飞刀疾速袭向金属门周围的岩石。

“哧哧——”

岩石被飞刀击中，立即龟裂开来，一块块脱落，露出了同样是银白色的金属。

“这古文明遗迹中说不定有危险。”罗峰暗自思忖，“我用精神念力观察一下。”

在距离舱门20米处，罗峰谨慎地控制精神念力朝舱内钻去，探察神秘的舱门内到底有什么。

“那，那是……”

罗峰一下子蒙了，随后激动得双眼泛红。

第213章

黑袍人

“难怪雾岛地底出现那么多木伢晶，原来这里有古文明遗迹啊。果然，发现遗迹才是发迹的最快办法，洪因为发现了好几个古文明遗迹，因此一跃成为地球上最富有的人，甚至制造出了独特的智能战机。”罗峰脑海中思绪万千。

当即，他身体表面流动黑色皮膜，黑色皮膜覆盖全身。

这一处古文明遗迹很大，他必须亲自进去探察一遍。

“不入虎穴，焉得虎子。”

罗峰心念一动，遁天梭瞬间变为重山盾，而且那刀刃碎片悬浮在重山盾旁边。

罗峰眼睛微眯，悄悄地走到舱门口。

舱门内有一条12米宽、8米长的通道，通道的尽头是一条横向的宽敞通道。

“木伢晶！”罗峰低头一看。

舱门入口通道的地面上，一颗颗隐隐有着白色光晕的晶石全部聚集在一起，浓郁的米香味让罗峰感到眩晕。

罗峰当即蹲下身来，迅速将这些木伢晶都收入背后的黑色背包中。

他一边收着木伢晶，一边数着。

“289颗！”他将最后一颗木伢晶放入背包中，心情很激动。

“三天内，地球各方势力得到的木伢晶加起来仅仅42颗，如果算上一些没有公开的木伢晶，估计是60颗。”

罗峰估算出了一个大概数字。

每一颗木伢晶对于地球上的人类而言都是一笔财富。

洪估计得到了10颗木伢晶，很是开心，而且还和罗峰他们说1颗木伢晶可以兑换20星辰。

现在罗峰在这个舱门口就捡了足足289颗木伢晶，比各方势力得到的木伢晶还要多。

“这才是木伢晶的存放地，外面散乱的木伢晶很少。舱门口就有289颗木伢晶，舱里面不知道还有什么宝物。”

罗峰很期待，在他看来，一个古文明遗迹内绝对不可能只有木伢晶。

他沿着入口通道小心翼翼地前行，地面上早就布满灰尘。入口通道的尽头有一条横向的宽敞通道。

罗峰刚刚走到交叉路口，往左右方向一看，顿时愣住了：“那，那……”

左侧的通道墙壁是奇异金属铸造的，此刻，这通道墙壁上有一个个巨大的凹陷的拳印，足足有九个大拳印。

通道地面上有一具庞大的怪兽尸身。

“辅助光脑，检测。”罗峰连忙用辅助光脑对准前方的庞大尸身。

“目标无生命特征，已死亡。”辅助光脑的屏幕上显示出了一行文字。

罗峰屏住呼吸，仔细观察这具庞大的尸身。它皮肤黝黑，双臂粗壮，身上穿着一层特殊的有秘纹的战甲，那秘纹比遁天梭的秘纹复杂得多。而且，怪兽的手上还戴着特殊的手套，一双血红色的眸子大睁着。

“老天。”罗峰对上这双血红色眼眸，不由得一阵战栗。

“这到底是什么级别的怪兽？太可怕了。”罗峰倒吸一口凉气。

“冷静！”

罗峰发现自己根本不能和这具尸身对视，一旦对视，即使自己再冷静，依旧会不受控制地感觉到恐惧。那是生命层次的差距导致的恐惧，意志再强也没用。

“不看它的眼睛。”罗峰心中暗道。

他继续观察："怪兽的身高估计有8米。乍一看，其外表类似于黑猩猩，黑色皮肤上却没有一点毛发，光溜溜的。不过，看周围的环境，它应该死去很多年了。可是，它的皮肤和头发竟然一点都没有腐烂，就跟活的一样。"

如果不是这具尸身上覆盖了一层厚厚的灰尘，罗峰会认为这神秘怪兽刚死去不久。

"它的尸身上似乎没有伤痕，它到底是怎么死的？"观察了许久，罗峰摇摇头。

他根本推测不出什么。

"到里面看看。"

罗峰不急着研究这具尸身，而是从这具尸身的旁边走过。

沿着宽敞通道继续往前走，一路畅通无阻，通道旁边有一条条岔道，不过罗峰依旧沿着这条最宽的通道一路往前走。

大概走了300米，通道开始转弯，而后出现了高大的门。

这扇大门的宽度超过10米，高度超过10米，此刻是半打开的状态。

"这是……"罗峰尽量不发出声音，推开大门，步入其中。

"天哪！"罗峰倒吸一口凉气。

一个足足有数十米高、长宽达200米的半圆形华丽大厅映入眼帘。最让他震惊的是，大厅内有五具形状怪异的尸身。不，准确地说，是六具尸身。

罗峰用辅助光脑测了一番，发现它们都没有生命气息。其中五具尸身没有丝毫腐烂，有一具尸身却只剩下金色的骨骼，皮肤和毛发等等早就化为飞灰。

罗峰仔细探察了一番。

其中一具尸身和他在入口通道旁发现的很像，略微瘦小一些，体形类似黑猩猩，高约6米。这具尸身半跪在地上，身上布满恐怖的伤口，战甲残破不堪，伤口却没有一点腐烂。

第二具尸身的体形类似人类，高4米左右，全身有黑色的鳞片，额头有一根独角，还有一条布满鳞片的尾巴。

第三具尸身的体形类似人类，高度达到6米，全身皮肤很像龟壳，石头人似的，不过这尸身的面容比石头人要好看一些。“龟壳”油亮，仿佛是非常精密的战甲。

第四具尸身的外貌和地球的人类一模一样。黄色的皮肤，黑色的头发，脸上还有一道伤疤。此刻，他盘膝坐在地面上，身上覆盖了一层灰尘。

“这是我们C国人？！”罗峰盯着第四具尸身，很是好奇。

罗峰能感觉到，虽然此人已经死了很久，但是其尸身上隐隐有着余威，让人心颤不已。

这是一个真正的绝世强者，比洪和雷神不知道强了多少倍。

“第五具尸身怎么那么奇怪？”

其他四具尸身上虽然都有伤，但是都不是致命伤。而第五具尸身高5米，全身紫铜色，仿佛是紫铜浇铸而成，胸口有一个大窟窿，仿佛是被一只手给抓穿的。

诡异的是，胸口大窟窿内仍是紫铜色的奇异材质，没有五脏六腑。

“这是人吗？还是第六具尸身正常点。”

第六具尸身高度在2米左右，只剩下骨骼，骨骼呈现金色。最特别的是，头颅上有着一根微微弯曲的尖角，似乎在显示它跟地球人类的不同之处。

这里有六具尸身，加上入口通道处的，一共有七具尸身。只有一具尸身腐烂了，只剩下金色骨骼，其他六具尸身都是完好无损的。

“他们应该不是同一时间死去的，只剩下金色骨骼的那个显然死去很久。”罗峰心中暗道。

时间飞快流逝，什么样的尸身能够不腐烂呢？

罗峰环顾大厅。

大厅内空荡荡的，只是地面和屋顶有些凹陷，似乎是打斗导致的。

“嘀！”一道声音响起。

“嗯？”罗峰大吃一惊。

顿时，原本昏暗的大厅忽然亮起灯光，整个大厅亮堂堂的。同时，奇异的灯光在大厅中央交汇，形成一道虚拟人影。

此人大概一米五，仿佛一个孩童，额头长着两根尖角，双眸血红，穿着黑色袍子。

“罗峰，你终于来了。”黑袍人目视罗峰，双眸中有着一丝喜悦。

“你是？”罗峰谨慎地看着眼前的黑袍人。

对方说的竟然是C国的语言，而且，还知道他的名字。

“我已经等你5万年了。”黑袍人说完，摇摇头，“你们地球人的资质实在太差，5万年了，我才等到一个合适的人。”

“5万年？”罗峰微微一怔，“你是说，这个古文明遗迹已经存在5万年了，难道他们也死去5万年了？”

罗峰指向那几具奇异的尸身。

“没错！他们已经死去5万年了。”黑袍人看了大厅中的尸身一眼，感叹道，“想当年，他们都是茫茫宇宙中风华绝代的人物，都是不朽的存在，就连时间都无法磨灭他们的风采，即使是死亡，他们的尸身也是永远不朽的。”

“不过，主人一死，他们终将陪葬。”黑袍人看向罗峰，“罗峰，随我去拜祭主人。”

第214章

巴巴塔

华丽大厅内，黑袍人那白皙的小手指向大厅中间的位置，顿时，“咔咔”的声音响起，地面突然裂开，露出了一条通道。

“跟我来。”黑袍人在前面走，罗峰跟在后面。

“它为什么要让我跟它去拜祭它的主人？它的主人已经死去5万年了？”罗峰心中充满了疑惑。

两人很快就来到通道尽头。

黑袍人一跃而下，罗峰跟着跃下。

通道大概30米深。当黑袍人和罗峰落到下方的地面时，下方的阴暗大厅亮起灯光。

罗峰一眼看去，阴暗大厅中空荡荡的，大厅呈八角形，大厅中没有任何物品。

“开！”黑袍人指向地面。

“咔咔咔——”地面微微震动，缓缓开始裂开。

“主人的尸身存放之处非常隐秘，你要等会儿才能看到。”黑袍人看向罗峰，血色瞳孔让人心悸，“罗峰，你现在应该一肚子疑惑吧？”

“是的。”罗峰回道。

“先自我介绍一下，我叫巴巴塔，你可以称呼我‘恶魔巴巴塔’。当然，这是翻译成地球C国语后的说法，宇宙通用语是……”黑袍人最后说出了一串词汇。

罗峰虽然听清了，但是一个字都没听懂。

“‘恶魔’是我自封的。”巴巴塔继续道，“从本质上来说，我是一种智能。”

“智能？”罗峰不解。

难道巴巴塔是类似9号古文明遗迹的光头水晶人的智能？

“不过，智能也是分级别的。地球上的一些简单逻辑处理程序是没资格称为智能的，能够称为智能，最起码思考能力不比人类差。你知道的9号古文明遗迹的智能核心才算得上是真正的智能。”巴巴塔道。

“至于我，本质上是智能。不过，我跟随主人无数岁月，已经超脱于智能，可以称为‘智能生命’，和人类、动物、植物等都是一样的存在。”巴巴塔越说越激动，“我也有喜、怒、哀、乐等各种情绪，我也有修炼进化的悟性。”

“当年主人为我准备了一具身体，我凭借那具身体在浩瀚的宇宙中闯荡，让‘恶魔巴巴塔’的名字传遍众多星系。”巴巴塔的脸上有着一丝骄傲。

罗峰听了，很是惊讶。

按照巴巴塔的说法，智能可以分成四个级别：逻辑处理程序、逻辑媲美人类的智能、有感情的智能、智能生命。

“5万年前，发生了一场涉及无数星系的大战，我的身体被毁灭，再度变回智能虚拟存在。”巴巴塔眼中有着哀伤的神色，“我还能变回智能虚拟存在，可是主人他……”

它转头看向正缓缓从下面冒出来的透明水晶棺。水晶棺有6米长、4米宽、两米高，是完全透明的，周围散发着可怕的寒气。

罗峰穿着黑神套装，又有精神念力护身，都不由得身体一颤。

这里实在是太冷了！

据他猜测，这水晶棺的材质并非水晶，可他也不懂这到底是什么材质。

水晶棺内有一具尸身。这具尸身身高大约3米，额头有着两根柔韧的触角，体形比较大，其他的和地球人类倒是一模一样。

水晶棺中的人身穿泛着淡淡光芒的黑色长袍，长发披散，脸上的表情很是平静，仿佛睡着了一样。他的容貌非常俊美。虽然现如今只是一具尸身，但是有一种奇异的魅力。

“主人！”巴巴塔紧紧地抓着水晶棺的边缘，哀嚎着。

下一瞬，两滴眼泪滑落。

“智能生命还会流泪？！”罗峰有些发蒙。

“跪下。”巴巴塔猛地转头看向罗峰。

罗峰一怔。

“我让你跪下，因为你是陨墨星的一员，而我的主人是陨墨星的主人！”巴巴塔大声吼道。

紧接着，巴巴塔苦涩一笑，道：“5万年了，我没跟人交流了，有点暴躁。如果没有喜怒哀乐，只是简单的智能，5万年的寂寞不算什么。可是我有了感情之后，5万年很是难熬。其实，过去我的脾气很好的。”

罗峰有些哭笑不得。

“巴巴塔，你说这是陨墨星的主人，难道他就是呼延博？”罗峰问道。

“没错！”巴巴塔回道。

罗峰深吸一口气。

“在9号古文明遗迹中，我得到了他的一点传承，我的确该拜祭他。”

罗峰直接跪下，连续磕了三个响头。

过去罗峰并没有见过呼延博这个人。可自从修炼了《遁天》秘籍上的绝招，听说了呼延博的一些事情后，就一直很崇拜这位前辈。

呼延博制造出了诸多念力兵器，遁天梭只是其中一件，这是何等了不得！

而他使用遁天梭，学习《遁天》秘籍，拜祭一下呼延博是应该的。

“罗峰。”巴巴塔看向罗峰，“我问你，你可愿意拜我主人为师，成为陨墨星未来的主人？当然，陨墨星已经被毁，这股势力已经灭亡。”

“拜师？”罗峰闻言一怔。

巴巴塔为何让他拜死者为师？难道呼延博还有一些传承宝物？

巴巴塔见罗峰迟疑，有些着急。要知道，5万年来，它才等来一个合适的继承人。

巴巴塔连忙说道："罗峰，我主人呼延博可是永恒的存在，从出生到死去的6000多纪元中，纵横浩瀚宇宙，是宇宙中的绝世强者。"

"6000多纪元？"

"嗯！一个纪元相当于地球时间的10081年。"巴巴塔说道。

"呼延博前辈活了6000多万年？！"罗峰瞪大了眼睛。

"6000多万年很长吗？"巴巴塔没好气地道，"主人可是不朽的存在，如果不是最后一战……主人可以永久活下去。茫茫宇宙中，活了超过1亿年的都有很多，甚至还有一些寿命比地球存在时间还长的。"

罗峰听了，惊讶不已。

"罗峰，用你们地球人的话说，你就是坐井观天。"巴巴塔虽一脸怒色，但它那胖嘟嘟的小脸却显得很可爱，"你去过9号古文明遗迹，而9号古文明遗迹只是陨墨星管辖下的大量的监察基地中的一个而已，它的资料非常少。"

"今天我就给你上一课，让你了解浩瀚宇宙的神秘。"巴巴塔昂起小脑袋，"按照你们地球人的说法，你们所在的星系为银河系，你可知道，茫茫宇宙有多少星系？"

"呃……"

罗峰记得上学的时候学过的，人类在地球上发现的星系超过100亿个。宇宙的确浩瀚无边，1个星系无比庞大，100亿个星系简直大到不可想象。而这还只是人类发现的宇宙的小部分。

"数百亿个星系？"罗峰有些不确定。

"嗯？"巴巴塔眉毛一挑，而后说道，"你能说出这个答案，也算不错了。茫茫宇宙中孕育着无数生命，人类是宇宙中极强大的种群之一。我说的种群不是地球上狭隘定义的种群，你们地球上的一些游戏和小说中的兽人、精灵等等其实只能算是人类的一个分支。"

罗峰认真地听着。

巴巴塔说道："银河系、贝塔星系等相邻的八大星系组成了银蓝帝国，即一个宇宙初等文明国度。”

“银蓝帝国虽然是初等文明国家，可毕竟是宇宙初等文明国家，其文明程度远远超过地球上的国家，就算对方派遣星际舰队抵达地球附近的太空，地球人恐怕都发现不了。”巴巴塔缓缓地道，“一般情况下，银河系这么大的星系正常发展的话，一个星系中会诞生一个宇宙级强者。当然，如果有老师指导，宇宙级强者的人数可能更多。不过，据我估计，银蓝帝国统领八大星系，宇宙级强者估摸能超过10个，算不错了。”

“当然，在我主人面前，一个宇宙初等文明国家如蝼蚁一般。”巴巴塔侃侃而谈。

第215章

不朽强者

“在陨墨星主人面前，一个宇宙初等文明国家竟和蝼蚁一般？”

罗峰被这句话给吓住了。

银蓝帝国是统领银河星系、贝塔星系等八大星系的疆域辽阔的宇宙国度，这是何等庞大的国度？地球跟银蓝帝国相比，简直无比渺小。

如此强大的国度，在巴巴塔口中竟然算不了什么。

“主人极其强大，是你根本无法想象出的。”巴巴塔双眸中有着崇拜的神色。

“我刚才说了，银河星系、贝塔星系等八大星系组成了一个宇宙初等文明国度——银蓝帝国。按照宇宙地图上的描述，银河系是黑龙山星域的一部分，黑龙山星域包含了8000多个星系，而统治黑龙山星域的是宇宙中一个中等文明国度——黑龙山帝国。

“黑龙山帝国控制了6000多个星系，同时还有500多个宇宙初等文明属国，而银蓝帝国只是黑龙山帝国的属国之一。”

罗峰震惊了。

“黑龙山帝国虽然比较强大，但是遇到我家主人，黑龙山帝国的国主也得恭恭敬敬的。”巴巴塔顿了顿，又道，“至于强者，正常发展的话，1000个星系中能诞生一个界主级强者。”

“停！”罗峰当即喊道。

“怎么了？”巴巴塔看向罗峰。

“什么叫界主级强者？我在9号古文明遗迹中只得知武者分为学徒级、行星级、恒星级、宇宙级，以及宇宙级之上这五个级别。”罗峰说道。

“哦，我给你说一下宇宙级强者的级别。”巴巴塔说道，“别跟我提学徒，学徒没资格称为强者。强者主要分为以下几个级别：行星级、恒星级、宇宙级、域主、界主，超越界主的存在即为不朽。行星级强者只能在宇宙中流浪，当个打手、仆人什么的。恒星级强者在星系的边陲行星上算是大人物，可是在一些重要行星上还是低调点比较好。宇宙级强者算是比较厉害了，毕竟，一个星系才诞生一个宇宙级强者，若是加入宇宙国度，是可以轻易得到数十颗行星，作为领地的。而域主级强者相当于一方霸主，可以建立自己的势力，是宇宙初等文明国度不敢轻易招惹的。一般来说，宇宙国度都是拼命拉拢域主级强者。至于界主级强者，这就很了不得了，想要弄一个星系当领地都轻松得很，能够轻易掌控一方世界。罗峰，你如果能成为界主级强者，却没有野心的话，可以逍遥游于宇宙之中。”巴巴塔似笑非笑地看着罗峰。

罗峰仔细听着。

他在9号古文明遗迹中得到信息，无数星球才诞生一个宇宙级强者，罗峰要成为宇宙级强者的希望渺茫。现在听起来，宇宙级强者之上有域主级强者，域主级强者之上还有界主级强者，可想而知难度有多大。

“界主级强者之上，就是不朽强者。”巴巴塔的表情严肃。

“无论是行星级强者、恒星级强者、宇宙级强者、域主级强者、界主级强者，都有着寿命的限制。恒星级强者最多能活1纪元，宇宙级强者最多能活10纪元，域主级强者可以活100纪元，界主级强者可以活1000纪元。当然，按照你们地球时间来算，界主级强者可以活1000多万年。

“而不朽强者被称为‘永恒强者’，又称‘神灵’。”巴巴塔的目光很亮，“一旦成为不朽强者，就可以拥有无限的寿命，主人就是不朽强者！”

罗峰惊呆了。

“不朽强者拥有无数特殊的本领。即便是可以让恒星系瞬间湮灭的星空轨道炮也无法伤害不朽强者。”巴巴塔微微一笑，又道，“你现在应该明白，我为什么说在主人面前，宇宙初等文明国度也只如蝼蚁了吧。”

罗峰热血沸腾。

“不过，你也别想太多。1000个星系中，正常发展的情况下，才诞生一个界主级强者。罗峰，你就算有我主人的传承，加上我的帮助，耗费10万年，或许能勉强成为界主级强者，可是，成为不朽强者的可能性几乎为零。”巴巴塔微微摇头，“唉，你们的资质太差，在起跑线上就输给别人，想要有大成就，难啊！”

罗峰忍不住道：“巴巴塔，给点面子吧。”

“嘿嘿！”巴巴塔咧嘴一笑，露出两颗小獠牙，“我只是说你成为不朽强者的可能性几乎为零。其实，有一种办法能够让你的修炼速度快十倍乃至百倍。”

“什么办法？”罗峰好奇地问道。

“夺舍！”巴巴塔神秘一笑。

“夺舍？”

罗峰完全不明白这个词的含义。

巴巴塔笑道：“你应该发现了，地球上的武者后代出现武者的概率明显高得多。”

“没错。”罗峰点头。

武者的后代更有可能成为武者，因为父母的遗传基因完美，后代的基因一般也差不到哪儿去。

“这是一种进化。如果给地球1万年乃至10万年，到时候每一个地球人都能成为学徒级武者。而茫茫宇宙中就有一些进化得非常完美的人类种群。”巴巴塔缓缓地道，“比如：人类种群血统中排名前10的蛮卡星人，虽然蛮卡星的人数稀少，但是每一个蛮卡星人婴儿时期的修为就达到了行星级；童年时期，修为一般达到了恒星级；少年时期，修为一般达到宇宙级；待到成年，修为就达到了域主级，这算是人类种群中最厉害的一种血统。”

罗峰傻眼。

人比人，真是气死人啊！

地球的武者拼命修炼，吃尽苦头，想尽办法，得到奇遇和好老师，才有少数绝世天才踏入恒星级，而蛮卡星的人轻轻松松过日子，待到成年时就是域主级强者，翻手间就能灭掉一颗星球。

“这，这太不公平了吧！”罗峰不知道该说什么了。

“不公平？那可是蛮卡星的先辈们不断苦修，所积累而成的。”巴巴塔道。

罗峰点点头，胸中不平之气消散。

“罗峰，你想要成为不朽强者，倒是有一个方法，那就是待你以后实力变得很强，就夺取强大血统种群的肉身。”巴巴塔转头看向水晶棺，“你看到了吗？主人本来的身体比地球人好一点，可没强多少。机缘巧合之下，主人施展了夺舍秘法，夺取了隆科族的一个少年的肉身。在人类血统中，隆科族排名前30，隆科族的人成年后就可以成为宇宙级强者。拥有了这具肉身，主人的修炼速度突飞猛进，即使这样，主人也是历经艰险才成为不朽强者的，毕竟无论是蛮卡星人还是隆科族人，想成为不朽强者，也是很难的。”

巴巴塔朝罗峰咧嘴一笑，道：“怎么，你很介意夺舍，舍不得自己的身体？”

罗峰点点头。

“你真傻！”巴巴塔撇撇小嘴，朝罗峰投来鄙视的目光，“亏你还是精神念师呢？唉，不说了，反正夺舍也不是那么容易的，只能夺取灵魂比自己弱的人的肉身，若是遇到实力比自己强的，反而会被人家灭掉。地球人难得出现你这么一个脑域阔度22的，我不能对你要求太高。”

“我的脑域阔度是21。”罗峰说道。

巴巴塔拍了拍小脑袋，道：“天哪，你纯净得如同一张白纸，你以为精神念师修炼下去，脑域阔度永远都不会提高？你达到学徒九阶时，脑域阔度是21，如今你突破到了行星级，脑域阔度达到22了。”

“不过，你也别得意，这个数值也就在银河系值得一提。”巴巴塔不屑地说道，“在一些强大的星球或者一些宇宙国度的核心星球，达到学徒级时，他们的脑域阔度能达到30甚至40。”

“如今看来，只有我恶魔巴巴塔能够帮助你这个修为才达到行星级的小子了。”巴巴塔昂起脑袋，得意地道。

第216章

拜师

“我承认我的起点很低。”罗峰说道。

他的心中落差很明显。

在地球上，特别是修炼武道的人中，他一直是天才，从小都是同龄人中的佼佼者。成为武者后，他更是进入了精英训练营，依旧是最优秀的。21周岁，他就成了行星级强者，之后成为极限武馆的六大巡察使之一，更足以和第三议长等高手硬碰硬。

到了这里，在巴巴塔看来，他的资质却低得很。不过，他也明白，巴巴塔说的是对的，毕竟巴巴塔将他和浩瀚宇宙中的高手相比。

“巴巴塔，如果我不进行夺舍，大概多久能修炼到恒星级？又要多久才能修炼到宇宙级？”罗峰追问。

“50年，你估计能达到恒星级。”巴巴塔自信满满地道，“500年，你达到宇宙级也没问题。而要达到域主级，耗费的时间要多得多。以主人死前给弟子做的诸多准备，5000年—10000年，你成为域主级强者差不多了。至于界主级，耗费10万年，勉强能达到，说不定时间更久。”

罗峰无奈一笑。

时间未免太漫长了。从出生到现在，他才度过了20多年的岁月。

500年的时间，才能达到宇宙级，实在是太漫长了。

“怎么，你嫌时间长？”巴巴塔顿时气得跳起来，露出獠牙，大声吼道，

“罗峰，你要弄清楚，地球所在的银河系正常进化才会出一个宇宙级强者，你以为宇宙级强者是这么容易能够达到的吗？而且，你资质这么低。如果我没有被困在地球上，放眼整个宇宙，无数天才会跪下求我，要成为主人的弟子。主人可是陨墨星的主宰，不仅仅是不朽强者，还是不朽强者中的强者。主人麾下还有九个奴仆是不朽强者。放眼整个宇宙，就连宇宙中等文明国度的国主对主人也是恭恭敬敬的，不敢有丝毫不敬，而宇宙高等文明国度国主对待主人也是客客气气的。”

“主人临死前细心为你做了准备，能够让你这个资质低的地球人在50年的时间达到恒星级，500年的时间达到宇宙级，5000年—10000年，达到域主级，10万年后，达到界主级，你竟然还嫌时间太长。”巴巴塔愤怒地咆哮着，“你真是身在福中不知福！”

罗峰很是惭愧。

在9号古文明遗迹时，那水晶光头人可是认定罗峰没有达到宇宙级强者的希望，更别说域主级和界主级了。须知，1000个星系中正常进化才出一个界主级强者。这1000个星系中，比罗峰资质高得多的天才数以亿万计，这些人都成不了界主级强者，罗峰成为界主级强者的难度可想而知。

“巴巴塔，你刚才说你的主人有九个奴仆是不朽强者？”罗峰瞪大了眼睛，“难道外面的那几具尸身就是奴仆？”

5万年了，其中六具尸身没有丝毫腐朽，就连头发和皮肤都完好无损。罗峰猜测除了那副金色骨骸外，其他都是不朽强者。

没想到，那些不朽强者竟然都是奴仆。

“哼！算你聪明！”巴巴塔昂起脑袋，一脸骄傲之色，“你现在知道主人有多厉害了吧！”

“这艘名为‘陨墨星号’的飞船内有七具尸身，其中一具尸身腐烂了，只剩下骨骸，其他六具尸身都是完好无损的，都是不朽强者。”巴巴塔看向罗峰，“你应该看到了，这六具不朽强者的尸身中，有一具尸身的胸口有个大窟窿，却没有五脏六腑。”

"嗯！"罗峰点点头。

"那是敌人，是机械族的一个不朽强者。"巴巴塔冷笑一声，"哼！他竟敢闯进陨墨星号飞船，那就是送死，他以为重伤的主人是好惹的！"

"机械族！"罗峰默默记下。

那是和人类迥异的种群，身体都不是血肉构成的。

"其他五具尸身都是不朽强者，都是主人的奴仆。当年那一战，牵涉到宇宙中不少绝顶强者，主人的五个不朽奴仆殒命，主人则灵魂受创，生机断绝，就连这艘强大的陨墨星号飞船也遭受重创。"巴巴塔长叹一声。

罗峰听了，震惊不已。

"其实主人已经达到极高的境界，即使肉体和灵魂被毁灭，只要有细胞碎片存在，即可重生。只是，当初那个敌人比主人还要强大，而且手段狠毒。"巴巴塔很是惋惜。

"这还是人吗！"罗峰惊呆了。

"别惊讶，达到主人的境界，细胞碎片中蕴含灵魂印记（精神印记），当然可以重生。"巴巴塔自豪得很，"而且，主人的保命手段不只有这一个。可惜的是，茫茫宇宙中，有比主人还要强的。"

罗峰点点头。

一山还有一山高，任何时候都不能太过骄傲。

"巴巴塔，你之前说，地球隶属于初等宇宙文明国度银蓝帝国，而银蓝帝国隶属于掌控了8000多星系的宇宙中等文明国度黑龙山帝国，那宇宙高等文明国度呢？"罗峰问道。

巴巴塔微微一笑，道："罗峰，宇宙中的地图单位是这样划分的，1星域大概有1000—20000个星系，当然也有一些极个别的超小星域，也有极个别的超大星域。黑龙山星域就有8000多星系。而星域之上是星区，这是宇宙中最庞大的一个单位，1星区大概是1万星域，相当于1亿个星系。当然，星区有大有小。"

"你们地球属于乾巫大星区黑龙山星域银河系。"巴巴塔说道，"而乾巫大星区有13000多个星域，星系数量超过1亿，受到宇宙高等文明国度乾巫宇宙国的统领，其管辖下的宇宙中等文明属国近千个。茫茫宇宙中，这是人类种群中最高等的宇宙国度了。”

罗峰深吸一口气。

“宇宙高等文明国度、宇宙中等文明国度、宇宙初等文明国度。”罗峰默默地记在心里，“地球属于乾巫大星区黑龙山星域银河系。”

“你可别好高骛远。”巴巴塔警告罗峰，“‘乾巫宇宙国’存在的岁月悠久，疆土广阔，就是不朽强者耗费无穷岁月也不可能逛遍。”

罗峰点点头。

“罗峰。”巴巴塔看着罗峰，“茫茫宇宙中，人类族群只是巅峰族群之一，你知道为什么人类族群能处在巅峰之列吗？”

罗峰摇摇头。

“人多势众。”巴巴塔郑重地道，“人类分为很多种群，之前说的蛮卡星人、隆科族人都是具有极为强大血统的种群。不过，地球人属于比较低等的血统种群。当然，你也别自卑，宇宙中比地球人还差的多得是。”

“人类种群多，人数更多，所以成了宇宙巅峰族群之一。除了巅峰族群，宇宙中还有各种各样奇特的生命种群。这些生命种群可是不好惹的，它们只是因为数量太少，所以在宇宙中的地位不高，但论单体力量，有很多生命种群都很惊人，极少数奇特的生命比蛮卡星人还要强，其中名气最大的就是‘星空巨兽’。星空巨兽一旦成长到巅峰状态，在宇宙星空中能靠着身体进行流浪。”巴巴塔说道。

罗峰暗暗吃惊。

“星空巨兽分为很多种，弱的星空巨兽出生时，修为达到行星级；成长期，修为达到恒星级；巅峰期，修为达到宇宙级。”

“最可怕的星空巨兽修为提升速度极快，幼体期，修为达到行星级；青年期，修为达到宇宙级；壮年期，修为达到域主级；巅峰期，修为达到界主级。”巴巴塔看着罗峰。

“宇宙中，自然成长到界主级的种群才算是逆天的。当然，逆天会遭天妒的，因而它们的数量都少得惊人。”巴巴塔笑道，“比如星空巨兽一族中的巅峰血统——炎星巨兽，炎星巨兽出生在恒星内部，火焰的高温无法伤害它。一般来说，它吞噬不少恒星，耗费不少岁月，就能达到界主级。之后，它无须再吞噬恒星，寿命也是无限的，可惜一辈子估计都碰不到一个同类。”

“当然，宇宙中类似星空巨兽的生物还有几种，无一例外，数量都少得可怜。”巴巴塔摇摇头，又道，“不过，你以后若是在宇宙中遇到这样的生物，千万要小心。”

罗峰微微点头。

“总的来说，宇宙人类的种群数不胜数，还有其他数不胜数的奇特生物。浩瀚宇宙很是神奇，就算是不朽强者，也很难弄明白。强如我的主人，也会殒身。”巴巴塔定定地看着罗峰，“罗峰，主人死前曾说，无论你多么强大，一定要对宇宙抱有敬畏之心。”

罗峰连连点头。

“罗峰，你现在做决定吧，是否拜我的主人为师？”巴巴塔期待地看着罗峰，“只有拜师，你才能得到主人为他的弟子准备的诸多礼物。”

“当然，你也可以选择不拜师。”巴巴塔微微一笑，露出两颗獠牙，“如果你不拜，我为了给主人保密，只能将你杀了。你选吧，选择权在你的手上。”

第217章

老师的遗产

八角形大厅内。

罗峰看着眼前巨大的水晶棺内躺着的宛如神灵的黑袍男子，心中思绪万千。

此人就是纵横宇宙的陨墨星主人，其麾下曾有九大奴仆，个个都是不朽强者。

罗峰向来崇拜这样的绝顶强者，而且他心里很清楚，有老师教和没老师教，完全是两种截然不同的结果。

更何况，巴巴塔一直盯着他，还说他不拜师就得死，他哪里还有的选啊？

“怎么拜师？”罗峰看向巴巴塔。

“很好，你的选择非常正确。”巴巴塔昂起脑袋，“因为你的这个选择，整个地球都将受益，在我的辅助下，你的大名将会传遍整个银河系，乃至传遍黑龙山星域的无数星球，无数人将崇拜你、仰视你。你的一句话就可以决定一个星球种群的兴起、灭亡，你……”

罗峰哭笑不得。

他连忙打断滔滔不绝的巴巴塔：“怎么拜师？”

“呃！按理说，主人收亲传弟子，应该广邀好友，热热闹闹地庆贺一番，不过主人已死，陨墨星已灭，一切从简。”巴巴塔看向水晶棺，忽然声音变得低沉，“你只要在主人的遗体前磕8个头。”

罗峰点点头。

“咚咚咚——”

罗峰当即跪下，而后郑重地连磕8个响头。

“从今天起，你就是主人的第5个亲传弟子，也是最后一个亲传弟子，也是唯一活着的亲传弟子。”巴巴塔凝视着罗峰。

“这么说，陨墨星主人的其他亲传弟子都死光了。陨墨星主人到底招惹了何等强大的敌人啊？”罗峰心中暗自思忖。

“罗峰，主人已死，无法亲自教导你，所以由我代替主人教你。”巴巴塔对罗峰道。

罗峰点点头。

“你尽管放心，主人死前将一切都交代给了我。而且，我是智能生命，一直跟随着主人，主人当初教导亲传弟子的情景我都记录下来了，现在可以将相关视频给你看。”巴巴塔笑着说道。

听到这话，罗峰彻底放心了。

“先给你一个储存器物。”巴巴塔随手一扔，一道银光朝罗峰飞去。

罗峰伸手一抓，而后摊开掌心，那是一枚看似普通的银色戒指。

“储存器物有很多样式，戒指、护腕等是比较常见的。”巴巴塔微微一笑，继续道，“不过，制作空间戒指的难度很大，这在宇宙中算是奢侈品。这空间戒指的材质奇特，可以融入你的肌肤中。”

罗峰将银色戒指戴上左手中指。下一瞬，罗峰感觉到手指一阵冰凉，而后戒指消失了。

“你将一道精神念力注入，让你的精神印记融入其中。只需要这一次，以后就不需要再这样做了。”巴巴塔说道。

“精神印记？”罗峰很是疑惑，“这要怎么弄？”

“笨！”巴巴塔气得撇撇嘴，“无论人的灵魂如何强，灵魂的本质都会有些许差别，没有两个灵魂是完全一模一样的，你只管将精神念力注入。”

“哦！”罗峰心念一动，一道精神念力迅速沿着他的手臂进入手指，钻入戒指。

戒指发生了细微的变化。

片刻——

罗峰有一种感觉，自己根本不需要用精神念力探察，就可清楚地知道戒指内的一切。这戒指里面空荡荡的，空间非常大，高度大约有100米。

“这戒指的空间是长方体，按照你们地球的长度单位，长为612米，宽为521米，高度108米，小数点后面的数就略过不计了。”巴巴塔得意地看着罗峰。

“哦。”罗峰点点头。

“罗峰，你怎么一点都不惊讶？难道你不知道将宇宙空间切割出一块，并将其融入器物中，是多么难吗？而且，还是这么大的空间。”巴巴塔很不满意罗峰的表情，“如果让宇宙中的强者知道你拥有此物，那你的小命就会没了，不过，你自己不说，没人会知道。”

罗峰心中暗惊。

制作空间戒指竟然是将宇宙空间切割出一块？这未免太不可思议了。

“走吧，我们上去。”巴巴塔说道。

“嗯，这水晶棺……”罗峰看向水晶棺。

巴巴塔转头看向水晶棺内的尸身，表情复杂，低声道：“主人，从今天起，我就跟着你的弟子了，放心吧，一切交给我。”

随即，巴巴塔手指地面。

水晶棺开始缓缓下沉，片刻便沉入地底，地面开始复原。

“上去！”巴巴塔淡淡地道。

“嗖！嗖！”

罗峰跟在巴巴塔身后，沿着那通道直接飞到上方的圆形大厅。

圆形大厅中，灯光照耀。

罗峰看着眼前的六具尸身，心中很是感慨。

“罗峰。”巴巴塔指着地面上的那副金色骨骸，缓缓地说道，“这是主人的第二大亲传弟子，也是主人弟子中极为优秀的。当初那一战，主人被追杀，对方的攻击余波甚至透过陨墨星号飞船而波及飞船内部。不朽强者还好，他却直接丧命了。”

“天哪！”罗峰大吃一惊。

“我这位二师兄的修为是什么级别？”罗峰问道。

“界主级！”巴巴塔说道。

罗峰顿时沉默了。

界主级强者被超级不朽强者透过飞船的攻击余波波及而死。估计那个超级不朽强者的真正目标是陨墨星主人。

“啊！”罗峰忽然瞪大眼睛，看向巴巴塔，“巴巴塔，宇宙级强者都能在白矮星上战斗了，这界主级强者翻手即可灭掉一颗星球吧。敌人的攻击余波竟然能透过飞船杀了他，而这飞船还没有化为飞灰，这飞船的材质是什么？”

“你总算是意识到了。”巴巴塔指着地面和墙壁，“你看，地面上有凹痕，墙壁上也有凹痕，那是超级不朽强者战斗导致的。如果对方只是不朽强者，最多让地面产生一道凹痕罢了。”

“这陨墨星号是我主人耗费无数精力，付出不少代价才弄到的。论价格，把你们整个地球卖掉，估计都不够买这艘飞船的一星半点。”巴巴塔昂头道，“对了，之前你不是捡到一块血红色残片吗？”

“呃，没错。”罗峰点点头。

那兵器残片的威力大得离谱。

“那是当年飞船跌入地球并深陷地底时脱落的一块残片。”巴巴塔淡淡一笑，“这可不是飞船冲击地球导致的，就算撞到一颗中子星，飞船都不可能裂。其实是那个超级不朽强者的攻击导致船身边缘裂开，从而掉下一块碎片。”

“一开始，碎片是被飞船的护罩给保护住了。待飞船落入地球的地底，护罩关闭，那碎片才脱落。”巴巴塔说道。

“飞船的碎片竟然这么锋利！”罗峰道。

“我给你看看这艘飞船的外形。”巴巴塔伸手一指前方。

“呼！”

他们面前顿时出现一个缩小的飞船三维虚拟模型。

这是一艘血红色三角形飞船，三个角都是有弧度的，而且飞船边缘极薄，很是锋利。

“在宇宙中，陨墨星号一旦飞行起来，就算经过一些陨石群地带，也可以轻松地穿过，速度几乎不受影响。”巴巴塔得意地道，“你用那残片切割你的战靴，真是大材小用，那可是连不朽强者都难以毁坏的材质。”

“哦！”罗峰恍然大悟。

原来那只是飞船的一块残片，而非自己以为的刀刃碎片。

“不过，陨墨星号受了很大损害，现在连起飞都做不到，否则我也没必要在地球苦等5万年了。”巴巴塔叹息一声，继续道，“起飞都做不到，更别说修补机身了。这残片你就收着吧，到时候我教你怎么使用，这可比你的遁天梭要强多了。”

罗峰当即问道：“飞船残片也有独特的使用方法？”

“那是当然。”巴巴塔一笑，“你们地球的修炼方法和战斗方法太低级了。”

“现在说说你老师给你留下的遗产吧。”巴巴塔说道。

罗峰认真地听着。

“之前你已经将一堆木伢晶收起来了？”巴巴塔问道。

“嗯！木伢晶到底有什么用？”罗峰连忙问道。

“木伢晶是用来修炼的宝物，也是豢养驯兽、种植植物的宝物，用途非常广。”巴巴塔说道，“只需要1颗木伢晶，就能让一名学徒级八阶或者九阶的武者耗费1个月就能直接跨入行星级一阶。当然，宇宙中用木伢晶最多的是豢养驯兽和养一些植物等。就拿那个洪得到的摩云藤来说，如果使用木伢晶，摩云藤会长得很快。”

“从今往后，你就别从地球中吸收能量了，效率太低，大半时间都浪费在吸收能量上，你一辈子都别想成为宇宙级强者。以后，你就用木伢晶修炼吧，这东西我这边有的是。”巴巴塔说道。

第218章

满载而归

“有的是？这未免太奢侈了吧。”罗峰道。

“罗峰，不是我说你。作为陨墨星主人唯一的传人，你的眼界要放宽一点，不要总是以普通地球人的眼光看事情。”巴巴塔不满地说道，“如果主人还在，你作为他唯一的传人，你的地位可是比银蓝帝国的国主还要高。放眼浩瀚宇宙，不朽强者的弟子哪个不是用无数宝物培养起来的？”

“你要明白！1000个星系中，正常进化的情况下，才出一个界主级强者。想要成为界主级强者，你的起点已经很低了。用木伢晶算得了什么，相较于其他不朽强者的弟子，你的待遇差多了。”

巴巴塔可是跟陨墨星主人纵横了宇宙数千万年，眼界高得很。

罗峰点点头：“我明白了。”

“嗯。”巴巴塔继续说道，“你修炼能量靠木伢晶，我那边有一株摩云藤幼苗，你到时候可以用来护体，也可以用来攻击敌人。”

“摩云藤？！”罗峰之前从洪和雷神交谈中听过这个名字。

“摩云藤是宇宙中极珍贵的一种植物，非常受强者的喜爱。”巴巴塔说道，“在培育的过程中，摩云藤可以不断进化、不断变强。摩云藤的进化方式有很多种，主要是跟它吸食的各种宝物有关。”

“如果将摩云藤放在地球上，只能吸收地球能量，最后也就拥有行星级七八阶的实力。可是，如果你将无数的木伢晶给它用，它可以成长到宇宙级。”巴巴塔说着，不由得激动起来，“主人超过一半的财富几乎都用来培育他的摩云藤了，那摩云藤最后达到了不朽级。主人倚仗摩云藤数次逃过劫难。只是，最后一次，敌人实力太强，摩云藤也毙命了。”

“超过一半财富用来培育摩云藤？”罗峰不敢想象。

一个拥有九位不朽强者仆从的绝世强者，其超过一半的财富是何等惊人。

按理说，这艘陨墨星号飞船无比昂贵了，可是，现在看来它显然只是陨墨星主人的小部分财富罢了。

“巴巴塔，我们这里有多少木伢晶，够不够让摩云藤成长到宇宙级？”罗峰追问道。

“做梦！摩云藤想要达到宇宙级，那得需要用无数木伢晶培育。”巴巴塔摇摇头，“我若是将所有木伢晶给你修炼，也就只够让你达到恒星级。放心，摩云藤到底怎么培育，回头我会告诉你，摩云藤的培育方法有很多种，知道培育方法容易，获得培育的无数宝物，那才难。”

罗峰仔细聆听。

“主人还给你留下了一件念力兵器，适合行星级武者使用，名为‘弧刀盘’。不过，那也只是基础兵器，和你的遁天梭差不多。回头你自己决定以后到底使用哪一种兵器。”巴巴塔露出一丝笑容，“遁天梭和弧刀盘都是次要的，其实你现在最强的兵器是飞船残片。”

罗峰点点头。

“罗峰，你听清楚了。”巴巴塔的表情严肃，“接下来的事情关系到你的小命。”

“嗯？”罗峰一怔。

“飞船残片的材质极为贵重，域主级强者知道后，都会疯狂抢夺，界主级强者不至于发狂抢夺，但也会觊觎。”巴巴塔说道，“一旦被识货的强者看到，他们抢走飞船残片事小，说不定还会将你给杀了，看看你身上还有没有其他宝物，那就惨了。”

罗峰心中一凛。

“不过，认识赤混铜母的域主级强者和界主级强者很少。更何况，你现在是在银河系内，如果真碰到一个域主级强者，那你可以去买彩票了。”巴巴塔打趣道，“回头我想想办法，把这赤混铜母变个样，到时就算是知道赤混铜母的界主级强者，恐怕都认不出。”

罗峰点点头。

“你现在的修为达到行星级，主人给你准备的就是防御性的黑神套装、攻击性的弧刀盘、修炼时所需材料木伢晶、储存器物空间戒指，以及最重要的修炼传承。”巴巴塔说道。

“没有别的了？”罗峰看着巴巴塔。

“嗯。”巴巴塔点点头，“你的实力尚弱，若是拿很多宝物，简直是找死，所以主人在宇宙星河银行为你留下了三个账号，每个账号都存有相应财物，让你分别达到恒星级、宇宙级和域主级的时候才能拿到手的。达到域主级，你堪称一方霸主，可以拿走巨额财富和大量宝物了。”

罗峰微微点头。

“罗峰，记住，适合你的才是好的。许多宝物你即便拿到了，也用不了，拿在手上，反而会惹祸。”巴巴塔叮嘱道。

地底15000多米深处，陨墨星号飞船内。

对于这些收获，罗峰还是很满意的。

“罗峰，其实这些尸身才是无价之宝。”巴巴塔缓缓地说道，“这些不朽强者的尸身，可是会令界主级强者们疯狂的巨富。”

“哦？”罗峰看向地面上的一具具尸身，惊讶不已。

“不过，你现在若是将不朽强者尸身拿出去，简直是找死。而且，你也没有利用这些尸身的能力，暂且将它们都收起来吧，以后再看着办。”巴巴塔说道。

“嗯！”罗峰心念一动。

一道奇异的能量笼罩五具不朽强者的尸身，而后将它们收了，大厅中只剩下一副金色骨骸。

“你这位师兄是界主级强者，骨骼也算贵重。可他毕竟是你的师兄，待你离开地球，或者将他的骨骸放在茫茫宇宙，让他回归星空，或者找个隐秘之地将他埋葬吧。”巴巴塔看着金色骨骸，脸上有着复杂的神色。

当初跟随陨墨星主人纵横宇宙，巴巴塔可是经常欺负主人的弟子的。

现如今，主人殒身，陨墨星被灭，曾经闪耀一时的庞大势力烟消云散。虽然巴巴塔依旧狂傲，可它心里很清楚，它现在只是一个智能生命，是没有任何武力的虚拟存在，它唯一自豪的就是自己拥有丰富的知识和经验。

而没有老师、师兄、长辈保护的罗峰，成为强者的路很艰难，需要加倍小心。

陨墨星号飞船入口。

“陨墨星号遭受了严重损坏，无法再起飞。”巴巴塔摇头，叹息道，“想要修复陨墨星号这种层次的飞船是很难的，整个银蓝帝国的人都没有这个能耐，或许黑龙山帝国的人有可能修复陨墨星号飞船。”

“陨墨星号飞船是不是没能量了？”罗峰问道。

“陨墨星号飞船本身的能量消耗光了，不过我的储存器物中有储备的能源。”巴巴塔摇摇头，“主要是飞船内部的一些系统受损严重，而且自我修复系统也无法进行修复。罗峰，我现在是虚拟存在，要跟你离开的话，必须借助器物。”

巴巴塔手一翻，手中出现了一副黑色护腕。

“这副护腕是宇宙中常见的护腕，不算值钱。只是，左手护腕内层有1颗晶核，这是我这种智能生命暂时的寄居地，而且这个晶核也有储存空间，大量木伢晶和弧刀盘等都存放在里面，现在由我替你保管。”巴巴塔看着罗峰。

罗峰点点头。

巴巴塔以后就是他的代任老师了。

“戴上！”巴巴塔说道。

罗峰当即戴上护腕。

巴巴塔对罗峰笑笑，就直接消失了。

飞船入口的罗峰只感觉到身体一震。

“轰隆！”

庞大的陨墨星号飞船直接消失了，出现的巨大空隙令大量岩石掉落。

罗峰当即使用精神念力将周围撑开，让岩石无法近身。

“罗峰。”一道清脆的声音在罗峰的识海中响起。

“啊？”罗峰吓了一跳。

“惊讶什么？真正的智能都是和主人通过意识进行交流的。”巴巴塔得意地道，“以后你的那个辅助光脑就可以扔掉了，它有的功能我全部有，而且我的功能比它的强千万倍。而且，你以后进入虚拟空间时，不需要戴头盔了，那是很低级的做法。”

“宇宙中，辅助光脑、意识感应器、生活管家等诸多系统全部是集合成一体的。”巴巴塔说道，“你想要跟我说话，将一道精神念力连接到护腕核心的晶核，即可通过意识跟我说话。”

罗峰当即尝试一下。

那护腕根本没阻挡罗峰的精神念力，显然已经认主，精神念力融入晶核后，罗峰“看到”晶核中的宫殿王座之上坐着的巴巴塔。

巴巴塔对罗峰咧嘴一笑，露出两颗獠牙。

“你是说，我可以直接进入虚拟空间战神宫？”罗峰问道。

“当然。我可以让你直接进入战神宫，也可以让你进入我为你建立的个人虚拟空间。”巴巴塔得意地道，“战神宫只是由一个智能主机建造的，论神奇程度，是远远赶不上我的虚拟空间的。”

“可惜，你是地球人，你的意识在‘虚拟宇宙网络’属于黑户，即使我将你的意识连接到虚拟宇宙网络，也无法得到授权进入虚拟宇宙网络。你需要在现实中开户，才能连接虚拟宇宙网络。”巴巴塔有些无奈，“还有，将你旁边的摩云藤幼苗收在背包内，它是一种生命，所以无法被收入储存器物中。你将这些东西收好，我们就可以离开这里了。”

第219章

培育

罗峰的精神念力朝周围辐射开去，瞬间就发现100多米外有一株仿佛葫芦藤的植物，长度仅仅2米多。

他的精神念力在前方开路，他直接走过去。

“罗峰，这摩云藤可是要陪伴你一辈子的。”巴巴塔感慨道，“当然，我也会陪伴你一辈子，除非你死了，我才会离开。按照老主人的命令，待你成为域主级强者的那一天，我才能认你当主人。”

巴巴塔的声音再次在罗峰的识海中响起。

“哦！”罗峰点点头。

显然，只有自己成为域主级强者，老师才会认为自己是合格的。

罗峰小心翼翼地将摩云藤幼苗放入背包中，而后直接冲天而起。

“砰——”

罗峰从地底1万多米处冲天而起，一口气撞碎无数岩石，冲破湖面，飞到了空中。

天空碧蓝如洗，朵朵白云飘在天边，偶尔有一群体形庞大的飞禽类怪兽从高空飞过。

罗峰凌空站立，环顾四周，心情极好。

“嗯？有未接电话！”罗峰低头一看通信手表。

罗峰当即回拨过去。

“喂，罗峰，刚才到底是怎么回事，我打了你两三次电话，都无法接通？”柳河的声音从通信手表中传出。

罗峰闻言一怔。

这时，他的识海中响起巴巴塔的声音：“罗峰，你刚才在陨墨星号飞船内，飞船是屏蔽外界一切信号的。”

“真是怪事啊！”柳河很是纳闷。

罗峰迅速思考该如何回答。

要知道，现如今整个地球都是被信号覆盖的，几乎不可能出现电话无法接通的情况。

“哦，是这样，我的通信手表刚才快没电了，所以我就先关了。现在我已经离开地底，准备回去。智能战机中可以充电，所以又打开了通信手表。”罗峰迅速编了一个理由。

“关机了？可是，关机一般不是语音提示‘你拨打的电话已关机’吗？不过，有时候语音提示也会出问题的。”柳河没有再纠结这个问题，“罗峰，你说你准备回去了，我们可还都在地底搜索木伢晶呢。”

“我感觉找不到了，不想找了。”罗峰道。

“行，我和其他人再找找，说不定能找到呢。”柳河说完后，就结束了通话。

“他们不可能找到木伢晶了。”罗峰的识海中响起了巴巴塔的怪笑声。

罗峰直接朝远处的王级智能战机飞去。

“你刚刚说没有木伢晶了？”罗峰很是惊讶。

王级智能战机停在半空，舱门陡然打开。

罗峰直接飞入舱内。

“1号，回家。”罗峰吩咐道。

“当然没有。”巴巴塔的声音又一次在罗峰的识海中响起，“那些木伢晶是我故意从飞船舱门口扔到上面的。我是靠飞船内的能量形成虚拟能量体的，那虚拟能量体根本无法离开飞船。当初我之所以扔木伢晶，是为了吸引地球强者到来，以此测试他们的脑域阔度。”

“测试？！”罗峰一惊，“这么说，我们在搜寻木伢晶的时候，你就进行测试了？”

罗峰记得，在9号古文明遗迹内，那光头水晶人耗费不少时间才测试成功。

“你以为我的效率和监察基地的智能一样低吗？”巴巴塔没好气地道，“你们地球上那么多行星级强者，还有一大群战神，天赋最好的是你，脑域阔度是22，次一等的是一位战神，脑域阔度是16，排第三的是行星级二阶强者，他的脑域阔度是15。”

“脑域阔度16的是哪位？”罗峰连忙问道。

第四议长伊斯特的脑域阔度15，罗峰并不惊讶，可是竟然还有人的脑域阔度比伊斯特的要高一点。

“那是你们地球上I国的一个小子。”巴巴塔说道。

“I国……”罗峰没再多问。

如果是他们C国的，他还能培养培养。而那小子是I国的，那就算了，只能看那小子自己的运气了。不过，那小子现在已经是战神级高手，混得还不错。

王级智能战机迅速飞向JN基地市。

舱内。

“罗峰，摩云藤非常忠心，一辈子只会认一个主人。这也是我的主人当初被杀死时，摩云藤也死去的缘故。摩云藤认主了，别人是无法使用摩云藤的。摩云藤认主过程很重要，不过，在此之前，我得先对你的王级智能战机系统改造一下。”巴巴塔说道。

“你要改造我的王级智能战机的系统？”罗峰有些惊讶。

只见王级智能战机内的许多按键亮起，按键上的彩光让人目眩，仅仅片刻，一切恢复平静。

“好了。”巴巴塔道。

“你为什么要改造我的王级智能战机的系统？”罗峰连忙问道。

“这王级智能战机的系统第一权限是极限武馆馆主洪控制的，第二权限才是属于你掌控的。只要他愿意，他可以知道你在王级智能战机内做的任何事，并且可以随时收回王级智能战机。”巴巴塔说道，“现在我将王级智能战机进行了改造，洪不会有丝毫察觉，而这王级智能战机也将会更听你的话，洪只能拥有其第二权限，对其进行远程操控。”

罗峰点点头。

如果自己是卖智能战机的，也会留一手吧。

“这株摩云藤幼苗可比之前洪得到的摩云藤好得多。”巴巴塔缓缓地道，“大涅槃时期之后，地球上开始出现强者，为了吸引人类强者过来，我扔了1颗摩云藤种子，这颗摩云藤种子开始成长，并且先后吸收了3颗木伢晶。同时有2颗木伢晶被我弄成了粉末，被一些草木吸收了，从而形成了你们所谓的‘草木之灵’。”

“后来，洪和他手下直接弄走了摩云藤和草木之灵，我只能用木伢晶豢养出一头你们所谓的皇级怪兽，吸引你们过来。然后，用一颗颗木伢晶吸引无数人类强者聚集而来，好测试他们的脑域阔度，以便挑选脑域阔度最高的一个。”巴巴塔解释，“当初，我将一小堆木伢晶放在飞船入口，再将数颗木伢晶朝外面扔，有3颗木伢晶是我故意放在你旁边的，还有8颗木伢晶是我故意放在离你不远处的……”

“我无法离开飞船，所以只能让飞船自身的念力波侵入你识海，指引你来到那飞船残片所在处，让你捡到飞船残片，而后又引导你来到飞船入口。”巴巴塔说道。

罗峰愕然。

从头到尾，雾岛发生的一切都是巴巴塔导演的。

草木之灵、摩云藤、兽皇、木伢晶！

当初罗峰疑惑过，为什么兽皇没有搜集其他木伢晶，原来那些木伢晶是巴巴塔扔的。而且，自己得到飞船残片，是飞船的念力波引导的。

“念力波怎么会引导我呢？”罗峰急切地问道。

这玩意儿太可怕了吧！

“念力波没有你想的那么强。”巴巴塔说道，“它本身是很微弱的，只是潜意识影响你。你本来就漫无目的地在地底寻找，受到念力波的引导，你自然逐渐朝飞船的方向靠近。而如果我用念力波引导你，让你自杀，你当然会惊醒，怎么可能同意呢？”

罗峰点点头。

的确，当时自己还跟徐欣通电话，意识处于清醒的状态中。

“不说这个了，赶紧让摩云藤认主。”巴巴塔连忙道，“你直接割腕，摩云藤认主需要喝不少鲜血。”

“割腕？”

对于行星级强者而言，倒也没多大危险。

罗峰虽然有些吃惊，但还是照做了。

而后，他的手腕靠近摩云藤，鲜血不断被摩云藤幼苗吸收。

很快，罗峰手腕的伤口便愈合了。

一颗血红色的类似葡萄的果实出现了，直接落在摩云藤幼苗上，被藤蔓卷起。

而后，一道道血红色电光在摩云藤幼苗上闪烁。

“怎么了？巴巴塔？”罗峰连忙问道。

刚才那果实肯定是巴巴塔弄出来的，除了自己之外，也就巴巴塔所处晶核内有储物空间。

“我这是初次培育摩云藤。”巴巴塔解释道，“我一直不敢培育摩云藤幼苗，因为培育后，摩云藤幼苗会变强。你的实力比它弱，就无法收服它。这些年来，我一直给它奠定养育的基础，而现在摩云藤认主了，正是进行初次培育的最好机会。”

“对摩云藤进行第一次培育时，投食的物品很重要。首先，必须是宝贝；其次，还得是摩云藤幼苗能够吞噬的。”巴巴塔继续说道，“刚才那颗果实就是我主人专门为你这株摩云藤准备的，论价格，那果实比你的飞船残片还要贵。”

罗峰闻言一怔。

巴巴塔直接扔出一颗比赤混铜母残片还珍贵的果实，显然巴巴塔有私人小金库啊。

“你不是说老师留给我的就那些东西吗？”罗峰道。

“嗯！我主人留给你的就只有那些。我储物空间内的是留给摩云藤的，你可别觊觎我储物空间内的宝贝，我会严格按照主人的计划培养你的。”巴巴塔道。

谈话的工夫，摩云藤幼苗本身的颜色从绿色转变为暗红色，并且表面隐隐有红色丝线流动。

“你可以将它收起来了，而后直接将它融入皮肤中。初次培育，我给它的这颗果实太强，它要消化很久的。”巴巴塔说道。

罗峰很是好奇，伸出手，触摸摩云藤。瞬间，他和摩云藤心意相通，摩云藤的意识向他传递了使用方法。

的确，操控摩云藤很简单。

罗峰心念一动，摩云藤顿时迅速缩小，仿佛半米长的马鞭，而后迅速融入罗峰的皮肤。

罗峰感觉身上仿佛多了一层冰凉的衣服，很是舒爽。

而且，摩云藤对罗峰非常依恋，罗峰感觉摩云藤好像一个婴儿。

“我第一次培育摩云藤幼苗，效果就这么惊人。起步就远远超过其他摩云藤，待它第一次进化完毕，就可以给你当帮手了。到时候，黑神套装也没它有用。”巴巴塔很是得意，“我敢说，整个黑龙山帝国都没几人这么奢侈，第一次培育摩云藤，就敢这么做。”

罗峰已经习惯巴巴塔的狂傲了。

“巴巴塔，如果我使用飞船碎片的话，能对付什么层次的武者？”罗峰问出了深藏心底的疑问。

“嗯，你现在对于精神念力的利用还很一般，对于赤混铜母残片的使用法子也太简单，估计能对付一般的行星级六阶武者。不过，这玩意儿毕竟是不朽强者都难以损坏的宝贝，对于不朽强者还是有一定的防御力。”巴巴塔摇头晃脑地道，“不过，待你回家后，你接受主人的传承，先简单地突击训练一下，就能对付一般的行星级八阶武者。到时，即便雷神和你拼命，估计都不会是你的对手。”

罗峰很是震惊。

“你没必要如此震惊。你也不看看我巴巴塔是谁？你可是陨墨星主人唯一的传人，使用的又是赤混铜母残片，对付雷神不是很正常吗？”巴巴塔狂傲得很，“要知道，你的老师可是超级不朽强者。”

“老师是超级不朽强者，不还是被更可怕的存在给灭了吗？”罗峰暗自腹诽。

“对了，巴巴塔，老师到底是因为什么才被对方杀死的？”罗峰很是好奇。

他的老师可是纵横宇宙的强者，到底为什么会被杀害？

“你想知道吗？”巴巴塔反问。

“当然。”罗峰点点头。

“想知道的话，就先成为不朽强者。”

护腕的智能虚拟空间中，巴巴塔白皙的小脸上露出了招牌式坏笑。

“不朽强者？”罗峰哑然失笑。

他要成为界主级强者都要耗费十几万年，想要成为不朽强者，那得需要多少年啊！

第220章

组装飞船

深夜时分，王级智能战机飞临JN基地市Y城上空。

明月小区内，罗峰家还亮着灯，庭院门口站着罗峰的弟弟、父亲、母亲。

罗峰之前已经打过电话，说马上到家。

“爸、妈，快看，是哥的战机。”罗华当即和轮椅上的父亲，还有旁边翘首以盼的母亲说道。

“小峰回来了。”罗洪国等三人都惊喜。

只见一架深蓝色王级智能战机从高空缓缓降落下来，停在离罗峰家仅仅百米不到的草坪上。

而后，舱门打开，一身黑色套装的罗峰走了出来。

“爸，妈。”

罗峰终于回家了，他的父母很是高兴。

第二天一早，晨雾弥漫，罗峰跟家人打了声招呼，准备前往洪宁基地市。

“这刚回来又要走。”餐桌上摆放着早餐，龚心兰起身推着罗洪国的轮椅，去送罗峰。

“很快的，中午回来吃午饭。”罗峰笑道。

“好！妈妈今天亲自出去买菜，给你做一顿好吃的。”龚心兰笑着说道。

罗峰点点头。

虽然他在虚拟空间战神宫中吃过一些美味佳肴，比母亲做的要好很多，但是只要闻到母亲亲手做的饭菜的香味，他就打心底喜欢。

“爸、妈，我先走了，中午回来，我会给你们一个惊喜。”罗峰嘿嘿一笑，就朝王级智能战机跑去。

“惊喜？”

轮椅上的罗洪国和旁边的龚心兰相视一眼，都很是疑惑。

王级智能战机迅速从明月小区起飞，而后直接朝洪宁基地市飞去。

“我一直想给爸妈服用草木之灵，这次，总算能兑换一些草木之灵了。”罗峰满心喜悦。

“罗峰。”一道清脆的声音在罗峰的识海中响起。

“巴巴塔？！”罗峰当即将一道精神念力连接到护腕上的智能虚拟空间。

“罗峰，这次你去兑换草木之灵算是个好机会。”巴巴塔说道，“草木之灵就罢了，虽然草木之灵有一些精华能量，可是能量很少，对于普通人和学徒级武者还有点用，对于你这行星级武者的用处就非常小了。我们这次选取草木之灵后，再看看有没有其他宝物可以兑换，你们馆主说不定藏了不少好东西。”

“行，反正我公开了的木伢晶有4.5颗，可以兑换价值90星辰的物品。”罗峰用意识和巴巴塔交流，“我需要兑换一些草木之灵，至于要兑换的其他物品，由你决定。”

“哈哈！放心吧，交给我！”巴巴塔连忙说道。

洪宁基地市总部，巨型飞船建筑入口。

一个穿着华贵的黑色皮衣，戴着帽子，60岁左右的银发老太太从飞船建筑的入口走了出来。

顿时，早就在建筑外等待的三名手下迎了上去。

“议长，我们现在回去吗？”

“不急，我们先在洪宁基地市待三天。跟洪谈判不成，还可以找其他巡察使或者亲卫商谈商谈。”老太太声音略显高亢，整个人面无表情。

她环顾四周，眼神冷厉。

周围的人都不敢和她对视。

她是HR联盟的议长。

“你们注意洪宁基地市的动静，若是发现三大亲卫或者六大巡察使，立马通知我。”老太太吩咐道。

“是。”旁边的管家连忙应道。

“走吧！”老太太下令。

很快，一辆奢华的轿车缓缓驶来。在手下的簇拥下，老太太进入车内，车轮缓缓滚动，而后离开了极限武馆总部。

1个多小时后。

一架深蓝色三角形王级智能战机从高空降落，落在旁边的停机坪上。一个背着背包，穿着黑色休闲服的青年直接从机舱内跳了出来，舱门自动关闭。

“巡察使！”

“巡察使！”

总部的一些守卫看到罗峰，连忙恭敬行礼。

罗峰大步朝入口走去。

极限武馆内只有极少数高层才有资格进入巨型飞船建筑，没有权限的人硬闯的话，会被防御系统击杀。

而罗峰是拥有进入巨型飞船建筑权限的高层之一。

“见过巡察使。”

“见过巡察使。”

一些蓝袍人员恭敬地打招呼。

罗峰直接去找馆主了。

同一时刻。

“议长，极限武馆罗巡察使刚刚进入极限武馆总部。”这个消息迅速传向HR联盟议长。

巨型飞船建筑内。

“那是一架星际运输舰。”巴巴塔充满惊奇的声音在罗峰的识海响起，“不知道，那星际运输舰损坏的程度如何。我真想去探察一下，可惜这架星际运输舰的许多能量系统都完全关闭了，根本无法探察。”

“你能探察又怎么样，这可是馆主的飞船。”罗峰道。

“你可真笨啊，陨墨星号飞船无法修复，我们现在当然得想其他办法离开地球。没有飞船，你怎么离开啊？”巴巴塔道。

“你是说，这星际运输舰还能飞？”罗峰连忙问道。

“不行，这艘星际运输舰损坏很久了，估计许多地方都生锈了。这么多年了，强大如界主级强者，尸身都会腐烂。一架完好的星级运输舰在地底摆放成千上万年都会出问题，更别说它本身就是坏的。”

罗峰很是不解：“那你那么惊诧干什么？”

“它是坏的，说明地球上还有不少宇宙飞船的残骸。多弄点飞船残骸，说不定我们就能组装出一艘小型宇宙飞船。”巴巴塔兴奋地道。

“组装飞船？”罗峰大吃一惊。

“嗯！那是小菜一碟。我可是智能生命，我的资料库存储了大量的知识，许多高等文明知识我都有，只要有足够的机械、材料、机器人等等，就连建造一艘大型星际战舰都有可能，更别说组装飞船了。”巴巴塔自信满满地道。

罗峰对于茫茫宇宙充满好奇，特别是虚拟宇宙网络。按照巴巴塔的说法，进入虚拟宇宙网络后，即可和茫茫宇宙中的无数种群见面。

虽然罗峰暂时没有去宇宙闯荡的打算，可是若是有一艘能在宇宙中闯荡的飞船，总归是好事。

“巴巴塔，我可以买到大量机械、材料，让你建造飞船。”罗峰说道。

“呃……”护腕上的智能虚拟空间中的巴巴塔小脸露出无奈的表情，“在宇宙中远距离飞行对飞船各方面的要求是很高的，不单单是飞船内部的能量系统等等，还有机身强度。地球上的那些材料的强度远远不能满足星际飞行的要求，所以最好还是选那些宇宙飞船残骸进行组装。”

“此事不急，待你修炼到恒星级，偶尔去其他星球找飞船残骸也不迟。”巴巴塔又道。

组装飞船的事情，罗峰全权交给巴巴塔去想办法，自己将精力放在修炼上。

飞船内，静室中。

“馆主。”罗峰微微躬身。

“坐。”一身黑衣的洪盘膝坐在蒲团上。

罗峰也盘膝坐了下来。

“你这次来是为了什么？”洪看着罗峰。

“我想兑换一些东西。”罗峰直接说道，“用木伢晶兑换。”

“哈哈！好！”洪不由得露出了笑容。

他很清楚木伢晶的功效。不管是自身修炼，还是摩云藤的成长，都需要木伢晶，所以他非常欢迎其他人用木伢晶和他兑换物品。

“这是兑换列表，比你上次看的兑换列表的内容更详细。”洪一挥手。

昏暗的静室中出现了巨大的投影屏幕，屏幕上出现了大量物品。

“此次的兑换物品的确比上次多很多。”罗峰看了，眼睛一亮。

“你想兑换什么，尽管说。”洪看着罗峰，“你应该可以兑换90星辰的物品，如果你有更多木伢晶，都可以拿来兑换。”

说完，洪脸上有着一丝笑意，他早就猜到雾岛寻宝的人中有人藏了木伢晶。

罗峰紧紧地盯着大屏幕。

“三株2号草木之灵、两株5号草木之灵，还有两株9号草木之灵。”罗峰直接说道。

洪点点头。

“巴巴塔，你看得到屏幕吗？”罗峰的意识询问道。

“看得到。我早就猜到，地球人拿不出什么好宝贝，果然如此。地球第一强者洪竟然拿这些玩意儿当宝贝，实在寒碜。”

巴巴塔虽然有心理准备，但是看到洪所拿出的物品，仍不免有些失望。

“咦！那里有个小宝贝。”巴巴塔连忙喊道，“罗峰，快看最下面的古文明仪器目录下的重力室。”

罗峰迅速朝下看。

古文明重力室：1—1000倍单位地球重力，价格90星辰。

罗峰大吃一惊。

这不就是精英训练营的古文明重力室吗？上一次兑换时，并没有这个，这一次馆主竟然舍得将这个拿出来，看来馆主很想得到木伢晶。不过，馆主竟然标价90星辰，也就是需要4.5颗木伢晶，放眼全球，能拿出4.5颗木伢晶的人很少。

馆主故意标这个价，显然是想让罗峰用4.5颗木伢晶来兑换这个。

“馆主，这古文明重力室我要了。”罗峰说道。

“哦？”洪惊诧地看了罗峰一眼，“看来你还真的有额外收获啊！这古文明重力室对武者修炼的确很有效，这个我一直舍不得卖，现在你想要用木伢晶兑换，那我就成全你。那草木之灵你还要吗？”

一个古文明重力室就要花费4.5颗木伢晶，罗峰哪里还有额外的木伢晶啊？至少罗峰明面上的木伢晶就这么一点。

“再来2份龙血，2株千年黑乌根，凑个整数吧。”罗峰说道。

“草木之灵和2株千年黑乌根、2份龙血一共是20星辰，加上古文明重力室90星辰，一共是110星辰。”洪淡淡地道。

110星辰可是5.5颗木伢晶啊！

此时罗峰的黑色休闲服表面浮现出5颗木伢晶，还有0.5颗木伢晶是之前记在洪的账上的。

“啧啧，罗峰，你这次收获不小啊。”洪露出一丝笑意。

“的确是还有一次收获，别人都没看到。”罗峰笑笑，随即又道，“不过，我一下子口袋就见底了。”

“嗯！你出去的时候，就能收到草木之灵，至于古文明重力室，要等几天才能收到，我到时候派人送到你家。”洪显得很高兴。

各大势力一共才收获多少木伢晶啊！而那些知道木伢晶功效的高手都想办法向其他势力购买。罗峰将木伢晶都拿来和洪兑换宝物了，这令洪的心情非常好。

当罗峰走出飞船建筑入口的时候，手拎着一个银色密码箱，里面存放着草木之灵、龙血和千年黑乌根。

“罗巡察使。”

罗峰惊讶地看着眼前穿着华贵黑色皮衣的银发老太太。

在三名手下的簇拥下，老太太笑着走了过来：“你好，罗巡察使，冒昧打扰，你可以称呼我伊萨多娜，不知道我有没有这个荣幸和你喝个咖啡？”

“伊萨多娜？”罗峰的脑海中立即浮现一个名字。

她是地下世界的女皇，HR联盟议会的议长——伊萨多娜。

第221章

再相见

罗峰可是行星级强者，对于地球上的一些大人物当然有所了解。伊萨多娜是地下世界的女皇，她的故事完全可以写成一本小说了。

洪宁基地市，一家宁静的咖啡厅的包间中。

罗峰和伊萨多娜相对而坐。

“伊萨多娜夫人。”罗峰撕开糖包，将糖倒在咖啡杯内，缓缓搅动，“你找我有什么事吗？”

“罗巡察使这么直接，那我也开门见山。”伊萨多娜微微一笑，眼角出现了鱼尾纹，“这次在雾岛，各方势力争夺木伢晶，罗巡察使的实力竟然和第三议长、第四议长等人不相上下，让各方势力刮目相看。”

罗峰微微一笑。

雾岛一战的确令他的声望提升不少。

“罗巡察使这次的收获不少啊！”伊萨多娜看着罗峰，“我HR联盟也很想要木伢晶，当然，条件可以由罗巡察使随便提，我们肯定会考虑的。”

罗峰一笑。

又是为了木伢晶？

他当然知道木伢晶的价值，木伢晶的作用很多，其中有一个作用就是可以让学徒级八阶或者九阶的武者在1个月内蜕变成为行星级强者，也就是说，只要1颗木伢晶，就可以很快培养出一个议员强者。

现在地球上的议员强者寥寥无几。

对于五大强国而言，议员就相当于是移动的核武器。

“愚蠢！又是想要用木伢晶造就行星级一阶武者的。”护腕上的智能虚拟空间内，巴巴塔穿着一身华贵皇袍，坐在餐桌旁大口吃着，嘴里还咒骂着，“他们竟然想用木伢晶这种宝物去造就行星级一阶武者，真是浪费啊！”

对于陨墨星主人而言，木伢晶不算什么，毕竟陨墨星主人收藏了很多木伢晶。然而，在宇宙中，木伢晶算得上是宝物，而行星级一阶武者数不胜数，且算是最弱的武者。谁会浪费一颗木伢晶去造就一个行星级一阶武者啊？

洪和雷神可舍不得拿木伢晶去帮助战神级武者。没有木伢晶，他们想突破到恒星级很难，可是有了木伢晶，希望会大得多。

不过，在地球上，一名行星级一阶武者已经算是极其厉害的了。

“真是抱歉，我刚刚把所有木伢晶都拿去和馆主兑换东西了。”罗峰一脸歉意。

“哦，原来是这样。”伊萨多娜看着罗峰，“罗巡察使，你可还有剩余的木伢晶？”

即使是一颗木伢晶，也能造就一位议员。

罗峰神秘一笑。

伊萨多娜顿时心有所悟，她明白罗峰是有存货的。

“这样吧，伊萨多娜夫人，下次我直接去拜访你。”罗峰微微一笑，又道，“不过，我比较喜欢一些古文明的东西，比如飞船之类的。”

“啊！”伊萨多娜闻言一惊。

对于各国而言，一些古文明是机密，毕竟研究古文明物品说不定会研究出什么来。

“行，我会准备好表单，等罗巡察使来的。”伊萨多娜笑道。

如果用一些古文明残骸能换取木伢晶，也算值得。

罗峰心里很清楚，地球上的一些古文明遗迹早就被发现了，能搬走的东西估计早搬走了，而洪等人都无法搬走的，自己恐怕也无法搬走。既然这样，他只能想办法跟各国、HR联盟，以及两大武馆联系，看能不能弄到组装飞船所需的材料。

货比三家嘛，反正木伢晶是各方势力都很想要的宝物。

当天中午，罗峰就乘坐王级智能战机回到Y城家中。

午饭过后。

罗峰、罗华，以及他们的父母聚集在二楼。

“爸、妈、罗华，你们吞下草木之灵后，会感觉全身酥麻，并且有清爽感。”

罗峰将切成三段的淡绿色果肉放在家人面前，这三段其实是同一株草木之灵的，草木之灵的药效非常温和，对身体没有任何伤害。

不过，也只有罗峰能做出将一株草木之灵分给三个普通人吃的事情。

要知道，一株草木之灵就可以让一名高级战将级武者直接跃升为中级战神乃至于高级战神。而且它的药效很长久，随着武者不断地修炼，其身体逐渐吸收药效，实力会提升得很快。

而若是普通人服下草木之灵，最多成为战将级武者。

“蛮甜的。”罗洪国轻轻地咬了一口，入口即化。

“这个比胡萝卜好吃一点。”龚心兰也评价道。

“的确很好吃。”罗华一口吞下。

罗峰看着家人们全部吃下后，才道：“这东西比胡萝卜好吃一点，价格可比胡萝卜要高不少，比上次的千年黑乌根还要贵。”

“什么？”

“这玩意儿比千年黑乌根还要贵？”

罗洪国、龚心兰、罗华三人都吓了一跳。

上次罗峰被困在9号古文明遗迹中，家里遭受困境，最后还是罗华使用千年黑乌根才直接成为商业银行第八大股东，由此可知，那千年黑乌根很是珍贵。

“也就是说，我们刚才一口就吃了几百亿？”罗洪国三人彼此相视。

“爸、妈，你们别用金钱来衡量，地球上有些宝物是钱买不到的。”罗峰摇摇头，又道，“你们刚才吃了1株草木之灵，我带回来的密码箱中还有6株草木之灵和2份龙血、2株千年黑乌根。罗华，这些都交给你保管。”

“天哪！”罗华惊呆了。

半晌——

看着父母和弟弟尝试挥动自己那把血影战刀的样子，罗峰笑了。

“巴巴塔，测试一下我父母和弟弟的身体素质。”罗峰说道，“看看他们都达到了什么级别。”

“你老爸是学徒级三阶，你老妈是学徒级二阶，你弟弟是学徒级三阶。普通人吸收草木之灵能量的效率真是低，那株草木之灵虽然一分为三了，但是每份的效果不比一份龙血弱。准武者服下一份龙血，都能成为初级战将级武者。”巴巴塔说道。

罗峰却很满意。

他只要家人的身体好就足够了，他可没想过让家人能够去荒野区猎杀怪兽。

“爸、妈，我有个事要告诉你们。”罗峰说道。

“什么事？”罗洪国和龚心兰还沉浸在“脱胎换骨”的喜悦中。

“我得到一些消息，我们家还有亲戚活着。”罗峰道。

“真的吗？”罗洪国夫妇立即激动起来，“小峰，还有多少亲戚活着？”

“现在已经发现的有两家人。”罗峰直接说道，“一个是妈妈的堂妹龚心花。”

“我叔叔的女儿小花？！”龚心兰又惊又喜。

大涅槃时期，她年纪很小，还不记事，后来在逃亡中才听父亲说还有这么一个亲人，所以，她的脑海中并没有关于龚心花的详细记忆。

“第二家人呢？”罗洪国连忙问道。

“第二家人是父亲你的姑妈罗红琴，也就是我的姑婆。姑婆的孩子汤成也活着，现在汤成娶妻生子，有一对龙凤胎，那对双胞胎姐弟跟我同岁。”罗峰说道。

“小姑还活着？！”罗洪国眼眶顿时红了。

罗峰见状，心底发酸。过去住在廉租房的时候，就经常听父亲提到他的这个姑妈，大涅槃时期之前，父亲就已经到了记事的年纪，对其小姑的印象很深，所以经常念叨这位小姑。

“她的样子我现在都记得清清楚楚。”罗洪国说着，眼泪流下来了，“没想到，小姑还活着。我记得，当初小姑一家人刚好在外面旅游，灾难爆发，他们就被困在那里了，后来那里扩建成为J市。”

罗峰点点头。

大涅槃时期，那里的人存活率是最高的。

“小峰，你知道你姑婆现在在哪里吗？我现在就想去见见她。”罗洪国道。

“现在？”罗峰不由得看向龚心兰。

龚心兰对他点点头。

多少年了，罗洪国一直期盼着和亲人相聚，哪里还等得下去啊？

“那我们准备一下，马上就出发。”罗峰道。

当天下午4点多，王级智能战机停在J市八大卫城之一TJ城的极限会馆所在小区内。

罗峰没有让人接送，一家四口乘坐一辆轿车，前往姑婆家。

“主任，TJ城的情报。”

一个秃顶中年人接过手下人递过的文件，挥挥手，让手下人退下。

而后，他打开文件夹，看起了情报。

“罗峰来J市了！”秃顶中年人脸色一变，立即拿起旁边的电话拨打秘密专线。

“请接1号首长。”

第222章

电话

雾岛一战，C国的收获还算不错。不过，木伢晶绝对算是至宝，没人会嫌多。当罗峰抵达J市的消息传开后，C国高层就立即行动起来。

罗峰则和家人低调地乘坐一辆普通轿车去拜访姑婆。

……

一个住宅小区内。

“叮咚！”

罗峰一家四口站在一座联排别墅的院门口，罗洪国按着门铃。

“你们别按门铃了，他们家没有人，他们家的老太太进医院了，儿子和儿媳妇都去医院照顾老太太了。”一个遛狗的老头说道。

“哦？”罗峰将精神念力辐射开去，扫过别墅，里面的确没有人。

“请问大爷，是哪家医院？”罗峰问道。

“TJ城第一医院。”老头说道，“老汤家挺有钱的，当然是去第一医院治病。”

罗峰等四人当即坐回到轿车之中。

“小姑家生活不错啊，都住上别墅了，比我们家过去要好多了。”罗洪国一脸笑容，“这下我就放心了。”

“姑婆的孙子、孙女很聪明，学习成绩非常好，15岁就上了大学，现在在一家研究所工作，这座别墅是研究所分配的。”罗峰说道。

当初刘彦发送给他的资料上有详细的信息。

罗洪国和龚心兰都笑了，道："真好！跟我们家孩子一样聪明。"

罗峰和罗华相视一眼，都有点不好意思。

"嘎嘎，这叫天赋！"护腕上的智能虚拟空间中，舒服地躺在大浴缸中泡澡的巴巴塔朗声笑道，"罗峰，现在看起来，你的脑域阔度高，应该是遗传了你们罗家的优良基因。大涅槃时期，罗家出生的四个后代都不错。"

"你就不说了，你弟弟也非常聪明，纯粹靠自学成才的，玩股票那么厉害。你姑婆家的孙子和孙女都有罗家的一点血脉，所以也很聪明。"

"脑域阔度高的人，先天就很聪明。"巴巴塔说道，"当然，他们都没有你强。"

J市八大卫城之一TJ城，第一医院的特等病房。

一个花白头发的老太太躺在病床上，脸上没有一点血色。

旁边的沙发上躺着一对中年夫妇，他们睡着了，一对年轻男女正在床边陪着老太太说话。

"你们是？"那个年轻女子疑惑地转头看向门口。

门口正是罗峰一家人。

罗洪国走了进来，看着病床上的老太太，十分激动。

老太太疑惑地看着眼前的中年人，渐渐地，她的表情变了，显得很是激动："你，你是……"

旁边沙发上的中年夫妇被吵醒了，当即都站起身来。

"妈，你怎么了？"夫妇俩都走到老太太身旁。

"你是谁？"中年人戒备地看着罗洪国。

"你是汤成吧。"罗洪国看着中年人，感慨道，"一转眼，我们都老了。"

"你是……"汤成的眼中满是疑惑。

罗洪国激动得眼泪在眼眶中打转。

老太太挣扎着坐了起来，仔细地打量着罗洪国："你是……洪国？"

“对，是我，洪国。小姑，你竟然认出我了。”罗洪国一下子激动起来。

“你真是洪国啊，你跟你爸爸长得几乎一模一样，那嘴巴……”老太太激动地伸出干瘦的手，一把抓住罗洪国，“洪国，你还活着，小姑没想到竟然能在死前见到你。”

“你是表哥？！”中年人惊讶地看着罗洪国。

“嗯！”罗洪国连连点头。

“天哪！这，这都过去40多年了。表哥，表哥，我们能重逢，真是太好了！”汤成激动不已。

大涅槃时期一役，令多少家庭支离破碎，活着的人都分散在各地。当时，交通被毁、通信断绝，许多国家的户籍资料也遗失了。

“我一眼就认出来了。”老太太很是开心，“洪国跟我哥长得几乎一模一样，只是我老眼昏花，还以为自己看错了呢。洪国，你的父母在哪里呢？”

罗洪国摇摇头。

老太太见状，不由得低叹一口气。

“小峰、小华，过来。”罗洪国连忙招手，而后看向老太太，“小姑，这是我的两个孩子。”

“洪国，当年你还只是一个小毛孩子，一眨眼，你都有两个儿子了，而且都这么大了。来，我瞧瞧。”老太太努力地睁大眼睛。

罗峰和罗华连忙走到床边。

老太太仔细地打量着，道：“嗯，不错，长得都挺俊的，有我们老罗家的精气神！”

“永晴、永圆、小峰、小华，你们四个孩子好好聊聊。”老太太招呼道。

“砰！”

房门猛地被一脚踢开，病房内的人都吓了一跳。

只见三人从病房外走进来，有一个目光阴冷的青年，其身后跟着两个体形壮硕的大汉。

看到这三人，老太太一家人脸色都变了。

“你来这里干什么！”汤永晴上前一步，怒斥道。

“我只是来告诉你，你的选择时间只剩下三天。”青年定定地看着汤永晴，冷冷地道，“永晴，你应该知道我的脾气。”

“你，你赶紧出去，别在这里打扰我奶奶休息。”汤永晴道。

旁边的汤永圆上前一步，指着青年，怒道：“王兴安，你别太过分，我和姐姐都是研究所一级研究员，你……”

“狗屁！”青年瞥了汤永圆一眼，“研究所我都没放在眼里，更别提狗屁研究员了。小子，别以为我喜欢你姐姐，我就不敢对你动手，我给你姐姐的时间只剩下三天，三天后，你姐姐若还是不答应我，我连你们一起收拾。”

“三天……”青年向汤永晴竖起三个手指，露出邪异的笑容，“只有三天了，永晴，你可不要让我失望哟！”

汤永圆气得全身发抖。

“永晴，这到底是怎么回事？”旁边的汤成连忙问道。

“爸，没事的。”汤永晴连忙安慰道。

“老头子，你听好了。”青年看着汤成，冷冷地道，“三天内，你女儿若答应嫁给我，你们全家都好过。若不答应，我让你们全家都下地狱。你们的命运在永晴的手里，哈哈……”

一旁的罗峰平静地看着这一幕。

罗华看向罗峰，轻声唤道：“哥？”

“别急，看看他们到底在耍什么把戏。”罗峰淡淡地道。

罗华点点头。

汤成夫妇一头雾水。

病床上的老太太大声问道：“永晴，这个人到底是谁？到底是怎么回事？”

“王兴安，你都有那么多女人了，为什么纠缠我姐姐？”汤永圆怒道。

“我就是喜欢你姐姐，我想要让她嫁给我。”王兴安笑容邪异。

“你这个浑蛋！”汤永圆怒不可遏。

王兴安看都不看汤永圆，定定地看着汤永晴，道：“永晴，当初我们多好啊，你爱我，我爱你，不是很幸福吗？你为什么非逼得我使用强硬手段呢，我这个人最不喜欢用拳头了。”

汤永晴死死地咬着嘴唇。

“啪啪！”一阵掌声响起。

王兴安和他的两名手下都疑惑地看去，只见身穿黑色休闲衫的罗峰正轻轻地拍手，微笑地看着他们。

“我很不喜欢有人在我面前装模作样。”王兴安微微扬起下巴，目光冷厉，“他刚刚竟然鼓掌。老二，去弄断他的双手。”

“是！”一个壮硕汉子狞笑一声，朝罗峰走了过来。

“住手！”汤永晴当即喊道。

她看着王兴安，忍不住哭了：“我答应你总行了吧，你不要伤害无辜的人。”

“哈哈！这不很好吗！”王兴安眉毛一挑，笑了起来，“老二，回来，我大人有大量，饶了……”

“没想到来一趟J市，竟然碰到这样的事。”

罗峰打断了王兴安的话。

王兴安脸色变得很是难看，嗤笑一声：“你小子找死啊！”

“你别插手。”汤永晴急切地看着罗峰，“他叫王兴安，是J市王家的人，而且掌控着王家的经济大权，是王家内定的家族第一继承人，而且他妈妈还是J市总军区的……”

“我应该唤你表妹吧！”罗峰笑道。

汤永晴闻言一愣。

罗峰却直接走向王兴安。

“你是谁？”王兴安死死地盯着罗峰。

罗峰咧嘴一笑。

下一瞬，病床旁小台子上的纸陡然碎裂成了6片，那6张片纸迅速飞舞起来，变作6道幻影，疾速划过王兴安的双肩、双腿、脊椎、小腹。

“你，你……”王兴安顿时瘫痪了，只有头可以动。

整个病房一下子安静了。

那两个大汉顿时傻眼了。他们心里都很清楚，对方是精神念师。

病房内的汤永晴等人则愣愣地看着罗峰，很快又看向罗峰的家人。

这个亲戚家到底是干什么的？

“你竟然敢对我动手！”王兴安气得咬牙切齿。

“哼！”罗峰俯视王兴安，“我就对你动手了，你能怎么样？”

“找死。”王兴安眼中涌现出了杀气。

罗峰看着王兴安，冷冷地道：“告诉我，你想找谁给你报仇？你妈妈在总军区有关系是吧？C国军方第一人是超越战神的存在，名唤贾谊。而你们王家是HR联盟九大家族之一，HR联盟地位最高的是HR联盟议会议长伊萨多娜。”

罗峰掏出口袋内的手机，打开电话簿，屏幕对准王兴安：“这里有两个电话，一个是贾谊的，一个是HR联盟议长伊萨多娜的，你想找他们报复我，欢迎你拨打电话……别看其他电话，我可以告诉你，最上面的电话号码是极限武馆总馆主洪的。”

第223章

会面

瘫倒在病房地上的王兴安愣愣地看着手机屏幕上的电话列表。

贾谊是C国军方第一人。

伊萨多娜是掌控全世界超过一半经济命脉的地下女皇。

洪更是无可争议的全世界第一大强者。

这三个人中，任何一个人都足以让整个地球产生震荡，而这个年轻人的手机上竟然有这三个人的联系号码。

要知道，想要和这三个人直接通话，其难度不亚于跟一个国家的领导者联系。

“这，这……”

王兴安及其手下都怔怔地看着罗峰。

这个穿着黑色休闲衫的年轻人到底是什么来头？

“你耍我！”王兴安双眸大睁，表情狰狞，怒视罗峰，“你以为你随便弄一个电话名单就能唬住我？你说你认识HR联盟议长，还有极限武馆总馆主，我就傻傻地相信了吗。我还可以说我是洪的儿子呢，吹牛皮谁不会啊！”

“放眼全球，能够直接和这三人联系的只有极少数人，而像你这么年轻的，全世界恐怕不超过三个。”王兴安盯着罗峰，冷笑一声，“如果这都让我碰到了，我就可以去买彩票了。”

罗峰哑然失笑。

“哼！我看你也是精神念师，有点背景。”瘫在地上的王兴安死死地盯着罗峰，“你想跟我玩文的，还是玩武的？”

罗峰饶有兴味地看着王兴安，道：“你说说看，这都是什么玩法。”

“玩武的，就是你直接杀了我。医院是公共场所，有基地市的监控系统，这里发生的一切，基地市监控系统会记录得清清楚楚。到时候，王家会通过法律途径制裁你，就算你是高级战神，也会被判死刑。

“至于玩文的，很简单，你放了我，我也不会走，就待在这病房外，待会儿基地市警察就会到这里，到时咱们各施手段，看看是你倒霉，还是我倒霉。”

罗峰不屑地嗤笑一声。

病房中的汤家人都心乱得很。

王家的人根本不是他们能对付的。而这个刚刚认的亲戚竟然是精神念师，似乎也不是一般人。无论如何，他们汤家的人是最弱小的，夹在中间，左右为难啊。

“王兴安。”罗峰冷冷地道。

“说！”王兴安恶狠狠地盯着罗峰。

“看来你不怕死，也算有点能耐。”罗峰摇摇头，“不过，这世界上不怕死的人多了，比如那些常年在荒野区厮杀的武者，行走在生死边缘。我很好奇，你为什么要逼迫那些女孩嫁给你？”

王兴安眼中露出得意的神色，道：“我喜欢她们，我想要和她们在一起。”

“无耻！人家可不喜欢你这个变态！”罗峰冷冷地道，“软的不行，你就来硬的；硬的不行，你就直接毁掉。你这个下流坯子，竟然做出如此伤天害理的事情！”

“哼！她们能够嫁给我，是她们的荣幸。”王兴安仍旧恬不知耻。

罗峰怒视王兴安。

“她们跟你无仇无怨，你凭什么肆意操纵她们的命运！”罗峰看着王兴安，冷哼一声，“我可以告诉你，不管是玩文的，还是玩武的，你这次死定了。”

“你这个人渣，胆敢骚扰我表妹此等对国家有贡献的研究员，她不愿屈从，你就要让她全家下地狱。凭这一点，就足以让你被判死刑。我可以等警察来，我可以等你军方的帮手来，我还可以等你王家的大人物来，不过，无论你有任何手段、任何背景，法庭最后的宣判结果都是死刑。”罗峰冷冷地道。

而后，罗峰瞥了瞥那两个魁梧大汉，道：“你们把这位王少爷带出去，然后将地给擦干净！”

那两个魁梧大汉相视一眼，其中一个把瘫痪的王兴安拖了出去，另外一个则将病房地面的血迹给擦拭干净。

病房外。

医院的院长、副院长和一些保安都站在那里，他们从监控上看到了这一幕，发现其中一个竟然是精神念师，便立即吓得不敢进去了。

“王少爷！”

“王少爷，没事吧？”

田院长和副院长见王兴安被拖了出来，连忙走过去。

“还死不了！”王兴安眼神冷厉。

J市一些有地位的人都知道本市的几位横行霸道的公子哥，王兴安就是其中一个。田院长身为这家大医院的院长，当然认识J市很多大人物，自然认识王兴安这号人物。

“少爷，怎么办？”两名保镖都看着王兴安。

“J市和周围八个卫城的特动队负责人都认识我，TJ城特动队大队长李栋还跟我喝过酒，他会第一时间赶来，并且将这个消息传到我们王家。”王兴安眼中涌现杀意，“那小子比我还狂，依我看，待会儿他连怎么死的都不知道。”

一架红色飞碟形战机飞到TJ城的上空。

机舱内。

穿着黑色衣服的贾谊端坐着，腰背挺得笔直。

“贾先生，马上就到TJ城了，罗峰现在在TJ城第一医院。”舱内，贾谊旁边一个戴着眼镜的中年人道。

“嗯！罗峰这次得到的木伢晶不少，我们若是能从他那里得到1颗木伢晶，就算是成功了。”贾谊叮嘱道，“记住，待会儿我说话时，你别插嘴。罗峰的修炼速度惊人，雾岛一战，他的实力竟然和第三议长不相上下，可不是好对付的。”

“而且，他仅仅21周岁，年纪轻轻，就已如此了不得。”贾谊沉声说道，“说不定，他将来会和洪、雷神一样，成为难以撼动的存在。”

“好的！”中年人恭敬地应道。

“贾先生，医院到了。嗯，下面有警车，那是怎么回事？”

“我们下去。”贾谊淡淡地道。

J市，主市区，王家。

“安保部部长是个傻子吗？”一名穿着华贵衣衫的光头老者咆哮道，“难道他连罗峰的照片都没看过吗？TJ城特动队那边传来消息后，他竟然不阻止特动队那边的行动！”

“爸爸。”旁边的中年人连忙说道，“你也知道，罗峰可是议员强者，议员强者的照片等信息都是保密的，极少有泄漏的。安保部部长老李看过罗峰的照片，可是毕竟没见过真人，仅仅看到TJ城发送过来的录像，一眼辨认出录像中的年轻人就是罗峰，这是很难的。”

“滚！你还在这里废话！你还不赶紧打电话给兴安，你还怕惹的祸不够大吗？罗峰的实力可是和第三议长不相上下的，我们王家得罪不起。”王家族长很是愤怒。

要知道，面对高高在上，实力堪比第三议长的超级强者罗峰，连国家的大人物都得客客气气的，他一个家族族长算什么？

HR联盟供奉着几位议员，说明连HR联盟也不敢轻易得罪议员，更别说得罪罗峰这个层次的议员了。

TJ城第一医院，特等病房。

汤家的人和罗峰一家四口都在里面，而外面聚集了大量全副武装的特动队警察。

“动静还挺大的。”罗华透过窗户看着外面，“哥，来了不少警察。”

“别急。”罗峰拿出手机，“喂，你都到医院了！对，我就在这家医院，你看看医院哪里的警察是最多的，我就在警察包围的特等病房里面。哈哈！没事，只是遇到人渣，处理了一下。嗯，好，你过来吧。”

特等病房外。

“1号队就位！”

“2号队就位！”

“3号队就位！”

听着对讲机中传来的声音，特动队大队长李栋下令：“我们的目标是精神念师，所有人必须按照计划行事，不得大意，必须一举将敌人擒下。还有，不得伤害病房中其他无辜的人。”

“收到。”

“收到。”

“收到。”

李栋点点头。

作为整个TJ城维持治安最厉害的特动队，对付厉害的武者，他们是很有一套的。

旁边躺在椅子上的王兴安看着这一幕，眼睛一亮。

“嗯？”李栋从口袋里拿出手机，一看到号码，吓了一跳。

“是，首长！”李栋立即站得笔直，表情严肃。

“明白！”

李栋挂掉电话后，立即拿起对讲机：“收队！收队！”

原本已经占据各个重要位置，准备行动的特动队警察们一头雾水，只能迅速撤退，而后在李栋的命令下排成队列，准备迎接首长。

“李栋，怎么回事？”旁边瘫在椅子上的王兴安大声说道。

“闭嘴！”李栋瞪了他一眼，“贾首长来了。”

“贾谊？！”王兴安吓了一跳。

特动队警察们分成两排，分别站在走廊两边，一个个站得笔直。

只见一个身材瘦小的中年人带着两名手下走了过来。

看到这两名手下的肩章，这些警察的腰杆挺得更加笔直。

那两人可是陆军上将啊！

两名陆军上将当跟班，这贾首长来头不小啊！

“姑婆，你就在这里好好静养。爸、妈，你们在这里陪着姑婆，我出去办点事。”

话落，罗峰走出了特等病房。

走廊上一片寂静！

院长、副院长和瘫在椅子上的王兴安等人都不敢出声。

贾谊朝罗峰走来。

“贾议员！”罗峰笑着走过去。

“罗议员！”贾谊微微一笑。

两人友好地握手。

没有一个人吭声。

王兴安的脸色一下子变得惨白。

第224章

陨墨星主人的传承

“我们找个安静的地方好好聊聊。”罗峰说道。

随即，他和贾谊直接朝走廊尽头的电梯走去，他们身后跟着那两名陆军上将。

走廊上的人就这么目送着罗峰等四人乘坐电梯离开。

“天哪，你们看到那两人的肩章了吗，那两人可是陆军上将啊！”走廊上的人顿时像炸开了锅。

“贾首长可是超越战神的存在，大涅槃时期逃亡时，我看过他和怪兽战斗。”旁边已经一头银发的副院长嚷嚷道。

“贾首长称那青年为罗议员，那青年莫非就是罗峰？”特动队大队长李栋直冒冷汗，“罗峰可是极限武馆的六大巡察使之一，我刚才竟然准备去抓罗巡察使，真是找死。”

虽然他没见过罗峰本人，但是作为TJ城警察系统的头头，他还是知道罗峰的大名的。

“王兴安，这次我可差点被你害死。”李栋转头看向躺在椅子上的王兴安。

王兴安脸色煞白。

“完了！完了！”

王兴安还清楚地记得之前罗峰在病房中说的那段话——我可以等警察来，我可以等你军方的帮手来，我还可以等你王家的大人物来，不过，无论你有任何手段、任何背景，法庭最后的宣判结果都是死刑。

忽然，手机铃声响起。

“你的手机响了。”李栋说道。

王兴安旁边的保镖立即拿起手机，按了接听键，而后递到王兴安的耳边。

手机里传出了他父亲的咆哮声。

“爸。”王兴安好像抓住最后一根稻草，连忙说道，“刚才病房内的是罗峰……”

这个时候，他不敢有丝毫隐瞒，把事情从头到尾说了一遍，他现在只希望父亲能够帮他一把。而他父亲只能挂掉电话，当即去找族长。

5分钟之后。

三名穿着黑色军服的军人直接走到王兴安的面前，其中一人出示了逮捕令，逮捕令下方有一个很特殊的钢印。

“王兴安，你涉嫌谋杀，现在正式逮捕你。”

话落，另两名军人直接架起王兴安。

三名军人直接离开了，根本没看旁边的李栋一眼。

“完蛋了，谁也救不了他。”李栋看到那个钢印，就知道王兴安完蛋了。

这个世界上，有很多无法无天的人。可是，常在河边走，哪有不湿鞋，总有一次会碰到惹不起的铁板。就拿王兴安来说，在本地是横行霸道的小霸王，可是遇到像罗峰、贾谊这样的大人物，他根本就不值一提。他们只需一句话就可以令王兴安去死，何况他本来就作恶多端，死有余辜。

他们根本不需要亲自动手，因为这实在是太丢份了。

医院内的一间幽静的会客厅内。

罗峰和贾谊面前各放了一杯热茶。

“你难得来J市一趟，就让你碰到这种事，实在不好意思。”贾谊摇头一笑，“你放心，经过军事法庭公平审判后，王兴安会被执行死刑。”

罗峰点点头。

“贾议员，这次你来找我是为了何事？”罗峰看着贾谊。

“木伢晶。”贾谊微微一笑，“我就不绕弯子了。木伢晶实在是太重要了，一颗木伢晶就可以造就一位议员。多几位议员，我们国家在整个世界的影响力将会更大。”

“我明白。”罗峰点点头。

“当然，我们不可能白白拿你的木伢晶，我们会公平交易。”贾谊连忙又道，“你有什么条件，尽管提。”

“一般的东西对我没有吸引力。”罗峰直接说道，“不过，我对于古文明遗迹内的各种各样的物品还是很有兴趣的，一些稀奇古怪的宝物，甚至是古文明遗迹内的残骸都行。我希望你可以安排人弄一个表单给我，到时候我好选择古文明遗迹中的物品。”

“没问题！”贾谊点点头。

当初，一个个古文明遗迹被发现，各个国家都得到了不少收获。可是，跟木伢晶相比，那些宝物显然没那么重要。

“不过，我的人要把表单、图片、视频等全部整理出来，可能需要两三天的时间。”贾谊说道。

“没问题。那我们到时候再谈。”罗峰笑道。

“行！到时候我直接去Y城，跟你谈这事。”贾谊点点头。

当天，王兴安被执行死刑的消息就传到了罗峰的耳里。

得知这个消息后，罗峰的表妹汤永晴不禁喜极而泣，她终于摆脱那个恶魔了，本来她以为王兴安一手遮天，她将永远困在噩梦中。

汤家人开心得很。

罗洪国因为隔了40多年才和小姑重逢，很是舍不得，所以准备在这边多待几天，多陪陪小姑。

罗峰一家人就暂时居住在军方安排的一座宁静的别墅内。

当夜。

大雪纷飞，别墅内开着暖气。

二楼，练武厅。

罗峰盘膝静坐。

“罗峰，我会将你的意识直接引入我为你建造的私人虚拟空间。”巴巴塔的声音传入罗峰的识海，“同时我会对周围进行警戒，你安心在虚拟空间中修炼。”

虚拟空间。

一座高耸入云的山峰之上，一身白袍的罗峰倏地出现了。

“嗯？”罗峰环顾四周。

山峰边的峡谷深不见底。他抬头看向天空，竟然看到一颗巨大的星球，几乎占满了三分之一的天空。

“你被吓住了？”长着两根尖角，有着血色瞳孔的小恶魔巴巴塔身穿黑袍，悬浮在旁边，“宇宙无比神奇，两颗星球距离近一点，或者其中一颗星球特别大，就会出现这样的情况。”

罗峰微微点头。

“今天你将正式接受主人的伟大传承！”巴巴塔微微昂头，脸上满是自豪，“首先你得明白，若想建造摩天大楼，根基必须扎实，这也是你的修为达到恒星级需要耗费50年的缘故。”

“如果你不顾一切，疯狂修炼，3年时间，我就可以让你的修为达到恒星级。可是，代价是你永远无法踏入宇宙级。”巴巴塔说道。

罗峰仔细地听着。

“想成为域主级强者，乃至界主级强者，每一步都必须踏踏实实地走。”

巴巴塔一挥小手。

“哗！”

他的身后立即出现了一座血红色城堡。

“跟我来。”巴巴塔率先朝城堡内飞去。

罗峰跟着飞过去。

“轰隆！”

城堡的门打开了。

“主人！”

18个足足有8米高的岩石雕刻而成的巨人站在城堡门口，对巴巴塔恭敬行礼。

巴巴塔叹息一声，道：“这是主人的18名随从，一直忠心耿耿。不过，陨墨星被毁灭之后，他们也丧命了。我现在只是将他们虚拟出来而已。城堡中，我虚拟出了18名随从和36个美姬。”

罗峰跟着巴巴塔往城堡中走着，一路上看到许多绝美的美女。

很快，他们就来到城堡二楼的巨大房间。

“这是你的修炼室！”巴巴塔笑道。

“看！”巴巴塔指着修炼室的四面墙壁。

“唰！”顿时四面墙壁都被书架给挡住了，“我给你准备了在行星级、恒星级、宇宙级、域主级、界主级不同层次需要学习的书。”

它说完，书架上顿时出现一本本书。

整个修炼室的四面墙壁的书架上的书绝对超过万本。

“你现在的修为达到了行星级，这两层书架上的秘籍是你必须看的。”巴巴塔指着远处的一个书架上的书，“上面一层的书是关于武者修炼的，强大的精神念师必须拥有强大的身体。你的发力、身体强度等都不是最强的，必须加强修炼。你现在身体是学徒九阶巅峰，身体强度突破到行星级一阶很容易。”

“下面一层的秘籍是有关精神念师的，主要分为《掌控篇》《幻术篇》《杂篇》，每篇的内容都博大精深。”巴巴塔说道，“主人的传承在宇宙中也是独树一帜的，主人在武者修炼方面造诣很高，精神念力方面造诣更高。”

“主人有九大不朽强者奴仆。很早之前，主人就用精神秘法渗透了这九个不朽强者灵魂，从而控制这九名奴仆。这九名奴仆的智力和记忆都存在，只是会打心底忠诚于主人。这九个不朽强者刚受到控制的时候，其中一个是宇宙级强者，六个是域主级强者，还有两个是界主级强者。主人的实力逐渐增强，九个奴仆的实力也在逐渐提升。主人的秘法奇特，奴仆有自我意识，也能修炼。”巴巴塔得意地道，“而且，九个奴仆不敢背叛主人，一旦主人丧命，奴仆也会死去。陨墨星号内的五个不朽强者奴仆就是因为主人身死，他们才跟着丧命的。”

巴巴塔看着罗峰，又道：“当然，主人的传承入门是很难的，所以主人死前制作了一枚传承魂印，我刚刚接触你的时候，已经将传承魂印融入你的体内。它悄无声息地融入你的灵魂，再过3个小时，估计你就能完成入门学习了。”

第225章

秘法

罗峰震惊地看着巴巴塔。

传承魂印?!自己怎么一点感觉都没有?

“罗峰，你不必这么惊讶!”巴巴塔一挥手，旁边出现了一个躺椅，而后它直接躺在上面，惬意地来回摇晃，“主人可是超级不朽强者，他制作的传承魂印自然能悄无声息地融入你的灵魂。若是让你发觉了，主人哪里还算得上是超级不朽强者?以主人在魂印一道的成就，就算是暗算界主级强者，界主级强者都会察觉不到，更别说你这个小小的行星级强者了。”

罗峰点点头。

“罗峰!”巴巴塔跷起腿，一挥手，手中出现了一个大苹果，啃了起来，“从今往后，你主要在这个虚拟空间的修炼室里修炼，今天，我就要帮你确定你今后的修炼之路!”

“你要知道，无论做什么，先确定好路线，然后一步步前行，这样才能走得远。若是没有目的地埋头苦修，那是浪费时间。”巴巴塔说道，“我只能给你建议，无法为你做决定。”

罗峰点点头。

“我明白，你有什么建议，就直接说吧!”

“其一，你必须重视武者修炼，不能放弃。其二，主人留下的《掌控篇》《幻术篇》都是基础，你必须全部学习。《杂篇》是陨墨星一脉的精华，而你是陨墨星的传人，这些珍贵秘法你是必须要学的。至于你将来是要成为掌控师，还是幻术师，你自己选。其三，你再拿出一点时间，跟我学习宇宙通用语。”

“宇宙通用语？”罗峰很是疑惑，“我们不是可以用翻译软件吗？”

地球上都有翻译软件，宇宙中怎么可能没有翻译软件呢？他有必要辛辛苦苦学习宇宙通用语吗？说实话，罗峰最不喜欢学语言了，上学的时候，他的文化课成绩很差，外语是他的弱项，外语成绩最差，勉强听得懂，偶尔能结结巴巴地说出来。

“一定得学。”巴巴塔连忙说道，“浩瀚宇宙中，虽然说可以用翻译软件，但是如果不懂宇宙通用语，会被人瞧不起的，会被别人说是从某个落后的野蛮之地出来的。但凡有点地位的大人物，谁不能说一口流利的宇宙通用语？你可是陨墨星一脉的传人，怎么能不会说宇宙通用语呢？”

“好吧，我学。”罗峰连连点头。

“嗯！”巴巴塔满意地点点头。

“巴巴塔，我是精神念师，主要修炼出强悍的身体就行了，最多再修炼一下身法，其他就没必要了吧。”罗峰说道。

“目光短浅！”巴巴塔气得将手中的半个苹果扔在地上。

“我跟你讲！”巴巴塔郑重地道，“宇宙中主要分为两大派别，一个是武者，一个是精神念师，谁强谁弱，并无定论，只是精神念师的手段更加繁杂诡异。武者想要提高、突破，必须重视精神和意志，而精神念师要提高，必须重视身体和基因原能。”

“现在看不出来有很大的差别。可是，你要知道，宇宙级强者，特别是域主级强者和界主级强者在精神、意志、原能、身体、境界等各方面要求都很高的。”巴巴塔语重心长地道，“一个木桶想要存放更多的水，看的是最短的一块木板，所以武者修炼绝对不能落后。你现在武者修炼方面太弱，身体力量发挥才达到3.5，刀法和身法方面都是基础水准。”

罗峰连忙说道：“我的刀法已经是专精层次，身法是完美级。”

“那只是你们地球人的说法。”巴巴塔昂起头，不屑地道，“按照宇宙的标准，你的刀法和身法都只能算达到基础境界，属于最低的境界，你的身体发力才达到3.5，简直低得可怜。在陨墨星之中，学徒九阶的平均水准是身体发力达到10。”

“什么？”罗峰震惊了。

这可是比雷神还要高啊！

“而且，你们地球的修炼大有问题。”巴巴塔说道，“比如：蛮力是100万千克，发力是3倍，你们发起攻击时的冲击力为300万千克，速度能大幅度加快，那为什么防御不能有振幅？”

罗峰眉头微皱。

攻击、速度都能有振幅，至于防御的振幅，地球的武者们一直在研究，只是一直没办法在防御方面做到有振幅。

“关于武者修炼，回头你自己慢慢研究，碰到不懂的问题，就问我。”

巴巴塔一挥手，罗峰面前立即出现了一张玻璃桌，玻璃桌旁摆着6把椅子，远处书架上的适合罗峰在行星级时学习的书全部飞到玻璃桌上。

“你慢慢研究。”

巴巴塔又一挥手，书架上关于精神念师的书也全部飞了过来。

“当然，你要学习的重点是这些，特别是《杂篇》。”巴巴塔叮嘱道，“你必须认真学习《杂篇》，《杂篇》的每本书都是金色封面，很显眼。”

罗峰目光一扫。那一堆书中有十几本都是金色封面，其他的都是黑色封面。

罗峰随意拿起一本金色封面的书——《魂印》，封面上方有两个不起眼的小字“杂篇”。

他又拿起一本金色封面的书——《虚空之塔》，封面上方也有“杂篇”两个小字。

第三本书——《夺舍》。

第四本书——《六芒》。

……

“每本书的内容都博大精深，比如《魂印》，主人之所以能控制九大不朽强者，就是靠《魂印》中的秘法，给你留下传承魂印，也是靠这个秘法。魂印一道玄奥、神秘，你手上的《魂印》的内容只是基础，待你学会之后，我再给你第二本《魂印》。”巴巴塔说道。

“这可是我陨墨星一脉的独门秘法，绝对不能外传。”巴巴塔道。

罗峰当即拿起这本《魂印》。

这可是宝物啊！

一旦学会此书的秘法，就能控制奴仆，而且还能让奴仆有自我意识，从而进行自我修炼，实在是了不得。

“《虚空之塔》是我陨墨星一脉灵魂防御的绝顶秘籍，就连主人之前的亲传弟子中也只有一人得到传授。主人在世的时候，很难得才将秘法传授给一个亲传弟子，而且不会将一种秘法全部传授，你的运气很好，得到了齐全的秘法。”巴巴塔说道。

罗峰开心得很。

这算得上是真正的宝藏啊！

《掌控篇》《幻术篇》虽然也很重要，但是其他不朽强者也有，可是《杂篇》中的种种独门秘法，或是防御型的，或是攻击型的，或是幻术，或是拼命之法，或是控制奴役的，都玄奇诡异。想得到其中一种秘法，都要运气极好或者用无数宝物去换，而罗峰一下子就得到所有的秘法。

许久后——

“嗯？”罗峰感到意识一阵模糊。

修炼室中，罗峰的身体变得模糊，而后消失了。

“3个小时了，已经融合到最后一步了。”巴巴塔笑道。

TJ城，别墅二楼练武厅。

外面大雪纷飞，罗峰的识海中正发生着惊人的变化。

罗峰的识海中只有一个泛着光芒的微型星球，这个微型星球是由透明的金字塔晶体聚合形成的。它是一个完美的整体，散发出一股奇异的能量。

微型星球的内核是一个菱形的血红色晶体，血色丝线以菱形血红色晶体为核心，遍布整个微型星球。

“哧哧——”无数血色丝线不断地融入微型星球之中。

一阵阵刺痛袭来，罗峰忍不住战栗。

只见整个微型星球逐渐变色，之前是近乎透明的，然后渐渐变成了淡淡的粉色、浅红，而后变得通红，最后变成血红色。

在变化的过程中，微型星球似乎缩小了一号。

“啊！好舒服啊！”罗峰很是舒坦。

“罗峰，恭喜你渡过最难的一关。一般的精神念师是无法施展我陨墨星一脉的秘法的，必须先将精神念力改变。过去在陨墨星，都是靠自己耗费时间和精力，才能渡过这一关。而你有主人的帮忙，轻易就渡过了这一关。”巴巴塔欣喜地道。

“巴巴塔，我灵魂核心的血红色晶体还没消失，这是怎么回事？”罗峰问道。

“那是传承魂印。主人一直以为他将来的弟子实力会比较强，可是你的修为才达到行星级一阶，传承魂印没有消耗光，就已经转换成功了。”巴巴塔说道，“现在，你已经入门了，不过你只是学徒九阶武者，事不宜迟，你抓紧踏入行星级武者的行列。”

罗峰心中一喜。

他是行星级一阶精神念师，不过只是战神级巅峰武者罢了。

“你的意识和精神都足够强，身体也达到学徒九阶的巅峰，容易得很，一会儿工夫，就能成为行星级武者。”巴巴塔道。

第226章

罗峰的特殊能力

像罗峰这样各方面条件都足够的，时刻都能突破为行星级一阶武者。不过，巴巴塔还是教给罗峰九个连续的动作，类似于导引术。

“吸！”

施展第一个动作的时候，罗峰就感觉全身发热。

随着做出一个个动作，他全身的每一个细胞仿佛都沸腾了，细胞中潜伏的没能被吸收的基因原能开始汇聚。一股热流不断地聚集，最后汇聚于罗峰腹部的丹田位置。

精神念师和武者有着根本的区别，精神念师的本源是脑袋中的识海，而武者的本源是腹部的丹田。

“轰——”

原本根本不存在的丹田瞬间轰然打开，基因原能加速旋转，不停地膨胀、收缩。

罗峰的意识一阵战栗，身体一颤。

他终于成功了！

只见广阔的丹田中出现了一个微型星球。不同于识海中的透明微型星球，这个微型星球竟然是金色的。实际上，这是由一颗颗金色的六面晶体聚合而成的统一整体。

微型星球不断地自转，同时发出一道道奇异的能量。

“基因原能？！”

罗峰心中一动，一道金色原能瞬间飞出丹田，飞进身体。

“咔咔咔——”瞬间，罗峰全身的骨骼、皮膜、筋脉、内脏等都在迅速发生变化。

这一次蜕变比上一次精神念力跨入行星级还要激烈。

罗峰感觉到自己的骨骼仿佛被敲碎，然后又愈合。

“我来瞧瞧，你的特殊能力是什么。”巴巴塔笑道，“别紧张，基因原能才是最适合改造身体的。它对身体的改造可比精神念力对身体的改造厉害得多。”

“啧啧！竟然是金刚身！哈哈！罗峰，你的运气不错啊！”巴巴塔很是开心。

此时，罗峰的身体改造还在进行之中。

他的身体不断地变强，比一般武者跨入行星级强者行列要强得多。

“巴巴塔，金刚身是什么？”罗峰问道。

“学徒级时，精神念师的优势非常大。不过，一旦踏入行星级，武者也拥有他们的手段，这就是特殊能力。不同的行星级武者的特殊能力是不一样的，有的人的特殊能力是火焰，有的人的特殊能力是光线……这是你们地球人最基本的说法。

“在宇宙中，特殊能力主要被归纳成八大类：金、木、水、火、土、风、雷电、光线，而你的特殊能力就是金属性中比较难得的金刚身。”

罗峰仍旧不解。

“简单地说，因为体质和灵魂的不同，武者所吸收的宇宙能量是不一样的，转换形成的基因原能当然也不一样。”巴巴塔说道，“基因原能也主要分为金、木、水、火、土、雷电、风、光线这八种属性，武者的特殊能力就是基因原能赋予的。特殊能力也可以分为八大类，可是每一个大类还能分为很多种，如火这一大类可分为火焰人、炼火等，而炼火又有不同的层次，同样是行星级一阶强者控制的炼火，有的温度更高。”

罗峰总算听明白了，其实八大类没有高低之分，任何一类中都有非常强的特殊能力，也有非常弱的特殊能力。

罗峰就是金这一大类下的金刚身。

别墅二楼练武厅。

“冲洗一下。”刚刚蜕变完毕，罗峰就进入浴室，躺在浴缸中泡澡。

浴室窗外，大雪纷飞。

躺在浴缸内，罗峰正用意识和巴巴塔交流。

“你练成了金刚身，这意味着你的骨骼、肌肉比同一层次的其他武者更强，这是非常难得的能力。你的骨骼、肌肉很强，能爆发出更强的力量，攻击力也更强。”巴巴塔缓缓地说道，“这可以令你的攻击力、速度、防御力都变得更强，特别是防御力。你的基因原能一旦融于肌肉，你的防御力会很惊人，所以金刚身是很难得的。”

“一般来说，金属性此等特殊能力中，最常见的是锋利，让攻击力具有更强的穿透力。”巴巴塔补充道。

罗峰点点头。

拥有金刚身这个特殊能力，罗峰很是满意。

“金刚身！”罗峰心念一动，基因原能立即融入肌肉。

罗峰清楚地看到自己的皮肤隐隐泛着金属光泽。

“哗啦！”罗峰当即从浴缸中走出，站在旁边的镜子前，镜子具有加热去雾功能。

镜子中的罗峰仿佛一尊战神。

那隐隐泛着金属光泽的身体，肉眼看去，都能感觉到其中蕴含着强大的力量。

在TJ城已经待了三天。

小区内布满积雪，罗峰一家人和姑婆一家吃过午饭，一群人在小区内散步。

“永晴和永圆这次是和研究所的领导请了假才回来的，他们必须赶回去了，研究所的规矩很严。”汤成亲自推着罗洪国的轮椅，这对表兄弟轻声交谈着。

“工作要紧。”罗洪国点点头。

“这次可真是多亏了你们，否则那个王兴安肯定不会放过我们……”汤成说道。

“事情都过去了。”罗洪国道。

“对于你们家罗峰来说，这不算什么，可是对于我们家来说，那是大恩啊！永晴、永圆，你们快去谢谢表哥。”汤成大声说道。

后面的汤永晴、汤永圆一听，连忙转头看向罗峰。

“表哥，谢谢。”罗峰身旁的汤永晴有些拘谨。

自从知道罗峰的身份后，汤家人都有些拘谨，甚至有些畏惧。这也正常，如果谁有个亲戚竟然是大人物，哪里能没有一点紧张啊？

“谢谢表哥。”汤永圆也道。

“不要客气。你们以后有时间的话，就去JN基地市Y城我们家玩玩。”罗峰笑道。

忽然，罗峰的手机响了。

拿起手机，罗峰走到一边，手机屏幕上显示是贾谊的电话。

“喂！”罗峰脸上露出一丝笑容。

“罗峰，我是贾谊。”贾谊的声音铿锵有力，“古文明遗迹的物品列表我已经准备好了。你现在还在TJ城吧，我马上过来。”

“行。”罗峰淡淡一笑，“其实昨天HR联盟的伊萨多娜夫人找过我，不过，我还是准备先和你这边做交易。”

这倒是实话。HR联盟那边也准备好了古文明遗迹宝物的表单，不过罗峰还是准备先和自己国家的贾谊交易，再去找伊萨多娜，如果是一样的东西，就没必要再买了。

“哈哈！那太谢谢了。”贾谊朗声笑道，“15分钟内，我就能到你那里。”

“好。”罗峰挂了电话。

罗峰跟家人送走亲戚后，父母和弟弟就去医院看姑婆了，他留在家里。

别墅二楼的书房内。

“你打开笔记本，先输入安全密码，然后准备接收传输文件。”贾谊站在一旁，手中拿着一个存储工具。

“密码通过，准备好了。”罗峰坐在笔记本电脑前面。

“嘀！”

贾谊按了按钮后，顿时大量讯息迅速传输到罗峰的笔记本电脑中，仅仅数秒钟，传输完毕。

“贾议员，你先喝茶，我得好好看看。”罗峰笑道。

“行，不急。”

贾谊坐在一旁，端着茶杯，心中期待着罗峰能够多选一点古文明遗迹物品，毕竟多换取1颗木伢晶，就多一些用处。

罗峰开始仔细地看起来。

古文明遗迹中出土的物品都有照片，有些具有特别功能的物品还有演示视频，其用途和价值都有详细的描述。

“巴巴塔。”罗峰佯装认真地看着，暗地里却用意识和巴巴塔交流，“你收到数据了吗？”

虽然巴巴塔能够借助网络查看地球各地的许多信息，但是地球上各国关于古文明遗迹的机密资料都是断网保存的，它根本查不到。

各种保护措施很是有效，就连巴巴塔也没法看到一些机密资料。

现在，这电脑早跟巴巴塔连接了。

“已经收到！”巴巴塔回道。

“嗯！你仔细看看哪些是有用的物品。”

第227章

改造

“罗峰，已经选定了。我将需要兑换的物品表单传送到你的笔记本电脑上了。”

短短的工夫，巴巴塔就做出了选择。

“这么快？！”罗峰一愣。

“我可是最高等的智能，又称‘智能生命’，筛选速度当然快。”罗峰的识海中响起了巴巴塔得意的声音。

书房中。

罗峰抬头看了前方的贾谊一眼。

贾谊察觉到罗峰看向自己的目光，笑道：“罗峰，不急，这些资料比较多，你全部看完估计需要三四个小时，你慢慢看。”

说完，贾谊从一旁书架上取了一本书看了起来。

罗峰心中苦笑。

哪里用得着三四个小时啊？

正常人全部看完的话，的确需要这么久，可是，筛选资料，做出选择的是智能生命巴巴塔，它片刻工夫就搞定了。

“如果我现在就说已经选好了，贾谊估计会生疑吧！还是等几个小时之后，再和他说吧。”

罗峰移动鼠标，点开巴巴塔发送过来的文件。

这是一份详细的物品清单。

“这么多？！”罗峰大吃一惊。

清单上的古文明遗迹物品数量太多，恐怕10架大型客机都存放不下。

“巴巴塔，你怎么选这么多东西？”罗峰用意识问道。

“很多吗？我觉得还好啊！”巴巴塔淡淡地道，“罗峰，我们可是要造一艘飞船，一艘能够在宇宙中闯荡，从一个星系飞到另一个星系的飞船，单单飞船本身的材料就要很多，而且地球上的合金等材料几乎都不符合要求，我们只能利用那些飞船的残骸。”

罗峰点点头。

“那些飞船的残骸不值钱，在宇宙中，1颗木伢晶就能够兑换无数飞船残骸。”巴巴塔道。

“可那是在宇宙中，我们地球上不一样。”

3个小时后——

“贾议员，选好了。”罗峰将笔记本电脑转过去，屏幕对着贾谊，“这是物品清单。”

“哦！你的速度蛮快的嘛。”

贾谊移动座椅，靠近书桌，仔细查看物品清单，很是惊讶：“罗峰，你购买飞船残骸干什么？古文明遗迹的飞船已经断成好几截了，还被各国分别抢夺过去，我们手上这一截飞船残骸有不少零件被拆了，你确定要这个？”

“嗯！”罗峰点点头。

“一个、两个、三个……”

贾谊看着这份物品清单，惊讶不已。

原本他以为罗峰会兑换一些具有特殊作用的仪器，可是他发现这些仪器罗峰一件都没要，反而要各种各样的飞船残骸或是碎片，而且有些飞船碎片硬度很大，地球上的人根本无法将这些飞船碎片切割开。

“你要的飞船残骸量很大，其中一截飞船残骸的重量就达800多吨。”贾谊看着罗峰，“而且，这飞船残骸的价值是未知的，特别是机身的一些材料极其坚硬，比我们的SS级材料强得多。现如今只是我们都没办法将其切割开，所以这价格……”

“贾议员，飞船残骸而已，你可别要价太狠。”罗峰笑道，“地球上基本没有人能够处理这些飞船残骸，这些无异于废品。而且，HR联盟和其他国家也有一些飞船残骸，我可以转而和他们做交易的。”

贾谊眉头一皱。

的确，各大势力都有一些古文明遗迹中的飞船残骸，比如极限武馆总部就是一艘大型星际运输舰。这些飞船材料很是奇特，的确不一般。但是，因为飞船材料基本无法切割，无法利用，也确实相当于是废品。

“你要的所有飞船残骸和飞船碎片加起来重量超过5000吨。”贾谊看着罗峰，“这样吧，你给我3颗木伢晶。”

罗峰还没来得及说话，他识海中的巴巴塔已经骂起来：“5000吨废料而已，竟然想要3颗木伢晶，做梦！地球上，一艘航母的材料就达几万吨。在宇宙中，1颗木伢晶换取10艘小飞船都是轻而易举的，若是换废料，就是上亿吨都不算什么，他竟然要3颗木伢晶，真是狮子大开口！”

“太贵了。”罗峰摇摇头。

“那可是5000吨的古文明遗迹中的飞船残骸啊！”贾谊连忙说道。

“我们极限武馆的总部是一艘巨型飞船，你说那巨型飞船有多重？”罗峰看着贾谊，“那可是上万米长的巨型飞船啊！”

那艘星际运输舰超过万米长，如果算重量的话，绝对是以亿吨为单位的。

“难道那艘巨型飞船能换数万颗木伢晶？”罗峰看着贾谊。

“不好比。”贾谊说道，“那可是你们极限武馆的总部，而且切割开那巨型飞船都是不可能的事。”

“好了，这样吧，我最多出2颗木伢晶。”罗峰说道。

“罗峰，1颗木伢晶我都嫌多。”巴巴塔大声喊道。

“2颗木伢晶！”贾谊眼珠滴溜滴溜地转，而后点点头，“行，那我就给你这个面子，就两颗木伢晶。到时候，我会安排人将5000多吨重的飞船材料送到你Y城的家中。”

贾谊心中很是高兴。

这些残骸一直无法利用，放在那里也是废料，能换2颗木伢晶，简直是赚大了。之前，他认为能换1颗木伢晶就不错了。

“罗峰，这些飞船残骸具体放在哪个地方？”贾谊问道。

“Y城外的荒野区，我到时候会租荒野区中的一个破败的大型仓库，你们将飞船残骸放进去就行了。”罗峰微微一笑。

一笔生意谈成，双方签订合同，罗峰给了1颗木伢晶当定金。

“罗峰，你真的傻了，两颗木伢晶换取5000多吨的废料。我敢保证，你只出1颗木伢晶，贾谊肯定也会答应。”巴巴塔很是不满。

“这个时代，我们国家和怪兽的战争不断，物资消耗很大，我多给1颗木伢晶，算是支持国家吧！”罗峰说道。

巴巴塔很是无语。

第二天，罗峰独自乘坐王级智能战机去见了伊萨多娜夫人。

他从伊萨多娜夫人那里购买了大量飞船残骸，重量超过9000吨，不过，这次他仅仅花费1颗木伢晶。购买的程序很简单，运输的难度却很大。幸好HR联盟在C国的分部就有很多飞船残骸，靠火车运输也可以。

两笔交易都搞定了。

不过，飞船残骸材料到位需要一两个月的时间。

JN基地市，Y城，明月小区。

罗峰家二楼的练武厅被改造成了两部分，一部分依旧是练武厅，另外一部分则安放古文明重力室。古文明重力室的长宽都有6米，高度也达6米。为了安放古文明重力室，罗峰家的别墅都被改造过了。

2259年1月中旬。

重力室中。

“1—1000倍的重力？！”

罗峰第一次步入自家重力室。

“这是谁改造的？太烂了！”巴巴塔骂道，“这好歹是宇宙中的初等型号的重力室，有着宇宙标准重力，重力范围是0—1000g，竟然将重力室使用的能源改成了电能，用电来驱动重力室运转，真不知道该说是聪明，还是傻。”

“怎么了？”罗峰当即问道。

“在宇宙中，标准重力相当于你们地球表面引力的8.89倍，也就是说，宇宙的标准重力为8.89g，这重力室出厂时重力范围是0—8890g，现在却是1—1000g。”巴巴塔又道，“当然，也不完全怪你们地球人，你们没有合适的能源，能想到用电来驱动就算不错了。”

罗峰点点头。

地球人发现古文明遗迹后，从其中捞出一个重力室，但是又没有能源，只能想办法改造，用电来驱动了。

“交给我！我要将重力室改造得完美，再使用C12号能晶来驱动，这可是宇宙高等文明国家中才能偶尔使用的能晶，我推测改进到0～90000倍的地球重力，就算是极限了。如果再进行改造的话，这重力室本身会承受不了。”巴巴塔顿了顿，又道，“没办法，就好像你们地球上的汽车一样，汽车的本身材料就那样，速度太快，汽车会直接散架。我若是再改造这个重力室里面的回路结构，提高能源使用率，这个重力室会崩溃的。”

罗峰连忙说道：“够了，够了。”

对于现在的他而言，这已经够用了。

巴巴塔控制一些工具进行操作，一夜的工夫，就将古文明重力室完全改造了。

“从今天开始，罗峰，你每天就在这个重力室内修炼。”

“武者修炼，就在这个重力室；念力修炼，还是在这个重力室。对于你这种基础很不扎实的人而言，效果会很好。”

“虽然你的修为达到了行星级一阶，肌肉和骨骼能承受比较大的重力，但是你的内脏比较脆弱，这是因为你的基础不够牢固，内外不统一。嗯，先从100倍地球重力开始吧，让你的脏腑迅速改善并提高。”

在巴巴塔的指导下，罗峰在改造后的重力室中修炼，开始了打基础的日子。

第228章

成长的一年

随后的日子里，C国和HR联盟迅速将古文明遗迹中的一些飞船残骸和一些奇异碎片送到了距离Y城100多公里的荒野区的大仓库中。

之后，巴巴塔将这些材料收入储物空间中。

罗峰拥有空间戒指，巴巴塔也有一个专属的储物空间，它的储物空间只能储存没有生命的材料、尸身等等。不过，显然巴巴塔的储物空间非常大，巴巴塔身处储物空间中，通过智能控制工具，开始建造飞船。

“巴巴塔，你的储物空间有多大？”罗峰曾经这样问道。

“之前你就将陨墨星号飞船收了进去，现在又将那些飞船残骸、奇异碎片等都收了进去，还在里面建造飞船，这个储物空间到底有多大啊？”

罗峰对巴巴塔的储物空间一直很好奇。

“总之比你的要大。”巴巴塔笑着说道。

“那要多久才能造好一艘飞船？”罗峰问道。

“五六年吧！”巴巴塔回道。

“天哪，竟然要五六年！你不是最厉害的智能生命吗，怎么要这么久？”

巴巴塔听了，很是不满：“罗峰，你搞清楚，我可是建造一艘能在宇宙中穿行的飞船，不是飞船模型。而且，建造飞船需要很多精密工具，我连工具都没有，全部都要从头开始，五六年算快了。”

“好吧，反正我也不急。”罗峰不再多话。

“哼！我愿意帮你建造飞船就算不错了，否则，以你们地球的科技水平，想要造出能够在星系间穿梭的飞船，恐怕100年都不够。”巴巴塔没好气地道。

罗峰讪讪一笑。

巴巴塔说得对，建造飞船哪是那么容易的？想要建造一艘能够在宇宙星系间穿梭的飞船，会遇到很多难关。

巴巴塔可是最顶尖的智能生命，轻易就造出了初等智能，让初等智能主持造飞船的工作，而它则监督罗峰修炼。

“罗峰，别得意，行星级一阶强者的肌肉和骨骼能承受1000倍地球重力，只是内脏、筋脉等较弱而已。而你是从100倍地球重力开始尝试的，耗费28天，才适应1000倍地球重力，没什么值得骄傲的！”巴巴塔的咆哮声回荡在罗峰的识海中。

重力室内。

仅仅穿着裤衩，赤着脚的罗峰挺身站立，全身布满汗珠，汗珠时而滴落。

旁边的显示屏上显示出了一个数字——1088g。

1000多倍地球重力作用在罗峰全身的每一个细胞上，28天内，罗峰的潜力被充分挖掘出来了。每次修炼时，他的内脏都在疯狂地吸收木伢晶的能量，从而不断变强。

“差不多了，开始吸收木伢晶的能量。”巴巴塔道。

罗峰立即盘膝静坐，手中出现1颗木伢晶。在基因原能的诱导下，一道道能量迅速涌入罗峰体内，木伢晶的能量不同于基因原能，木伢晶能量非常精纯，品质极高，且充满生机，很有灵性。

一旦木伢晶能量融入罗峰体内，罗峰的身体就迅速成长，身体进化的速度极快。

同一时刻，罗峰的意识进入了虚拟空间。按照巴巴塔的说法，人的意识进入虚拟空间，肉身还是有潜意识的。罗峰经过了特别训练，意识即使进入虚拟空间，潜意识还是能够进行简单的一件事——吸收木伢晶的能量。

“开始进行武者训练，先修炼身法，开始！”

在虚拟空间中，罗峰的身体素质只是保持初级战将级武者的水准，跟当初在精英训练营的虚拟空间之中一样。

5个月后。

某天傍晚。

罗峰步入重力室，随后关上了重力室的门。

“巴巴塔，今天主修《掌控篇》吧，你帮我测试一下，怎么样？”罗峰说道。

“你竟然主动要求我给你测试，看来信心十足啊！”巴巴塔嘿嘿笑道。

罗峰粲然一笑。

他先是按动旁边的重力按钮，输入一串数字，重力室顿时迅速启动起来，隐隐传出很低的声音，同时一道可怕的重力瞬间作用于他的全身。

罗峰的身体不由得微微一沉，膝盖略微弯曲，而后站直。

“开始了！”罗峰深吸一口气。

他将右手举起，右手上正是赤混铜母残片，赤混铜母残片在地球上就有一吨多重，在重力室中的1910倍重力作用下，瞬间超过了2000吨。如果是战神的话，根本举不动赤混铜母残片。就算是罗峰，要举起赤混铜母残片也是比较吃力的。

幸好这重量只是在重力室内部。假设重力室为5吨重，那么重力室内的重力再大，对外界是没有任何影响的。因此重力室给房屋造成的压力依旧不变，而维持重力磁场消耗的是能源。

“开始吧！”巴巴塔说道。

“1道！”罗峰操控着一道精神念力作用在赤混铜母残片上。

“2道！”罗峰又控制一道精神念力作用在赤混铜母残片上。

“3道！”

“4道！”

赤混铜母残片当即悬浮起来。

“10道！”罗峰继续增加一道道精神念力。

在得到陨墨星一脉传承前，罗峰可以同时控制18道精神念力，但是这18道精神念力必须分别控制18件物品。罗峰没办法让18道精神念力合在一起，一旦18道精神念力联合在一起，就会彼此影响。

当初罗峰将精神念力作用在作战服上的效果很差，就是因为精神念力的细微操控能力很弱，而且作战服上有很小的孔，容易泄掉精神念力。

可是，现在不一样了。

“19道！”罗峰大喊一声。

“咦！你现在竟然能够同时操控19道精神念力，让它们集合在一起，而且彼此不影响！”巴巴塔很是惊讶，“前段时间，你不是只能做到同时操控18道精神念力吗！”

“我进步了呗！”罗峰嘿嘿一笑。

“很好！在近2000倍重力作用下，你还能同时让19道精神念力集合在一起，彼此不影响，看来你在修炼《掌控篇》的凝字诀方面小有所成了。”巴巴塔夸赞道，“《掌控篇》有基础九诀，还有另外八诀，分别是韧、散、锐、柔、刚、舞、幻、融，既然第一诀凝字诀小有所成，现在就开始修炼韧字诀吧！”

……

5个月前，罗峰最多能同时控制18道精神念力，经过5个月的苦修，他也就最多能同时控制19道精神念力而已。

不过，单单第一诀小有所成，罗峰的战斗力就增强了数倍。

按照《掌控篇》的九诀要求，一旦九诀都小有所成，将精神念力集合在一起的话，粗若铁板，轰击力极强，细时则如针，可以直接刺穿对方的兵器。按理说，精神念力碰到肉身，会直接融入肉身，可是修炼九诀小有所成后，精神念力无比尖锐、锋利，完全能当兵器使用。

不过，没有足够的窍门，一个人摸索是很难的。

2260年1月12日，上午。

罗峰家二楼练武厅的重力室中。

淡黄色的灯光下，穿着血红色战铠的罗峰盘膝静坐，他的身体周围悬浮着赤混铜母残片。

忽然，他睁开眼睛。

旁边的显示屏上显示了一个数字——3100g。

此时，若是有行星级强者闯进来，十有八九会瞬间毙命。

“嗖！”那血红色战铠迅速融入了罗峰的皮肤，露出了他精悍的身躯。

罗峰缓缓站了起来。

和一年前相比，罗峰更加精瘦了，个子似乎矮了几厘米。

可是，他静静地站在那里，莫名有一种比王级怪兽更加让人心悸的感觉。

“精神念力修炼果真比武者修炼难得多啊，我的精神念力才跨入行星级三阶。”

“罗峰，别长吁短叹了，修炼本来就是开始容易，后面难。就拿洪和雷神来说，他们越往后修炼，进步就越难。”巴巴塔说道。

罗峰无奈一笑。

早在4个月前，他的修为就跨入了行星级三阶，如今，他的精神念力才跨入行星级三阶。

“现在我单单只使出武者能力，就能击败第三议长。”罗峰信心十足。

他的基础很扎实，精神念力比第四议长的强得多。正因为他的基础很扎实，所以能轻易地操控遁天梭、弧刀盘。而他的王牌是赤混铜母残片和已经醒来的摩云藤，之前的血红色战铠正是由摩云藤形成的。

现如今的罗峰从内到外都有了彻底的蜕变，现在的他有资格说自己是陨墨星的传人了。

忽然，重力室外面响起了手机铃声。

“嗯？”罗峰走出重力室，直接拿起手机，一看来电显示，原来是徐欣。

徐欣现如今自己创业，选择的创业地点正是Y城。这样一来，两人可以经常见面。

“喂，罗峰，我快到了，我刚刚买了菜。”徐欣的声音传来。

“我爸妈出去旅游了，我让保姆休假了，我不是说了，今天出去吃吗！”罗峰道。

“我跟电视节目学了做菜，今天我亲自下厨，让你尝尝我的手艺，这可是我第一次做菜啊！不说了，我已经进小区了。”

罗峰连忙走到窗边，朝外面看。

只见一辆白色轿车缓缓驶入小区，罗峰能够清楚地看到驾驶座上穿着白色毛衣的徐欣脸上满是幸福的笑容。

“徐欣真的要下厨啊！”罗峰深吸一口气，咬牙暗道，“就算她做的再难吃，我也得吃下去，还得做出很满意的表情，还要不时夸赞她。”

第229章

战争基地

罗峰迅速冲进浴室，直接打开淋浴器，迅速用热水冲洗身体。

而后，罗峰心念一动，金色原能辐射出来，将身上的水珠全部蒸干。

他快速穿上衣服，就往楼下跑。

这时，徐欣刚刚停好车，拿着菜篮走了进来。

罗峰赶紧去开门。

“你买了不少菜啊！”罗峰惊讶地看着菜篮。

“那是，你等着吃就好了。”徐欣得意一笑。

她将菜篮放入厨房，从自己的包里拿出围裙系好。

“你的准备够充分的。”罗峰笑道。

“那是当然！”

徐欣直接进入厨房，并且关上厨房门，开始做菜。

罗峰笑笑，而后在沙发上坐下，直接打开电视机。现在正值寒假，罗华女友休假了，罗华陪女友去旅游了，老爸和老妈难得也出去旅游了。

现在家里只剩下罗峰一个人。

幸好徐欣经常过来，他们过起了二人世界。

40多分钟后——

厨房门打开了，饭菜香味传了出来。

罗峰笑着说道：“闻起来味道还不错，不知道吃起来怎么样。”

“开饭咯！”徐欣戴着手套端着大汤锅，把汤锅放在餐桌上。

罗峰连忙走进餐厅。

桌子上摆着一盘盘菜，碗筷已经摆好了。

“搞定！”徐欣脱下手套和围裙，坐在一旁，“三菜一汤，罗峰，你尝尝看。”

说完，她那大大的眼睛紧紧地盯着罗峰。

“我去洗手。”罗峰刚要起身。

“你先尝尝看嘛。”徐欣连忙拉住罗峰，瞪着他。

罗峰咧嘴一笑：“好，那我就先尝尝这个土豆片炒肉丁。”

“呃！这是土豆片炒肉丝。”徐欣提醒罗峰。

“肉……肉丝？！”罗峰惊讶地看着盘里的小块肉丁。

徐欣讪讪一笑，道：“我第一次做，没有经验，没办法切得太细，所以干脆就直接剁了几下。”

“哦！好吃就行。”

罗峰强忍笑意，直接夹起一筷子，放进嘴里。

他早就准备好，就算徐欣做的再难吃，毕竟是她第一次做，他一定要多鼓励。

可是——

罗峰的表情僵住了。

“怎么了？”徐欣问道。

“味道不错！”罗峰又夹起一筷子，吃了起来，“嗯，的确很不错！谁说女孩子第一次做菜味道不好的，纯粹是骗人啊。”

徐欣看到罗峰自言自语，忙问道：“你在说什么呢？”

“没什么，夸你呢。”罗峰笑道。

“那是当然，我在厨房都试吃过了，的确好吃。”徐欣夹起一筷子，心里美滋滋的，“我还是很有厨艺方面的天赋的。”

罗峰没撒谎，徐欣做的菜味道真的不错。

罗峰暗松一口气。

还好，不需要让胃受难了。

罗峰和徐欣边吃边聊，气氛融洽。

“罗峰，我把你给我的这个情侣平安符戴在身上，整个人都清醒多了。”

徐欣从脖子里拿出一个平安符的坠子，这实际上是一块奇特的银色小牌子，银色小牌子上还有奇特的秘纹。

“这当然是好东西，有钱都未必买得到。”

罗峰也从脖子里拿出一个平安符坠子。

这是巴巴塔送给罗峰的，说是送给他们这对小情侣的礼物，有一定的护身效果。

“这是古文明遗迹中的东西，当然是好东西。”徐欣笑道。

“嗯！这平安符一般都是夫妻佩戴的。”罗峰看着徐欣，脸上有着古怪的笑意，“徐欣，你说我们什么时候结婚呢？我爸妈一直催我呢。”

“其实，家族的长辈也在催我。”徐欣的脸变得通红，“不过，这个不着急吧。”

“嗯！不着急！”罗峰点点头，“再过几年吧！”

“你……”徐欣瞪大眼睛。

“你生气了？哈哈！你怕到时成为剩女吗？”罗峰笑了起来。

徐欣更加没好脸色了。

“别生气。要不，这个月咱们就领证吧！”罗峰说道。

“太快了吧！”徐欣有些紧张。

“你一会儿说太快，一会儿又怕太久，唉，女人啊！”罗峰长叹一声。

徐欣低声说道：“我就是有些心慌嘛。”

见惯了徐欣平常雷厉风行的作风，此刻看到徐欣这副小女儿态，罗峰心中一阵温暖。

这一年的时间，他们的日子过得很温馨，很平静。

父母过得开心，罗华开了一家投资公司，而罗峰在修炼上大有进步，同时他和徐欣的感情越来越深，已然到了谈婚论嫁的地步。

雾岛一战后，整个地球迎来了前所未有的平静。

五大强国、HR联盟、两大武馆在雾岛一战中收获不少，少则得到三四颗木伢晶，多则得到七八颗木伢晶。

一年内，各方势力都出现了一些新的议员。

2259年是地球上增加议员强者最多的一年，议员足足增加了30多名。

虽然雾岛一战中有议员殒身，但是如今地球上的议员足足有81人。人类在不断地变强，在抵御海域怪兽时变得更加轻松。

各大强国要派遣行星级强者出马时，不再伤脑筋。

2260年1月13日傍晚，A国。

大涅槃时期之前，这是整个地球的经济中心，被誉为世界之都。当初HR联盟的前身和各大超级财团、家族几乎都在这里有分部。大涅槃时期，因为这里刚好临近大洋，最先遭难，因此，这里成了怪兽的乐园。

之后，A国建立了大军区，并且建造了一座战争基地，阻拦海域怪兽进入内陆。战争基地长达500多米，仿佛一条龙盘踞在河流上。

战争基地内部。

夕阳余晖照进下方的一处暗堡，五名士兵正盘膝坐在地上休息。大多数时候，战争基地中没有战斗，所以士兵们会适时休息，军队高层并不会管。

“快看，那是什么！”其中一名士兵忽然指向暗堡的洞口。

其他士兵立即看去。

“天哪！”

“王级怪兽！”

顿时，刺耳的警报声响遍整个战争基地。

无数士兵立即回到岗位上，准备开始战斗。

只见战争基地前方的上空出现了一个庞然大物。

这是一头体长超过180米，体形类似狮子的怪兽，它的身上覆盖着一块块黑色的鳞片，每块黑色鳞片都像刀刃一样锋利。此外，它还有一对布满黑色鳞片的翅膀、一个锋利的独角。

怪兽黑色独角上缠绕着金色纹痕，金色纹痕从独角蔓延到脖颈、背部，直至尾巴。

它的身上仿佛披着金色和黑色交织的战甲。

最让人畏惧的是它那双暗金色的眸子。

它仿佛天神，俯瞰着世间万物。

“王级怪兽在空中，找死啊！”

“快用激光炮射死它！”

“它死定了！”

激光炮可是人类最强的兵器！

“唰——”

三道白色光柱直接击在这头未知的王级怪兽的鳞片上。

光柱顿时消散了。

它的鳞片却丝毫无损。

“呜——”低沉的叫声回荡在天地之间。

战争基地中的士兵们顿时惊恐起来。

指挥大厅中的将军们惊恐地看着那占满大半屏幕的庞然大物的影像。

“它是什么怪物？”

“我们发出了最大功率的激光炮，竟然都伤不了它分毫。”

忽然，怪物张开了血盆大嘴。

瞬间，怪兽周围的空间扭曲了，整个战争基地竟然飞了起来，朝它的嘴巴飞去。

与此同时，战争基地疾速缩小。原本比怪兽身体还大得多的战争基地竟然缩小到长宽不足5米，战争基地中的士兵们惊恐地大叫起来。

怪兽一口将战争基地吞下，而后闭上了嘴巴。

战争基地就这样消失了。

“天哪！”

远处摩天大楼上的激光炮据点的士兵们脸色惨白，震惊地看着这一幕。

“轰隆隆——”这时，两头同样庞大的海域怪兽破水而出。

如果罗峰和洪在场，他们一定能认出这是海域中的那两个怪兽皇者。一个是体形庞大的八爪章鱼怪兽，一个是身长达上千米的类似巨龙的怪兽，全身闪烁雷电。

河水沸腾起来，无数海域怪兽破水而出，它们都恭敬地跟着那神秘的巨型怪兽。

“嗷呜！”神秘怪兽仰头大吼。

神秘怪兽发出大吼声之后，它后方的两个怪兽皇者也发出了震天的吼声。

“轰隆隆——”

怪兽的吼声形成冲击波，传向四面八方。

海中的怪兽也发出各种怪异的声音，同时沿着水流迅速前进，杀入内陆区域。

第230章

紧急召集

C国，JN基地市Y城，罗峰家。

现在正是晚上8点多。

罗峰和徐欣坐在客厅的沙发上，一起看着电视，他们面前还放着一些瓜果零食。

“今天我手下的小姑娘又跑到我这里来打小报告了。虽然我不喜欢听职员们打小报告，可是不得不说，我们公司的李经理为人处世真的很差，经常溜须拍马，让我很难办。”徐欣边看电视，边和罗峰说道。

“那就辞了他吧！”罗峰直接说道。

“那可不行，经营公司不能乱来，不能想辞谁就辞谁。”徐欣说道，“毕竟李经理的业务能力还是不错的，回头敲打敲打他。”

“哦，反正我不懂。”罗峰随意地道，“对了，我爸妈明天回来。”

“啊？”徐欣一怔，“那怎么办？”

“你怕什么，就待在这里。”罗峰转头看着徐欣，打趣道，“反正我们快结婚了。”

“什么话！”徐欣眼睛瞪得滚圆。

罗峰哈哈大笑。

“你！”徐欣说着，就要扑上去揍罗峰。

“等一下，电话。”罗峰忽然说道。

“别骗我。”徐欣显然不信。

“我真的接到了电话。”罗峰从旁边拿起手机，按了免提键。

“你好，罗峰。”一道浑厚的声音响起。

“哦，是默汉德森啊！”罗峰露出一丝笑容，“你找我有事吗？”

“冰雪大帝默汉德森？！”旁边的徐欣很是惊讶。

她捂住嘴巴，不敢发出声音，生怕打扰罗峰和冰雪大帝谈话。

雾岛一战，默汉德森和罗峰算是结了小怨，由此两人一直没有联系过。没想到，现在默汉德森竟然主动打电话给罗峰。

“很重要的事，关系到人类的生死存亡。你赶紧进入战神宫，全球所有议员、议长、政府高层都会到战神宫。”默汉德森连忙说道。

“什么事？”罗峰吓了一跳。

“我没时间和你细说，我还要通知其他人，你赶紧进入战神宫吧！”说完，默汉德森就挂断了电话。

的确，A国要通知罗峰等有身份的大人物，自然要派默汉德森此等级别的人物来办此事，如果随便派一个工作人员打电话，恐怕罗峰等大人物不会相信。默汉德森亲自打电话，还是很有说服力的。

罗峰眉头紧蹙。

“罗峰，发生什么事了？”徐欣很是担心。

“不知道，我进入战神宫看看，回头再跟你说。”罗峰嘱咐一声，就直接上了二楼，进入了重力室。

重力室的门关闭了。

罗峰当即盘膝坐下。

“巴巴塔，帮我连接虚拟空间战神宫。”罗峰将精神念力注入护腕上的智能虚拟空间，对巴巴塔说道。

“没问题！”护腕上的智能虚拟空间中的巴巴塔回道。

“嗖！”罗峰陡然出现在一个超大的房间中。

正是罗峰第一次进入战神宫所居住的房间。

“罗峰议员，请马上到顶楼的会议厅。”一道电子音回荡在房间中。

“顶楼会议厅？！”罗峰脸色一变。

那可是战神宫中最大的会议厅，战神宫的重要议会都在那里举行。此次竟然要他直接去那里，显然是发生了大事。

罗峰迅速离开房间，朝会议厅赶去。

旋转的楼梯上，罗峰碰到了两位议员，还看到一些穿着白袍的战神。

罗峰和两位议员简单交谈，然而这两位议员也不清楚发生了什么事情，只知道此次是A国发出了紧急通知，他们就立即进入了战神宫。

战神宫顶层的会议厅中聚集了50多名穿着金色长袍的议员，还有许多穿着白袍的战神。

穿着白袍的人中有些并非战神，而是此次得到特别授权才进入战神宫的五大强国的一些领导人。

“罗峰！”

“贾议员！”罗峰走过去和贾谊握了握手，“你知道是怎么回事吗？”

“似乎是A国发生了大事，详细情况不太清楚。”贾谊微微摇头，“不过，按照A国总统的说辞，事情非常严重，那可是极具灾难性的大事件。不过，他也没来得及细说，就立即去通知其他国家的人了。”

“灾难性的大事件？”罗峰脸色一沉。

“我们C国的不少领导人你还不认识吧，走，去认识一下。”贾谊拉着罗峰去和几位首长见面。

会议厅中的人越来越多。

气氛变得很是凝重，仅仅5分钟不到，所有的议员全部到齐了，五大强国的领导人和HR联盟议长等人都来了。可以说，地球上各大势力的高层们全部齐聚于此。

“第一议长到了。”

“A国总统也来了。”

罗峰转头看去，洪、雷神、默汉德森等人是一同来的，其中就有A国总统。

会议厅中的人顿时安静下来。

A国总统直接走到上面的主席台。

“各国领袖，各位议长，议员们。”A国总统脸色难看，沉声说道，“现在地球上所有高层代表全部齐聚于此，本来这是个盛大的聚会，可我必须告诉大家一个沉痛的消息，我们地球的末日来了！”

在场的人脸色都变了。

A国总统总不可能向他们撒谎吧！

“我无法说清这到底是怎么回事，还是请大家看一段视频吧！”A国总统道。

会议厅前方出现了一面巨大的屏幕，屏幕上开始放映视频。

视频中，夕阳西下，一座战争基地横跨在一条河流上。

“那是A国所在的区域。”贾谊低声说道。

“到底是怎么回事？”罗峰眉头微皱。

屏幕上，战争基地很是宁静。忽然，一道幻影猛地破水而出，速度极快，根本无法看清，只能勉强看到一道黑色幻影，而后黑色幻影悬浮在战争基地前方的上空。

那是会议厅里的人从未见过的怪兽。强壮的爪子，布满鳞片的巨大翅膀，有力的尾巴，刺向天际的独角，还有那双暗金色眼睛。

“这是什么怪兽？”

“没见过！”

“看这怪兽的身长，我猜测应该是王级怪兽。”

“王级怪兽竟敢出现在战争基地前方，这不是找死吗？激光炮会直接将它击杀的。”

会议厅里的人议论纷纷。

每一个人都紧紧地盯着大屏幕，想要知道接下来发生的事。

屏幕上，激光炮发出三道耀眼的光柱瞬间射中这头神秘怪兽。

会议厅中的人都屏息看着。

然而，光柱很快就消散了。

“怎么会这样？”

“怪兽的鳞片竟然没有丝毫损坏。”

“不可能！即便是兽皇，抵挡最高功率的激光炮时，也会受伤的。”

会议厅顿时炸开了锅。

即便是再冷静的强者，包括洪、雷神、罗峰在内，都脸色大变。在激光炮的最强攻击下，即便是兽皇，也不会毫发无损。

“各位，我保证那三道激光的攻击力都是极强的。”A国总统沉声说道，“请大家继续往下看。”

所有人又继续看着屏幕。

屏幕上，那神秘怪兽张开了嘴巴，周围空间隐隐扭曲，肉眼都能看到。

而后，比神秘怪兽体积大得多的战争基地竟然悬浮起来，并且朝怪兽的嘴里飞去，越飞越小，最后战争基地的长宽不足5米，被怪兽一口吞下。

“不可能！”

“老天！”

这一刻，这些领导人和绝世强者都惊呆了。

这一幕已经完全超出了地球人类能理解的范围，根本是无法用科学去解释的。

超过500米长的战争基地竟然会飞起来，而且还不断变小。

这、这怎么可能呢?

而且战争基地被神秘怪兽给吃掉了！

“整个战争基地内的士兵，全部被怪兽吞掉了，没有一人幸存。”A国总统低沉的声音响起。

“然而……”A国总统深吸一口气，又道，“这仅仅是开始。”

A国总统指向屏幕上昂首嘶吼的神秘怪兽，道：“以这可怕的神秘怪兽为首，还有两个兽皇和无数海域怪兽袭击而来，它们都听从号令，开始进攻内陆。”

说完，视频上出现了水域怪兽们疯狂地沿着河流前进的场景。

屏幕上，场景切换，神秘怪兽又出现在大陆的另外一个地方。

神秘怪兽竟然又吞掉了一座战争基地。

“这是无法抵抗的！”

“再坚实的战争基地，再勇敢的士兵，再厉害的武者，都会被它直接一口吞下。”

“噩梦！”

“灾难！”

“末日！”

A国总统看向会议厅中的人。

一时间，所有人都沉默了，没有一个人开口。

第231章

星空巨兽

“海域怪兽仍在不断前行，有这头神秘怪兽带头，我们根本无法阻挡。各位，你们说，我们到底该怎么办？”A国总统看向会议厅中的人，焦急地道，“直到现在，死亡人数已经达210800，这是21万多封阵亡通知书。”

话落，他的眼中闪着泪花。

所有人心中沉甸甸的。

罗峰紧紧地盯着屏幕上视频定格的那头神秘怪兽。神秘怪兽现在吃了A国的不少国民，他虽然心中有些难受，但更多的是一种沉重的压力。

今天死的是A国的国民，明天呢？

如果自己国家的同胞被神秘怪兽吞掉，那又是多么残酷的一幕。

“我绝对不允许此事发生！”罗峰拳头紧握。

“这神秘怪兽到底是从哪里冒出来的？过去从来没见过。”

“它有四只爪子，却长着翅膀，而且是覆盖着鳞片的翅膀。”

“它怎么能一口吞下战争基地呢？”

“这到底是什么怪物？”

会议厅中的人低声议论。

各国领导人、议长、议员们脸上都有着难掩的焦急之色。

面对这突然冒出来的神秘怪兽，所有人都有些惊慌失措，就连洪和雷神都神情凝重。他们心里都清楚，这神秘怪兽能让两个兽皇当跟班，就连最大功率的激光炮都损坏不了它的一片鳞甲，显然这神秘怪兽的实力远远超过人类。

“我知道了！”忽然，一道高亢的声音响起。

“知道什么？”罗峰转头看去。

会议厅内的其他人都转头看去。

一名秃顶老者见所有人朝自己看来，忙道：“我叫克拉伦斯，来自HR联盟，负责古文明遗迹的事项。”

“你知道什么？”洪紧紧地盯着他。

会议厅的其他人也都紧紧地盯着他。

克拉伦斯微微躬身，而后直起身子：“想必各位议长和议员都知道，大多数人达到议员级，实际上只是修为踏入行星级一阶。”

绝大多数议员悄悄议论起来。

“安静！”洪沉声道。

会议厅一片寂静。

克拉伦斯继续道：“按照古文明遗迹中的一些资料上的记载来看，行星级分为九阶，行星级之上还有恒星级，恒星级之上有宇宙级，无数星球中才会诞生一个宇宙级强者。不过，在浩瀚的宇宙中，存在一些可怕而奇特的巨兽——星空巨兽。”

“嗯？”洪和雷神等人都很惊讶，他们显然并不知道星空巨兽的讯息。

“星空巨兽极其稀少，任何一头星空巨兽只要长大，修为都能达到宇宙级，可以轻易地毁掉一颗星球。”克拉伦斯指着屏幕上画面定格的神秘怪兽，缓缓地道，“这头神秘怪兽应该就是星空巨兽中的……吞噬类巨兽。”

“吞噬类巨兽是星空巨兽中很强的一个类别。它能够吞下战争基地，显然具有奇特的吞噬能力。宇宙中，应该只有星空巨兽中有这样可怕的存在，所以，它应该就是星空巨兽中的吞噬类巨兽。”克拉伦斯肯定地说道。

此时，会议厅中顿时泛起了一阵喧哗声。

“宇宙级是什么？”

“什么是恒星级、宇宙级？”

“星空巨兽？！”

“无数星球中才能诞生一个宇宙级强者，难道还有其他星球存在智慧生命？”

会议厅中，渐渐变得嘈杂。

显然秃顶老者说的消息让人非常震撼。

其实，因为发掘出了不少古文明遗迹，所以地球上有不少势力的人都知道宇宙中的一些基本讯息，比如洪和雷神对于摩云藤的资料都很熟悉，所以很有危机感，想努力达到恒星级。而有些国家的领导人都知道木伢晶的资料。

显然，人类高层并非茫然无知。只是，这些消息太震撼，所以并没有公开。一般来说，成为议员后，才会接触到这些秘密。而会议厅中的一部分人并不知道这些事情。

“安静！”洪冷冷地道。

会议厅中的人立即安静下来。

所有人都看着洪。

“刚才他说得没错。”洪沉声说道，“成为议员级，其实只是行星级一阶，而行星级一共分为九阶，行星级之上还有恒星级，恒星级之上还有宇宙级。宇宙级强者很强，甚至可以轻易毁掉地球，至于其他的，我不想多说。”

洪的声音愈加冰冷：“我只知道，神秘怪兽既然是星空巨兽，那么这场灾难将很难解决，我们必须齐心协力想办法渡过这个难关。克拉伦斯，你将星空巨兽的资料全部发过来。”

克拉伦斯一怔，他看了看身侧的HR联盟议长伊萨多娜。

伊萨多娜微微点头。

“好的。”克拉伦斯点点头。

“嗯，你能告诉我，这头星空巨兽到底拥有多强的实力吗？它有没有达到宇宙级？”洪郑重地问道。

如果它是宇宙级的怪兽，那么他们就没必要反抗了，因为根本没有能力去反抗，还是直接安排逃命计划和人类种群传承计划算了。

“不，它不可能是宇宙级怪兽。”秃顶老者连连摇头，“我看过相关资料，宇宙级的星空巨兽最起码身体达到数千米长，有的更夸张，身长达上万米，而这头吞噬兽身长仅仅180米。据我估计，它的修为达到了行星级八阶或者九阶，抑或是恒星级。”

洪和雷神相视一眼。

这个级别的星空巨兽，人类还能反抗一下。

罗峰紧紧地盯着屏幕上的神秘怪兽。

其实神秘怪兽的实力并不难猜。兽皇的修为大概是行星级六阶，这神秘怪兽既然比兽皇要强很多，那么它的修为很有可能达到行星级八阶或者九阶，甚至很可能达到恒星级。

“如果它的修为达到了恒星级，那就麻烦了。”罗峰眉头紧锁。

“各位都坐下吧。”默汉德森说道，“现在大家一起想办法对付这头……呃，暂时就将它命名为吞噬兽吧！我们该怎么解决它好呢？如果不杀它，死的人会越来越多。”

会议厅中。

所有人都坐下，开始讨论起来。

实际上，他们能拿得出手的还真的没什么招。之前，激光炮可是人类掌控的最强单体进攻武器，连最高功率的激光炮都没有在吞噬兽的鳞片上留下丝毫伤痕，那么他们还有什么手段呢？

其实，他们还有最后一个手段，那就是使用核弹。

核弹的威力很大，不过，只有目标处在核弹射击范围的最中间，杀伤力才够大。而且，使用核弹后，产生的大量核辐射等等容易引起怪兽变异。正常情况下，人类是不会使用核武器的，那样一来，是得不偿失的。

可是，这次他们没的选了，因为手上没有厉害的底牌了。

“真的要使用核武器吗？”

“我们要用多大当量的核武器？5000万吨当量的，还是更高的？”

“这次有把握吗？”

会议厅的人激烈地讨论着。

“视频一开始，那神秘怪兽从水面飞到半空，速度是多少？”立即有人问道。

很快，数据出来了。

“吞噬兽第一次现身时，飞行速度为13082米/秒。之后，卫星跟踪记录中，还有一次它的速度更快，达到了14899米/秒。”A国的一名工作人员的声音透过网络传输到了虚拟空间的会议厅。

“它的速度这么快？！”

洪和雷神脸色大变。

他们两人的速度远远不及吞噬兽。

罗峰脸色很难看。

他现在是行星级三阶精神念师，就算是靠遁天梭，飞行速度也就刚超过5000米/秒。据他估测，若是在空中飞行，雷神的速度都没他快，可他和吞噬兽的速度差距很大。

“巴巴塔，巴巴塔。”罗峰的意识当即呼唤起来。

“你找我干什么，我在睡觉呢！”巴巴塔没好气地问道。

智能生命是可以进入虚拟空间的，毕竟这本来就是智能生命建立的。

而巴巴塔的智能层次比战神宫的智能强得多，巴巴塔悄然进入战神宫，战神宫的智能系统根本没有丝毫察觉。

“告诉我，现在前面屏幕上的怪兽到底是什么，有什么办法可以杀了它。”罗峰道。

现在只能请巴巴塔帮忙了，巴巴塔的眼界可比地球人广阔多了。

“哦？让我来看看！”巴巴塔得意地道。

罗峰静静等待。

“老天！！！”巴巴塔惊叫一声，“见鬼了，你们从哪里弄来的视频？”

“这是A国的卫星拍到的视频。现在这神秘怪兽就在地球上进行杀戮。”罗峰回道。

“什么？你说金角巨兽出现在地球上？”巴巴塔根本不敢相信。

“对！现在就在A国所在的区域。”罗峰道。

“这、这怎么可能呢？6000多万年里，主人闯荡过无数星系，也仅仅碰到过三头星空巨兽，且没有一头星空巨兽是有如此高等血统的。”巴巴塔难以置信，“你们地球上竟然冒出来一头金角巨兽。”

罗峰有些不满：“巴巴塔，你又在轻视地球了。”

“上次，我就跟你说过，宇宙中的星空巨兽非常强大，而且星空巨兽的诸多血统分为三个层次，其中最强的一种达到巅峰时，修为会达到界主级，我还和你说过以吃恒星长大的炎星巨兽。

“而你现在看到的这头就是星空巨兽中同样极强的金角巨兽，事实上，它比炎星巨兽更加凶残，名气更大，它一旦完全长大，就是界主级巨兽。

“金角巨兽和炎星巨兽属于星空巨兽中的吞噬类巨兽，不过炎星巨兽是火属性的，而金角巨兽是金属性的，且都是实力极强的，比人类最强血统的强者还要强得多。金角巨兽极为凶残，攻击力极强。”巴巴塔感叹一声，又道，“完了！它出现在地球上，你们地球完蛋了，没希望了。”

第232章

人类危机

巴巴塔的话仿佛重锤砸在罗峰的身上，使得他整个人有些发蒙。

地球完蛋了！

“不！”罗峰心中忍不住大吼。

“一定要杀了它！”罗峰紧紧盯着屏幕上定格的金角巨兽，“它一定得死！”

“罗峰，你想做什么？”巴巴塔问道。

“巴巴塔，我要杀了它。”罗峰斩钉截铁地说道。

“你疯了吗？你只是一名行星级三阶精神念师，竟然敢招惹恒星级金角巨兽。虽然你有陨墨星一脉传承，但是金角巨兽实力非常强大，你想杀它简直是在做梦！”巴巴塔连忙说道，“我们没必要和它硬拼，到时如果有危险，你可以躲进陨墨星号飞船，飞船的门一关，它就算再厉害，也破坏不了陨墨星号飞船。而且陨墨星号飞船的重量惊人，根本不是它所能吞下的。”

“不！”罗峰听不进巴巴塔的建议。

“别傻了。大不了，让你的亲人也进入陨墨星号飞船。”巴巴塔说道。

“巴巴塔，难道我们只能像缩头乌龟一样躲起来，躲过这场劫难？如果整个地球上的人类都灭亡了，我爸妈认识的那些工友、邻居全部死光了，只剩下我们一家人，这有什么意思呢？我们一家人该怎么活下去？”罗峰反问。

那一幕是罗峰无法想象的。

“我实在理解不了你们人类的想法。”巴巴塔很是不满，“你根本不是金角巨兽的对手，为什么还要拼命反抗呢！”

“人是无法离开社会而生活的，更没办法脱离民族和祖国。整个地球上，如果只有我一个人孤零零地活着，那简直是生不如死。”罗峰想想都畏惧，“巴巴塔，一个国家灭亡了，幸存的子民有一个称呼，叫作亡国奴。”

地球是他的根！

C国是生他养他的国家。

根若死了，枝叶就会干枯、凋谢，而他就是那无数叶子中的一片。

地球若毁灭了，他哪里还能活啊？

“巴巴塔，告诉我怎么才能杀死金角巨兽。”罗峰问道。

“呃，这是不可能的。”巴巴塔没有丝毫犹豫。

“巴巴塔，你都能建造飞船，难道还不能制造厉害的武器，将它击杀吗？”罗峰再次问道，显得很是焦急。

“我哪里能制造出击杀恒星级怪兽的武器啊？”巴巴塔明白罗峰心中很是焦急，郑重地说道，“罗峰，你要知道，在宇宙中，恒星级怪兽已经算是一方强者了，而击杀恒星级怪兽，需要大威力的武器。”

“那种威力的武器的制造程序非常复杂，最起码需要几年时间。”巴巴塔说道，“可是，以金角巨兽的速度，1个月内绝对可以横扫整个地球。”

罗峰点点头。

金角巨兽带领无数海域怪兽的确能很快横扫地球上的所有陆地。

“罗峰，即便我能制造大威力的武器，可是要怎么发射呢？你要发射大威力武器，并且命中目标，是很有难度的。”巴巴塔说道，“如果你真的想要反抗金角巨兽，只有一个办法。”

“快说！”罗峰心中一喜。

“你们地球上有一些宇宙战舰的残骸，那些宇宙战舰残骸中可能配备了大威力武器，虽然长时间遭到侵蚀，早就无法使用，但是我可以将其改造一下，或许还能再用。”巴巴塔说道，“当然，这也是碰运气。毕竟，能击杀恒星级怪兽的武器在星际战舰中都算大威力的了，你们极限武馆总部的飞船都只是运输舰，配备的武器一般都比较差。”

罗峰听着，心中有了希望。

去古文明遗迹中寻找，或许能找到大威力的武器。

“巴巴塔，你告诉我，这头金角巨兽的详细信息。”罗峰问道。

知己知彼，才能百战不殆。

巴巴塔道：“你看看，它头上那根有着大量金色秘纹的独角旁是不是有一个凸起？”

罗峰仔细地看着屏幕。

“没错！”罗峰回道。

“金角巨兽的实力很好辨别，因为它在不同阶段有不同特征。幼体期，额头只有一个独角；成长期，额头开始长出第二个尖角；青年期，额头开始生长第三个尖角；壮年期，额头长出第四个尖角；巅峰期，额头长出第五个尖角。

“实力越强，尖角上的金色秘纹越复杂，直至最后，尖角全变成金色的。所以，它被称为金角巨兽。”巴巴塔说道。

罗峰恍然大悟。

“它的第二个角还没有长成，仅仅是一个凸起，估计修为才踏入恒星级不久。”巴巴塔继续说道，“不过，它的血统太强，成长速度非常惊人。在成长期，它会疯狂吞噬大量金属并吸收，因而它的实力也在不断提升。你想要杀它，必须赶紧动手，否则它会越来越强。”

“难怪它会吞噬战争基地，战争基地几乎都是金属。”

“它身为吞噬兽，虽然有体内世界，但毕竟是刚刚结束幼体期的小家伙，每天的‘饭量’是有限的。”巴巴塔说道，“不过，罗峰，我还是得劝你一句，星空巨兽都是不好惹的，它们的血脉中蕴含了古老的传承记忆。”

“想杀星空巨兽是很难的，想杀星空巨兽中排名靠前的金角巨兽，更是难上加难。

“主人曾经听说，宇宙中有一个不朽强者碰到界主级金角巨兽，欲将其击杀。按理说，不朽强者击杀界主级金角巨兽，这是很容易的，可是那金角巨兽居然逃掉了。这可是无比稀少的具有珍贵血统的怪兽，或许你能战胜它，可是要击杀它很难。”

罗峰沉默不语。

“不试试的话，怎么知道呢？”罗峰说道，“巴巴塔，这次我没的选择。”

“要么，它死；要么，我死。”罗峰沉声说道。

罗峰从来不认为自己有多么伟大、多么高尚，地球若是被毁，人类若是灭亡，他活着还有什么意义？还不如轰轰烈烈地死去。

“你这个死脑筋！”巴巴塔很是无奈，“可惜陨墨星号飞船上没有大威力的武器。”

其实，对于不朽强者来说，那些能量武器早已经没有任何意义。比如陨墨星号通体都是赤混铜母，一小块残片就有一吨多重，整艘飞船超级重。以陨墨星号飞船的强度，只要加快到惊人速度，加上它锋利无比的边缘，可以在宇宙中自如飞行，即便闯入一些陨石群中，也不会受阻，切割陨石如同切豆腐。

可惜，陨墨星号飞船早就损坏了，根本没办法飞行。

当罗峰用意识和巴巴塔商量对策的时候，其他人也在讨论解决之法。

“老王，如果是行星级八阶或者九阶的怪兽，我们还有希望。可是，如果是恒星级怪兽，我们取胜的可能性最多一成。”两名老者坐在一起，低声讨论。

“老李，你们那边讨论出结果了吗？”头发花白的矮个子老者问道。

“大涅槃时期之前，超大当量的核弹都没地方可以试验。基地市时代，空旷的地方有的是，试验条件是有的。”李姓老者微微点头，“详细计划还是交给各国的专家去制订，我在想，如果失败……”

“你是说民族传承计划？”王姓老者看向对方。

李姓老者点点头。

大涅槃时期，他们就为建立基地市，为民族传承耗费了无数心血，他们当然舍不得国家和民族被怪兽毁灭。

“老百姓现在都生活在和平年代，不料地球末日就这么来了！”王姓老者眼中隐隐闪烁泪花，“不过，我相信各国都是一样的，先暗中开始民族传承计划。如果人类真的抵挡不了怪兽，再大规模启动其他计划。至于计划的详细情况，我们离开虚拟空间再谈。”

李姓老者点点头，心情很是沉重。

“或许，情况没有那么糟。”李姓老者心中暗道。

会议厅。

无论是罗峰、洪、雷神，还是各国领导人，还有一些A国总统专门请来的武器专家，都在绞尽脑汁想办法。

他们都是地球的一员，没有人愿意放弃地球。

第233章

遗迹表单

会议厅中的人心中都很焦急。

“洪哥，你有把握吗？”雷神和洪坐在角落，周围的人都不敢靠近。

“没有把握。”洪微微摇头，“不过，就算没把握，到了最后关头，我也得上。以我现在行星级七阶的修为，再配合我的领域，在行星级强者中堪称无敌。而且，我的摩云藤吸收了木伢晶得到快速成长，如今我就算和恒星级一阶怪兽拼死一战，也未尝没有希望。”

“现下最大的麻烦是，还不知道这头吞噬兽的真正实力。”洪的声音低沉。

“嗯！”雷神点点头。

可是，洪和雷神显然不清楚，恒星级一阶的人类武者和恒星级一阶怪兽是不一样的，更别说这是怪兽中极为可怕的星空巨兽，而且是星空巨兽中拥有最强血统的金角巨兽。

这也是巴巴塔认定地球完蛋了的主要原因。

“各位！”A国总统喊道，“我们A国刚刚发送来一段关于吞噬兽的视频。”

顿时，所有人都安静下来。

罗峰抬头看去。

屏幕上开始播放一段新视频，视频中，荒野区的一座战争基地横在一条宽阔的河流上，然而，这座战争基地中的大量士兵不断地往外逃，一架架飞碟形战机相继飞起。

“他们刚刚接到总指挥部的命令，放弃战争基地，迅速撤退。”A国总统解释道，“因为总指挥部通过卫星发现吞噬兽正朝这边飞来。可是，吞噬兽的速度太快，军队还没完全撤退……”

屏幕上，一道金色流光停了下来，正是那头长了四只爪子，有着一双鳞片翅膀的吞噬兽。

会议厅一片寂静。

“那座战争基地又要被吞了吧！”罗峰摇摇头。

视频中，吞噬兽闪电般地俯冲，掠过战争基地。它那翅膀上的鳞片犹如刀锋划过战争基地，而整座战争基地仿佛豆腐一般脆弱，直接溃散了。

战争基地当即化为一片废墟。

一些还没来得及撤退出来的士兵们遭殃了，有的被战争基地的碎石砸死，有的则被怪兽的翅膀击中，瞬间化为飞灰。

吞噬兽那冰冷的暗金色眸子遥看朝四面八方逃跑的飞碟形战机，飞碟形战机的速度很快，可是在它看来是那般可笑。

它挥动前爪。

“唰——”

5道金色光芒直接射向远处的5架飞碟形战机。

“砰——”

飞碟形战机炸开，直接化为火球。

在昏暗的天空下，5团火球格外显眼。

片刻，视频播放结束了。

“各位。”A国总统沉声说道，“看了这一段视频，我们发现两点：其一，它这次没有吞噬战争基地，而是直接毁掉战争基地；其二，它拥有远程攻击的手段。”

会议厅的一边，全球顶尖核弹专家们组成了讨论小组。

此刻，他们发出了一阵咒骂声。

那些头发花白的老者都是泰山北斗级的人物，平时基本不会说脏话，可是现在不少老者竟然气得脸色铁青，口吐脏话。

“怎么了？”洪不禁看过去。

“我来解释一下。”其中一位R国核弹专家站起来，看向众人，“我们之前一直在商议，使用超大当量的氢弹，或者射在吞噬兽身体表面，或者射在它的嘴里爆炸。之前我们最不放心的是吞噬兽的吞噬能力，一旦它将氢弹吞噬，是否会对电子信号等造成干扰。不过，这个难题我们差不多可以解决了。”

“现在我们发现最大的问题是它拥有远程攻击的能力。”这位R国核弹专家吼道，“以吞噬兽不可思议的防御力，即便是超大当量的氢弹，在距离它50多米的地方爆炸，恐怕都击破不了它的鳞片。”

会议厅中的人闻言一怔。

“各位，氢弹对人类危害大的是冲击波、核辐射，而本身瞬间强烈爆炸的影响反而是最小的。可是，氢弹产生的冲击波对于吞噬兽这样的怪物根本没用。连议员都不怕核辐射，更别说吞噬兽了，所以只有氢弹瞬间爆炸的强大威力才能伤害吞噬兽。”

罗峰微微点头。

“不过，必须让氢弹在它身边爆炸，因为聚变释放的超大能量是朝各个方向辐射的，距离中心点越远，威力越弱。对于吞噬兽这样神秘又不可思议的存在而言，必须越近越好，最好是让氢弹在它的嘴里爆炸。它的口腔防御力绝对不及身体表面的鳞片，上亿吨当量的氢弹在它嘴里爆炸，一定会要了它的命。”

罗峰听了，眼睛一亮。

“上亿吨当量的氢弹在吞噬兽的嘴巴里爆炸？”罗峰的护腕上的智能虚拟空间中，巴巴塔吃着苹果，摇头晃脑，“想得美！这些人根本不了解吞噬兽，它可是宇宙中名气极大的金角巨兽，它的血统在星空巨兽中极其高贵。它要是这么容易死，就不是金角巨兽了。可惜，我这里关于金角巨兽的资料太少，我也不清楚它的弱点。”巴巴塔无奈地道。

对于不朽强者而言，星空巨兽也是极为罕见的。要知道，陨墨星主人活了6000多万年，闯荡无数星系，都没见过一头金角巨兽，就连金角巨兽在宇宙中都很难碰到同类。

正因为金角巨兽无比稀少，就算偶尔出现一头，也是很难对付的，更不可能让人类解剖，人类那就自然没办法研究出星空巨兽到底有什么特殊之处。

茫茫宇宙中，在星空巨兽的研究方面一直是一片空白，就连不朽强者都不太清楚，只知道很少的信息。或许，比陨墨星主人的寿命更长久，实力更强大，见识更广博的强者会知道得多一点。

战神宫的会议厅中。

“各位，现在最大的麻烦是，如果运送氢弹的战机飞过去后，被远在千里之外的吞噬兽发出的一道金光给毁了，怎么办？千里之外，就算氢弹成功引爆，恐怕连行星级强者都杀不了，更别说杀吞噬兽了。”R国核弹专家说道。

“各位，想让氢弹在吞噬兽附近爆炸，只有一次机会。一旦失败，以吞噬兽的智力，吃过亏后，绝对不会再让任何一架战机近身，我们也就再无机会了。”R国核弹专家看向众人。

这时，洪站了起来，缓缓地说道：“到时候，用我的洪荒级智能战机运载氢弹。洪荒级智能战机的防御力极强，除非吞噬兽近身攻击，否则它发出的金光是毁不了洪荒级智能战机的。一旦洪荒级智能战机运载氢弹近身，智能系统会控制洪荒级智能战机自爆。”

“此法甚好！”R国核弹专家大喜。

洪荒级智能战机是地球上最强的战机。乾坤级智能战机能和王级怪兽硬碰硬，洪荒级智能战机则能和兽皇硬碰硬。

洪荒级智能战机的防御力比洪本身的防御力还要强得多，绝对是洪从古文明遗迹中得到的极好的收获之一。

“这样一来，氢弹在吞噬兽嘴里爆炸的可能性大多了。”R国核弹专家兴奋不已。

其他全球顶尖核弹专家也激动万分。

此刻，罗峰却眉头紧锁，用意识跟巴巴塔交流。

“各位。”一会儿后，罗峰站了起来。

会议厅中的所有人转头看了过来，都有些疑惑。

洪和雷神也疑惑地看着罗峰。

罗峰并非核弹专家，又不是国家领导，能说出什么重要的话？

“我知道这吞噬兽的一些信息。”罗峰郑重地说道。

顿时，会议厅中一片寂静。

“其一，吞噬兽一旦开始吞噬，周围的空间会发生扭曲，会和外界空间割裂开来。想要远程控制洪荒级智能战机内的氢弹引爆，根本行不通。并且，一旦被它吞噬，扭曲空间内的洪荒级智能战机和核弹的金属会自动分解，所以想要进入它的嘴里而后爆炸，可能性很小。”

此话一出，所有人脸色都变了。

这是一个糟糕的消息！

“其二，这吞噬兽的修为达到了恒星级。不过，有一个好消息，它的吞噬能力是有限的，这也是刚才它只是毁坏战争基地，而不是选择吞噬的原因。”

“罗议员，你确认吗？”

那些专家都看着罗峰。

“确定！”罗峰点点头，“吞噬兽具有吞噬金属、分解金属，并且将其吸收的能力。”

“难怪它会吞噬战争基地。”

而后，罗峰走到洪的身旁。

“馆主。”罗峰恭敬行了一礼。

“罗峰，这一年，你有不少收获啊，竟然得到了关于吞噬兽的一些珍贵信息。”洪赞赏地看着罗峰。

“嗯！馆主，我想要一份地球上所有古文明遗迹的列表。”罗峰郑重地道，“并且，每一个古文明遗迹都要附一些说明。”

“你这是为何？”洪很是惊讶。

“我想看看，哪个古文明遗迹中能找到一些厉害的武器。”罗峰道。

洪摇摇头：“我可以把古文明遗迹表单给你。不过，罗峰，能杀死恒星级怪兽的武器太难找了。即便真有这样的武器，估计早就被腐蚀了。”

“我想试一试。”罗峰坚定地道。

洪看到罗峰坚毅的神态，点点头：“好，我立即将古文明遗迹表单发送给你。不过，你千万要小心。”

“嗯！”罗峰点点头。

下一瞬，他的身体就消散了，显然是离开了虚拟空间。

“正值人类生死存亡时刻。”洪喃喃道，“罗峰在拼命想办法，其他人也在努力，希望能渡过这场浩劫。”

第234章

噩耗

Y城明月小区。

重力室中的罗峰睁开眼睛，迅速起身。

重力室的门自动打开了。

“徐欣，徐欣。”罗峰快速往楼下冲。

徐欣正在楼下客厅看电视剧。

看到罗峰下来，连忙起身询问：“罗峰，发生什么事情了？”

“我来不及细说了，你现在跟我走，我要马上接爸妈和弟弟回来。”罗峰可不放心家人在外面，“路上我再跟你说。”

“好！”

徐欣猜得出来，一定是发生了很严重的事情。

两人乘坐王级智能战机迅速离开了Y城。

“喂，妈，你们在哪里？东北基地市，好，你们就待在现在住的地方，别离开，我去接你们。别问了，回头我再跟你们说。”

罗峰挂掉电话，当即拨通罗华的电话：“喂，罗华，你在哪里？哦，就在Y城，你现在赶紧回家。嗯，对，马上！”

拨完两个电话，罗峰才松了一口气。

“罗峰，发生什么事了？”徐欣这才再次问道。

“地球将发生一场浩劫。”罗峰沉声说道。

徐欣脸色大变。

“A国管辖下的海域中出现了一头吞噬兽，洪、雷神和我都不是吞噬兽的对手。”罗峰缓缓地道，“就连最大功率的激光炮都无法在它的鳞片上留下痕迹，现在A国已经损失了好几个战争基地，死伤数十万人，而且伤亡人数还在迅速增加。”

“数十万人？这么多？”徐欣震惊了。

罗峰摇摇头，道：“这还不算多。这样下去，全球各国的基地市恐怕都会被摧毁，到时死亡人数将会以亿为单位。战争基地被毁，基地市也被毁，人们就是任由怪兽屠宰的羔羊。这次浩劫说不定比大涅槃时期那次更加严重。”

徐欣慌了。

大涅槃时期那次可是人类最惨重的一场灾难。

不过，罗峰、徐欣这一代人都没有经历过，可是他们听父母提过，据父母的描述，那简直就是一场噩梦。

罗峰从东北基地市接回了父母。

飞回来的途中，罗峰让徐欣陪着自己父母，而他低头看着通信手表，同时命令道：“1号，连接我通信手表的虚拟显示屏。”

“嘀！”

罗峰的眼前当即出现了一面显示屏，显示屏上出现了机密文件——古文明遗迹表单。

1号古文明遗迹地处北大西洋百慕大周围海域的深处，是一座高达1200米的银白色金字塔，这座银白色金字塔极度危险，任何材料和高手进入金字塔入口，直接会被毁掉。至今，1号古文明遗迹没有更详细的讯息。

2号古文明遗迹地处R国原弗兰格尔岛地底，是一艘飞船的残骸。

3号古文明遗迹……

……

31号古文明遗迹处于C国的某地，古文明遗迹本身呈巨大的圆球形，直径超过800米，表面有很多小坑，并且散发着大量毒气，毒气可以渗透进人的皮肤，进入体内。至今无人能活着走出31号古文明遗迹。31号古文明遗迹和1号古文明遗迹、12号古文明遗迹并称全球三大绝境。

“巴巴塔！”罗峰散开意识。

“你看到了吧，你说，我该进入哪一个古文明遗迹？”罗峰问道。

“除了三大绝境，其他古文明遗迹被各国的人都搜索得差不多了，没必要再去。”巴巴塔说道，“三大绝境中，1号古文明遗迹和31号古文明遗迹是极其危险的，就连宇宙级强者进去都必死无疑，你去12号古文明遗迹吧！”

“宇宙级强者进去都必死无疑？！”罗峰大吃一惊。

“嗯！待你以后实力够强，再去另外两个古文明遗迹。”巴巴塔缓缓地道，“以你现在的实力，进入12号古文明遗迹或许有点危险，可是只要小心点，问题不大。”

罗峰目光坚定，道：“即便再危险，我也得上。”

他的护腕上的智能虚拟空间中，巴巴塔撇了撇嘴，显然对罗峰这种不顾一切的行为很不赞同，不过，罗峰心性如此坚定，巴巴塔还是很满意的。

“嗯！主人说过，无论是恶人、善人，还是邪异之人，真正的强者都有一颗坚定的心。”

罗峰点点头。

早在战神宫的会议厅中，得知吞噬兽出现的消息时，他一开始很是震惊、恐慌，可是，他很快就镇定下来了。

当年，他和东南军区司令李达威做了一番交谈，当时他就坚定自己的想法，当他面临死亡时，他不想因为过去的不努力而留下遗憾。

“如果我现在不拼一把，眼睁睁地看着我的同胞们丧命，民族灭亡，整个地球只剩下我一家人，我以后会后悔吗？”罗峰扪心自问。

答案是毫无疑问的，他会后悔。

那么，现在就努力吧！就算拼尽自己的最后一滴血，只要守护好地球，即便最后牺牲生命，也是值得的。

自从选择武者这条路，罗峰就从未畏惧过死亡，他只希望能够死得有价值！

深夜，明月小区中的不少人家还亮着灯。

王级智能战机缓缓地降落在草坪上，罗峰、徐欣和罗洪国夫妇一起走了下来。

“喂。”罗峰拿起手机。

“是我，贾谊。”一道略显焦急的声音传来，“罗峰，出大事了。”

“什么事？”罗峰震惊。

浩劫已经降临，还能有什么大事呢？

“罗峰，各国领导人通过卫星发现，那头吞噬兽毁了A国所有的战争基地后，竟然又迅速飞往E国，大肆破坏E国的一些重要的战争基地，过不了多久，它估计就会对我们C国的战争基地进行破坏了。一旦战争基地被毁，无数海域怪兽会冲入内陆，只需一两天，海域怪兽就会和基地市的武者发生大规模战争。”

罗峰脸色大变。

“你、你的意思是……”

“吞噬兽的速度每秒达上万米，半天内，就可毁掉地球上所有的战争基地，到时候，无数海域怪兽会迅速沿着河道杀入内陆，就算人类武者再英勇抵挡，也无济于事。只要7天的时间，基地市估计会全部被毁。”

“我、我以为还有1个月的时间。”罗峰彻底蒙了。

罗洪国夫妇和徐欣都很是惊讶。随着罗峰的实力越来越强，他很少露出如此慌乱的表情。

“对，我也以为还有时间，可是……”贾谊无奈地道。

“为什么，为什么会这样？”罗峰心很乱。

时间太短了。如果吞噬兽每天吞噬几座战争基地，这样的话，他们还有不少时间。可是，现在吞噬兽竟然准备在半天内毁掉地球上所有的战争基地，让无数海域怪兽得以直接进攻人类。

这未免太狠毒了！

“罗峰，吞噬兽率先毁掉了战争基地和激光炮。吞噬兽有一定智力，很清楚激光炮对于王级怪兽有威胁，所以就用金色光芒毁掉了一门门激光炮。”贾谊继续说道，“这样一来，那些王级怪兽就可以追杀人类军队。若是遇上一头实力一般的王级怪兽，数万士兵会丧命；若是遇上一头实力顶尖的王级怪兽，数十万乃至更多士兵会丧命。而且，一般议员并没把握能够击杀王级怪兽。”

“嗯！”罗峰点点头。

看来，他要在最短的时间内去一趟12号古文明遗迹。

到时候，组装武器的事情就交给巴巴塔，他要去对付怪兽。

“怪兽要屠杀人类，休想！”罗峰目光冷厉。

“罗峰，吞噬兽这般疯狂，所以氢弹攻击计划会在今夜执行。”贾谊又道，“如果此次能击杀吞噬兽，那我们就有希望了。现在吞噬兽在E国，估计马上就会进入R国，到时候氢弹攻击计划会在R国境内执行。”

罗峰点点头。

大涅槃时期前，R国就是地球上面积较大的国家。而基地市时代，谈论疆域面积没有丝毫意义，因为人类只能在基地市内生活。

R国人口较少，基地市都集中在中心区域，所以有超过几百万平方公里的无人区，完全可以进行超大当量的氢弹攻击。

“希望一切顺利！”罗峰心中默默祈祷。

第235章

氢弹攻击计划

现在时间非常紧，根本不容罗峰有丝毫耽搁。

“爸、妈，你们都待在家里，如果遇到危险，就进入楼上的重力室。”罗峰叮嘱道。

重力室的材料非常结实，就连行星级九阶强者想要破坏都很难，毕竟那是让行星级强者修炼的。躲在重力室之中，还是比较安全的。

“巴巴塔，你给我爸妈、弟弟、甄楠、甄楠的父母、徐欣这些人使用重力室的权限。”罗峰吩咐道，“同时，限制室内为1倍重力。”

“搞定！”巴巴塔的效率很高，直接远程操控完成了。

“小峰，小心点。”

罗洪国和龚心兰已经知道事情的严重性。

“哥，早点回来！”罗华大声说道。

罗峰挥挥手，迅速离开了家。

今夜是关系到人类生死存亡的一夜。

罗峰的王级智能战机在夜色中迅速腾空而起，离开Y城。

“王级智能战机现如今最快速度可以达到8000米/秒，抵达12号古文明遗迹要多久？”罗峰问道。

王级智能战机的速度本来没有这么快，但经过巴巴塔的改造之后，速度立即飙升了。

按照巴巴塔的话说，这根本不算什么。能够在宇宙中穿梭的飞船达到临界点光速，这才是最基本的。相较于光速，这点速度的确不算什么。

“你大概需要20分钟才能抵达12号古文明遗迹。”巴巴塔回道。

“嗯？”忽然，罗峰的手机响了。

原来是洪打来的电话。

“喂！”罗峰接通电话。

“罗峰，有一件事情要你帮忙。”洪的声音传来。

“馆主请说。”

“按照氢弹攻击计划，洪荒级智能战机攻击吞噬兽之前，其他的极限型号战机会携带原子弹先进行攻击，以干扰吞噬兽的判断。”洪道。

罗峰点点头。

这是个好办法。

洪荒级智能战机是极限武馆特有的，外形呈三角形，而其他国家的大多是飞碟形战机，为了让洪荒级智能战机不显眼，先让一些极限型号的三角形战机携带原子弹进行攻击，这是很明智的。

“其他三角形战机携带原子弹对吞噬兽进行攻击，对于吞噬兽根本没什么威胁。”罗峰心中暗道，“而后，一架看似普通的三角形战机猛地发出超大当量的氢弹攻击，一定能打吞噬兽一个措手不及。”

罗峰认为这个计划行得通。

“罗峰，现在的问题是，极限型号的三角形战机不多。”洪沉声说道，“我需要在短时间内抵达战场，我希望能征用你的王级智能战机。”

“没问题。”罗峰没有丝毫犹豫。

一架王级智能战机对于罗峰来说根本不算什么，更别说现在是人类生死存亡的重要时刻，馆主连洪荒级智能战机都舍弃了，他哪里还会舍不得？

“你的王级智能战机存在后门，我可以进行远程控制。”洪再次说道，“现在我开始控制你的王级智能战机，你现在是留在战机内，还是出来？”

“出来。”

话落，罗峰直接飞出了王级智能战机。

“你也算是为人类立功了。”罗峰不舍地看着王级智能战机。

“我现在控制它离开。”洪的声音从手机中传来。

顿时，这架深蓝色的王级智能战机迅速朝最近的JN基地市飞去，显然是要先去配备原子弹。

“馆主，你能告诉我，那氢弹是多大当量的吗？”罗峰问道。

“时间紧迫，只能用1.5亿吨当量的。”洪说道，“大涅槃时期前，想试验这么大当量的原子弹，都没地方可以试验。到时候，一旦原子弹爆炸，就算是黑夜，恐怕在我们C国这边都能看到原子弹爆炸后所显现的‘太阳’。”

罗峰点点头。

这算是人类的终极武器，或许会令不少怪兽变异。

可是，现在人类已经不在意这个了，怪兽再变异，最多变成王级怪兽，难道还能比吞噬兽要强?

“罗峰，12号古文明遗迹在太平洋里，距离夏威夷群岛不远。这里距离12号古文明遗迹还有8000公里，你现在只能靠遁天梭飞行，按照5000米/秒计算，需要1600秒，而你的速度超过5000米/秒，估计25分钟就能抵达12号古文明遗迹。”巴巴塔说道。

“出发！”

罗峰直接脚踏遁天梭，迅速朝12号古文明遗迹的方向飞去。

E国贡献了3颗原子弹，C国贡献了5颗原子弹，R国贡献了8颗原子弹，C国极限武馆贡献了2颗原子弹，这18颗原子弹分别在18架三角形战机中，其中就有罗峰的那架王级智能战机。

而1.5亿吨的超大当量的氢弹和用来引爆它的原子弹，则是R国贡献的。

除了洪的洪荒级智能战机，还有18架即将成为炮灰的三角形战机，一共有19架三角形战机，机身颜色各异，红色、蓝色、黑色都有。

其中，有1架洪荒级智能战机，1架乾坤级智能战机，4架王级智能战机，还有13架精英极限战机。那13架精英极限战机虽然略差一点，但是也能做到无人驾驶。

19架极限型号战机全部都是无人驾驶的。从外表看，这19架三角形战机几乎没有多大区别。

……

“一定要成功！”

“千万要成功！”

全球各国的高层人员通过卫星监测系统清楚地看到19架三角形战机朝各地飞去，这19架三角形战机是分开飞行的。

太平洋海域上空，罗峰脚踏遁天梭，迅速飞向原夏威夷群岛的方向。

罗峰现在可以做到同时控制19件暗器。他一边赶路，一边看着手腕上的通信手表，他的通信手表有权限观看卫星监测到的画面。

屏幕上。

一架黑色三角形战机正迅速飞入亚洲北部。

此时，那头吞噬兽正在荒野区摧毁战争基地。

亚洲北部。

身长180多米的巨兽不断地挥动鳞片双翅，迅速地在高空飞行，它的暗金色双眸充满了杀意。

吞噬兽是极其可怕的星空巨兽之一，它极其凶残和暴虐。

忽然，它停下来了，悬浮在半空之中。

它发现一个小不点迎面飞来了。

那正是人类派出的战机。

如果从后面追的话，战机根本追不上吞噬兽。可是有卫星系统的定位，战机朝吞噬兽迎面飞去，当然能碰到。

“嗷！”吞噬兽挥动右爪。

“爆！”

第一架三角形战机的智能系统得到了命令，一旦吞噬兽开始进行远程攻击，立即自爆。

这架王级智能战机瞬间爆炸了。

同一时刻，那颗2万吨当量的原子弹也爆炸了。

罗峰只能看到通信手表屏幕上出现了一颗“小太阳”，笼罩了远处的吞噬兽，蘑菇云冲天而起，冲击波朝四面八方辐射开去。

仅仅一息工夫，吞噬兽就出现在100多公里外。

它的全身没有一点伤痕。

“第二架三角形战机来了。”

通信手表屏幕切换出了第二架三角形战机飞过去的图像。

……

2万吨当量的原子弹轰炸一座县城，也就中间的数百米区域化为废墟，周围两三千米区域被冲击波覆盖，玻璃被震碎，10万人丧命。

而这种威力的原子弹在亚洲北部上百万平方公里的无人区爆炸，的确不会对人类产生影响。

“吞噬兽没有远程攻击第二架三角形战机！”

“太好了！”

高空。

吞噬兽展开一双巨大的翅膀，第二架三角形战机飞到了距离它50米的地方，它打算伸出爪子去抓。

“轰！”又一颗“小太阳”在荒野区上空亮起，蘑菇云冲天而起。

“嗷！”吞噬兽仰天大吼。

按照它的传承记忆评定，只要修为达到恒星级，这颗星球对它没有任何威胁，这也是它等到修为达到恒星级才出海的缘故。

第三颗原子弹爆炸，第四颗原子弹爆炸……

一颗又一颗“小太阳”在夜空中亮起，一朵又一朵蘑菇云冲天而起。

原子弹仿佛礼花弹在高空一次次轰炸。

各国的高层人员心都悬了起来。

就连正在海域上空飞行的罗峰、洪、雷神都很紧张。

他们知道，携带了氢弹的洪荒级智能战机就要上场了。

第236章

天崩地裂

此次计划一共出动18架普通智能战机和1架携带氢弹的洪荒级智能战机。

现在已经连续有9架携带原子弹的三角形战机爆炸。

第10架三角形战机朝吞噬兽飞去。

这一刻，各国高层人员都紧张地看着卫星的直播视频，按照一开始的计划，洪荒级智能战机就要出现了。

吞噬兽的鳞片双翅轻轻挥动，迅速飞行着，它的暗金色眸子中有着兴奋的神色。

原子弹连续爆炸，产生了一些超高温的粒子流，然而仅仅令它的身体上和原子弹接触的地方有些麻麻的。

它意外地发现，这种刺激对身体没什么负面影响，反而令它的身体成长速度加快。要知道，吞噬兽生活在海洋中很长时间，从来没有受到过一点威胁，所以成长速度相对比较缓慢。

如今，它遭受了原子弹的袭击，身体受到了刺激，反而成长更快。

"嗷呜！"吞噬兽看着前方又一架三角形战机飞来，发出了欢快的叫声。

这是一架深蓝色的三角形战机，正是陪伴罗峰很久的那架王级智能战机。

"唰！"

王级智能战机犹如闪电朝吞噬兽袭去。

"呼！"

吞噬兽甩动那条布满鳞片的尾巴，尾巴速度极快，远超王级智能战机的飞行速度。

“轰隆隆——”

尾巴碰到王级智能战机的时候，王级智能战机的原子弹顿时爆炸。

3万吨当量的原子弹在吞噬兽的尾巴上炸开，形成了耀眼的“太阳”，遮盖住了吞噬兽的全身。

冲击波迅速朝四面八方席卷。

太平洋海域。

距离海面数百米处，一道人影化作一道流光，速度快得惊人。

“罗峰，你的王级智能战机没了。”巴巴塔的声音在罗峰的识海中响起。

罗峰正盯着手腕上的通信手表，道：“没了就没了，现在就看第11架战机的了。”

通信手表显示屏切换出了第11架战机朝吞噬兽飞去的场景。

那是一架血红色的三角形战机！

“馆主的洪荒级智能战机！”罗峰的心一下子提了起来。

“罗峰，我提醒你一句，你已经抵达12号古文明遗迹上方的海域。”巴巴塔声音响起。

“唰！”

罗峰停在海域上方。

“我们等一下再去12号古文明遗迹。”罗峰道。

“1.5亿吨当量的氢弹爆炸，威力惊人，如果在吞噬兽的身体表面爆炸，对吞噬兽的杀伤力还真难说，毕竟没听说谁干过这种事。”巴巴塔兴奋得很。

罗峰则既紧张又期待。

此刻，洪、雷神等超强武者，还有各国领导人、军方高层都紧张地看着卫星监测系统。

第11架可是洪荒级智能战机，这可是真家伙！

如果成功的话，人类就有可能渡过这一场浩劫；如果失败，人类将陷入噩梦之中，这可是比大涅槃时期更加可怕的噩梦。

A国总指挥部。

总统正和内阁成员们待在一起，都紧张地盯着眼前的屏幕。

“一定会成功！一定会成功的！”总统屏息以待。

房间中很是安静。

C国荒野区。

大量军队正在迅速移动，一架飞碟形战机在天空中盘旋，这是刚刚从东南军区前沿战争基地撤退的李达威司令的战机。

李达威目光灼灼地看着自己的通信手表。

“一定会成功！一定会！”李达威心中默念，身体不由得微微颤抖。

此刻，各国的高层人员都在关注这一幕。

所有人心中默默期盼，洪荒级智能战机能够成功，人类能渡过这场浩劫。

“还有30秒，洪荒级智能战机将和吞噬兽相遇。”

洪和雷神都紧紧地盯着屏幕，房间内回荡着智能系统传来的声音。

“23秒！”

“22秒！”

……

倒计时。

“10、9、8、7、6……”

亚洲北部。

吞噬兽全身漆黑如墨，它头上那根有着金色秘纹的独角昂然向天。吞噬兽疾速飞行，同时随意地甩动了两下尾巴。

好舒服！

刚才它的尾巴和洪荒级智能战机射出的原子弹接触，麻麻的，同时这个部位迅速吸收了其体内的金属之力。

“嗷呜！”

吞噬兽发现一架血红色的三角形战机朝自己疾速飞来，立即发出欢快的叫声。

它甚至张开巨大的鳞片翅膀，主动飞了过去。它准备让布满鳞片的肚皮去碰战机，让肚皮也麻麻的，舒服一下。

“洪荒级智能战机千万要给力啊！”

“一定要成功啊！”

“杀了它！”

这一刻，地球所有高层人员都无比紧张。

当他们看到吞噬兽竟然没有用尾巴或者利爪抵挡战机，而是主动迎上去，并且露出肚皮的时候，心中很是激动。

“2！”

“1！”

“砰！”

吞噬兽的腹部和洪荒级智能战机以惊人的速度相互碰撞。

“轰——”

碰撞前，双方隔着大概10米距离的时候，洪荒级智能战机中的原子弹就已经被引爆了，而后引爆了那颗1.5亿吨当量的氢弹，这可是人类最具威胁的武器。

洪荒级智能战机自爆了！

吞噬兽感应到比之前强烈数倍的爆炸威力，立即飞退，显然意识到了危险。

可是，氢弹已经在它的肚皮上爆炸了，现在后退也来不及了。

这一刻，包括罗峰在内的所有人观看的屏幕瞬间一片空白。

C国，JN基地市主市区。

夜晚，街道上灯光璀璨。

“看！”

“北边好亮啊！”

遥远的北方天际出现了一颗“太阳”，让街道上的人都震惊了。

“大晚上的，怎么会有太阳呢？”

“天哪！”

不少行人都激动地拨打电话，和亲朋好友分享这一奇观。

有的人则拿出手机拍摄起来。

“咦？手机没信号。”

“怎么回事！网络怎么断了！”一群青年从旁边的一家网吧中冲了出来。

“夜里怎么会有太阳啊！”

“那是核弹，肯定是核弹！”

街道上的人完全沸腾了。

这一刻，地球上的很多人都看到了那颗耀眼的“太阳”。

巨大的蘑菇云让人目瞪口呆，而且，地球上竟然有超过大半区域的通信被断掉了，而C国、E国、R国等国家只有拥有特别专线的高层人员还能够通信。

周遭一片寂静！

各国领导人和行星级武者等人都死死地盯着屏幕，此时屏幕已经恢复了正常。

烟尘滚滚，那巨大的蘑菇云冲天而起。

亚洲北部瞬间有不计其数的怪兽死去，大量怪兽瞬间被吞噬，更多的怪兽直接被强大的冲击波给震死了。

“成功了吗？”

太平洋海域的上方，罗峰脚踏遁天梭，紧张地盯着通信手表的屏幕。

地球上的各国高层人员都紧张地等待着，仿佛等待宣判。

亚洲北部。

滚滚烟尘，一道金色流光猛地冲出，而后停了下来。

正是那头吞噬兽。

漆黑的鳞片覆盖它的全身，它的脖颈、背部、尾部的鳞片上都有着金色纹路，宛如一件绚丽的铠甲。

它的头依旧高昂，尖角依旧那般锋利。只是，它的腹部出现了一个直径达十几米的巨大伤口，鲜血直流，可以看到其中粗大有力的肌肉，而伤口却正在自动愈合。

“嗷呜！”

吞噬兽发出愤怒的吼声。

厉害如它，竟然在这颗不起眼的星球上受伤了。

C国，J市，总指挥部。

看到屏幕上出现了仰头怒吼的吞噬兽，所有人都惊呆了。

“这、这……”

一名白发老者瞪大眼睛，脸上满是难以置信。

“噗！”

忽然，他猛地喷出一口鲜血，直接倒地。

“首长！”当即有人上前，探出手，检查他的鼻息。

此时，其他领导人或是脸色惨白，或是身体颤抖。

“不，不可能。”贾谊死死地盯着屏幕，也不相信。

这一刻，全球所有高层人员心中很是绝望，有几个高层直接心脏病发作……

吞噬兽竟然还活着，这无异于宣判人类死刑！

第237章

12号古文明遗迹

罗峰紧紧地盯着通信手表，眼睛通红，拳头紧攥，手背上的青筋暴突。

“如果是恒星级一阶的人类武者，遭到1.5亿吨当量的氢弹攻击，早就没命了。金角巨兽不愧拥有星空巨兽中最强的血统，而且不愧是防御力和攻击力都惊人的金属性吞噬类巨兽。金属性星空巨兽本来鳞片防御力就强，更别提以吞金属、吸收金属从而成长的金角巨兽了，它的防御力强得可怕。”巴巴塔忍不住惊叹。

“别说了！”罗峰怒喝道。

罗峰护腕上的智能虚拟空间中，躺在沙发上的巴巴塔正欲侃侃而谈，好好评论金角巨兽一番，被罗峰一呵斥，一下子哑然了。

“你竟敢训斥我恶魔巴巴塔。”巴巴塔露出獠牙，傲娇地道，“我可是伟大的恶魔巴巴塔。当年，我可是击杀了不少界主级强者，如今竟然被这个小子呵斥，气死我了！不过，现在这小子心情不好，算了，我大人有大量，原谅他了。”

巴巴塔虽然明白罗峰心里很失望、痛苦，可是它无法感同身受。

它跟随陨墨星主人数千万年，见多了星球毁灭，种群灭亡，没有什么感觉。

当即，罗峰拨通了家里的电话。

“小峰，我们刚才看到北面好亮，好像出现了一颗太阳，你弟弟说那是核弹爆炸产生的现象，到底发生了……”

罗洪国话还没说完，罗峰就开口了：“爸、妈，你们现在带着罗华和他女朋友及她父母，还有徐欣马上进入二楼的重力室，如果想知道外面的情况，可以将我的那台笔记本带进去，上网查看。其他电脑现在估计无法上网。记住，我若是没有回来，你们千万别从重力室出来。”

“哦！”

罗洪国等人也意识到情况严重，当即照做。

挂了电话，罗峰低头看向下方一望无际的大海，心中暗道：“但愿我在12号古文明遗迹中找到能杀死金角巨兽的武器。”

“下去！”罗峰一声令下。

遁天梭直接冲入了海中。

夜幕中，海水微微荡漾。

一道流光直接射入海中，而后不断地往海底潜去。

“罗峰，海面距离海床有5100米左右，而12号古文明遗迹就在海床下方的3300米。”巴巴塔说道。

“明白。”

虽然周围都是海水，但是有巴巴塔这个智能生命导航，罗峰的路线很准确。

幽深的海底生活着大量海域怪兽。虽然现在有大量海域怪兽沿着河道进攻内陆，但是那些只是整个海域中的少部分怪兽而已，毕竟海域中的怪兽太多了。

要知道，人类的巅峰强者实力比陆地怪兽要强得多，可是为什么洪还要出面谈判，而不是直接杀光陆地怪兽？

因为陆地怪兽中有王级怪兽，或许没有兽皇，而爆发一个三级鼠潮，老鼠怪兽的数量就达数百万，乃至近千万。一级兽潮爆发，陆地怪兽是以亿为单位的，而且怪兽的繁殖能力太强，而全球的人类武者只有近百万。如果陆地怪兽真的和人类硬拼，轻易就能击败人类。

洪再厉害，能杀了整个地球的无数怪兽吗？所以，他才和怪兽谈判，以期保持和平。

陆地怪兽都逼得人类到如此地步了。海域怪兽的数量和种类比陆地怪兽多了不知道多少倍，就算是堵塞内陆所有河道的怪兽，也只是海域怪兽的小部分而已。

罗峰朝海下不断深潜的时候，看到了大量海域怪兽。

“哼！”

罗峰化为流光，不断地往海底潜去，周围百米范围内所有海域怪兽全部瞬间毙命了。

罗峰心中愤懑、痛苦、不甘。杀一些海域怪兽，仅仅只是发泄心中的怒气而已。

他完全可以想象得出，这些海域怪兽沿着河道杀入内陆，进攻各个基地市的可怕场景，到时不知道会有多少人丧命。

罗峰落在海底，这里有着恐怖的压强，经过罗峰身体表面摩云藤变成的战甲的大幅度削弱，这里的压强已经变得很小了。罗峰的摩云战甲能够大大削弱冲击力，同时防御力极强，在这些方面远远超过黑神套装。

而后，罗峰迅速往下潜去。

“巴巴塔，12号古文明遗迹在如此隐秘的地方，当初各国的人是怎么发现12号古文明遗迹的？”罗峰往下潜的同时，问道。

“如果仅仅靠你们地球现有的科技，当然不行。他们靠的是一些星际战舰残骸上的仪器，能搜查整个地球。”巴巴塔说道，“除了像我这种能够主动隔离信号，令你们无法探察的智能生命外，地球上的一些古文明遗迹几乎都被发现了。”

“罗峰，到了。”巴巴塔道。

罗峰立即减速。

“砰！”

罗峰破开岩石的同时，撞在某个坚硬的物体上，他不得不停下来。

“战舰残骸？！”罗峰的精神念力辐射开去，直接笼罩周围500米范围，发现了一艘战舰的残骸。

这是一艘超大的战舰，而罗峰的精神念力只能感应到这艘战舰残骸的小部分。罗峰觉得它比极限武馆总部的那艘飞船还要大一点。

他迅速地破开岩石，从已经破损的战舰的某个口子钻了进去。

“罗峰，来对了！我们来对了！”巴巴塔有些兴奋。

“怎么了？”

罗峰发现，这战舰内部的通道和合金墙壁已经生锈，被腐蚀了。

“这是星空舰队中的‘母舰’。”巴巴塔激动地道，“也就是说，这是整个舰队的总指挥战舰。”

罗峰眼睛一亮。

“我当时就猜测12号古文明遗迹很可能是母舰，否则一般的古文明遗迹怎么可能被称为绝境。”巴巴塔又道，“这母舰的长度为16000米，宽度为3200米，高度为800米。虽然算不上整个舰队中最大的战舰，却是防御力最强、攻击力最强的。”

罗峰有些激动：“武器在哪里？”

其实，这母舰并非真正的绝境，真正的绝境是这艘母舰内部的一个秘密舱间。

“等一下，让我探测一下。”

巴巴塔用自己的探测方法，迅速地将整艘母舰仔细探测了一遍。

“罗峰，这母舰因为被损坏了，没有保护能力，其内部的许多武器早就被拆卸了，而没拆卸的也已经被腐蚀了。”巴巴塔说道，“希望此遗迹的核心区有大威力的武器。你沿着这条通道一直往前走……”

12号古文明遗迹的核心区是母舰的某个秘密舱间。

罗峰在巨大的战舰残骸内部缓缓地行走。

“罗峰，各国领导人齐聚战神宫会议厅。”巴巴塔忽然道。

罗峰心中一紧。

现在地球处于前所未有的危机中，连最强武器氢弹都使用了，仍旧没有杀掉吞噬兽。经过这一次，吞噬兽绝对不会再给人类攻击它的机会。

“他们决定，全球各国进行军管，并开始施行人类传承计划。”巴巴塔说道。

“什么？！”罗峰脸色大变。

所谓军管，就是人们的吃穿住行全部由军队统一管理，意味着各大基地市的证券交易所、超市等等全部关门。施行军管，显然到了最坏的时候。

至于施行人类传承计划，显然各国都已经默认这场战争会输，可以预想这一场战争会死很多人，而人类传承计划只是为了能够让更多的人活下去。

“快，我要快点找到最厉害的武器，杀了金角巨兽。”罗峰继续朝12号古文明遗迹的核心区赶去。

片刻后——

一个巨大的舱间中停放着一架直径达100米的飞碟形飞船，飞船通体黑色，黑色的船身上印着双翅巨龙纹，停在海底不知道多少万年了，但飞船船身腐蚀程度很小。

“12号古文明遗迹的代表性飞船就是这艘？！”罗峰仰头看着眼前巨大的飞船。

这么多年来，地球上的人想尽办法想得到这艘黑色飞碟形飞船，死了不少人，甚至有议员强者为了它而殒身。直到如今，它却依旧丝毫无损。

“哈哈！原来是它！竟然是它！当年主人一招毁掉了星际舰队，看来星际舰队母舰中有一个大人物啊，竟然能够买得起黑龙山帝国X81型飞船。难怪地球上没人能够闯得进去，这X81型飞船可是黑龙山帝国名气颇大的宇宙冒险型飞船。”巴巴塔兴奋不已。

黑龙山帝国是统治黑龙山星域的强大帝国，就连银蓝帝国都只是它的500多个属国之一。

“罗峰，有希望了！论造价，这艘X81型飞船比整艘母舰都贵得多，X81型飞船的标配武器威力极大，就算是击杀恒星级七阶或者八阶强者都有可能。”巴巴塔很激动，“没想到，这母舰上竟然有一艘X81型飞船。”

第238章

巨力顶

“什么？X81型飞船的标配武器有可能击杀恒星级七阶或者八阶的强者？”罗峰震惊了。

这一年来，他在虚拟空间中学到不少知识。他知道，宇宙级强者能够和一支星际舰队对抗，而恒星级七阶或者八阶强者比恒星级一阶强者要强得多，实力堪比宇宙级强者。也就是说，恒星级七阶或者八阶强者可以和一支星际舰队抗衡，怎么会敌不过一艘宇宙冒险型飞船呢？

“这可是黑龙山帝国的X81型飞船！”巴巴塔缓缓地道，“黑龙山星域8000多个星系的无数星球中，这都算得上是很牛的冒险型飞船了，一般只有宇宙级强者或者是有背景的大人物才买得起。宇宙级强者所使用的冒险型飞船，其标配武器有可能击杀恒星级七阶或者八阶强者，这有什么好奇怪的。更何况，我只是说有可能。当然，行星级七阶或者八阶强者是不会傻乎乎地让自己立于危险之地的。”

罗峰打量着眼前的飞船。

“啧啧！有了这艘X81型飞船，我就没必要辛苦地建造飞船了。只要侵入这X81型飞船的智能系统，再将这艘X81型飞船改造一下。罗峰，到时你就能乘坐它进行宇宙冒险了。”巴巴塔很是兴奋。

罗峰满意地点点头。

“其实，就算是我建造的，也未必比它好，它的工艺水平很高，而且船身的主要材料是一种叫作乌钇的金属。你给我的那些残骸碎片远远比不上乌钇。正所谓，巧妇难为无米之炊，我再厉害，也只能用那些差的材料造出一艘普通的宇宙飞船。

“因这X81型飞船的船身是以乌钇打造的，就算是宇宙级强者也需要耗费很大力气才能破坏。”巴巴塔不住地夸赞，“要知道，宇宙级强者乘坐的飞船也就这个档次。”

“罗峰，要控制这艘飞船很有难度。”巴巴塔说道，“地球上的人为了进入这艘X81型飞船，费尽心思，甚至死伤无数，却连飞船的闸门都进不去。”

“巴巴塔，那我怎么才能进去？”罗峰问道。

按照洪给他的信息，X81型飞船最有难度的是入口通道，打开舱门后，就是一条入口通道，入口通道的尽头是闸门。然而，地球上的很多人都死在入口通道上，要打开飞船闸门，这可是连洪和雷神都做不到的。

“我非常清楚X81型飞船的构造。”罗峰的护腕智能虚拟空间中，巴巴塔一身黑袍，微微昂头，“舱门后的入口通道是一条激光通道，这条通道会射出数道激光，能够轻易地击杀行星级五阶或者六阶的强者。地球上的议员修为一般达到行星级一阶或者两阶，就算是身穿防御力极强的黑神套装，也必死无疑。当然，如果洪和雷神此等高手穿着黑神套装，是能够成功通过激光通道的。”

罗峰仔细聆听。

“激光是很厉害的一种武器，地球人如果加大激光技术方面的研究，或许会有更高成就。”巴巴塔补充了一句。

“真的吗？”

“当然！”巴巴塔继续说道，“从理论角度来说，光不断地汇聚，强度不断提高，从而威力不断增强，原理上，激光的威力可以无限提升。当然，实际上是有很多难关的。不过，宇宙高等文明国家的激光武器很厉害，就连界主级强者都得小心面对。”

“当然，你也不必怕，你现在要做的是冲过激光通道，然后打开闸门。”巴巴塔道，“激光通道很容易通过，但打开闸门很难。洪和雷神应该都没有办法打开闸门，恐怕只有恒星级三阶或者四阶武者才能举起闸门机关。”

罗峰有些沮丧。

他肯定是无法举起飞船的闸门机关的。

“巴巴塔，我能不能用赤混铜母残片破坏闸门？”罗峰问道。

“我刚才说了，闸门的材料是乌钇，宇宙级强者都得耗费大力气才能破坏闸门。你的赤混铜母残片的确厉害，可是你的实力……”巴巴塔顿了顿，又道，“这样好了，你将我给你的这玩意儿插在闸门下面的缝隙中。”

罗峰的面前陡然出现了一个奇异的工具。乍一看，类似斧头，刃非常薄，长度为三米左右，宽度超过一米。

“你将那超薄的一面插入闸门和地面的缝隙之间。”巴巴塔道。

“好的。”

罗峰心念一动，顿时摩云藤的叶子迅速延伸，化为摩云战甲将罗峰全身保护起来。

而后，罗峰缓缓地走向飞船。

“舱门！”

罗峰悬浮在舱门前，双手抓住舱门的缝隙，猛地用力。

“开！”

舱门被拉开了，出现了一条长约30米的通道，通道两侧有着密密麻麻的孔洞。

“这就是激光通道？！”

罗峰深吸一口气，遁天梭自动变形成重山盾，守护在他身体周围。

“嗖！”罗峰猛地往前方冲去。

“唰——”一道道光芒亮起，而后穿过通道，同时孔洞中射出了数道激光。

仿佛感应到了罗峰，那些孔洞射出的激光微微转弯，直接射向罗峰。

激光的速度为30万公里/秒，就算是金角巨兽也来不及闪躲，更别提罗峰了。

“轰隆隆——”

少部分激光射在重山盾上，重山盾又砸在罗峰的身上。

与此同时，数道激光直接射在罗峰的身上。

本来疾速往前冲的罗峰被激光轰得倒飞出去。

罗峰的身体擦过地面，倒飞了数十米的距离，而后撞击在母舰的金属墙壁上。

“罗峰，你干吗？”巴巴塔忍不住喊道。

“我打算冲进去，将这个工具插到闸门和地面的缝隙中，这不是你说的吗？”罗峰揉了揉胸口，“难道我直接用精神念力控制这个工具自己插进缝隙中吗？这样做的话，这个工具会被激光给毁掉吧。”

罗峰对于自己的摩云藤很有信心。

第一次培育摩云藤，就令摩云藤的实力大大增强了，摩云藤吸收了木伢晶的能量，如今，摩云藤的实力都达到了行星级七阶。如果摩云藤和罗峰大战，除非罗峰使用赤混铜母残片，否则还真不是摩云藤的对手。

正因为摩云藤的防御力很强，罗峰才敢直接往里冲。

“没事，这个工具没这么容易坏的。”巴巴塔说道，“你直接用精神念力操控吧！”

“好！那就简单了。”

罗峰再一次跨入舱门。他同时操控19道精神念力缠绕着这个类似斧头的工具。

“唰！”工具化为一道流光。

“啪！”一道激光射中工具，工具直接被轰到舱门外面去了。

“这工具还真没坏！”罗峰很是惊讶，转而眉头一皱，“激光的攻击速度太快，怎么办呢？”

罗峰目光一扫，就有了主意。

“重山盾！”

遁天梭分解为365把飞刀，迅速组合成重山盾。重山盾盖在工具上，贴着地面准备前行。

“去！”罗峰当即下令。

“唰！”重山盾和它下方的工具闪电般地贴着地面飞去。

同一时刻，激光疾速朝重山盾和工具射来。

“砰！”激光射中了重山盾。

重山盾竟然直接溃散，变回365把飞刀。

“哧！”而贴着地面飞行的工具闪电般地插入闸门和地面之间的极小缝隙。

“呼呼——”工具发出了奇异的声音。

只见闸门竟然被缓缓顶了起来。闸门下，原本超薄的工具竟然分成了上下两层，上层不断往上顶，将整个闸门不断地往上举起。

看到这一幕，罗峰目瞪口呆。

“巴巴塔，你之前不是说这闸门要恒星级三阶或者四阶强者才能举起来吗？”罗峰愕然。

“你也不看看我用的是什么，这可是‘巨力顶’，类似于你们所谓的‘千斤顶’。建造或者维修宇宙飞船，需要很多工具。我之前维修飞船时，弄了不少工具，巨力顶就是其中之一。若是飞船坏了，什么地方卡住了，弄不动，那该怎么办？自然就得靠巨力顶，巨力顶的力量非常大。”

罗峰点点头。

“罗峰，你还不赶紧进去！”巴巴塔催促道。

罗峰看向激光通道尽头，闸门已经被顶起足足有一米高了，巨力顶仍旧不断将闸门往上顶。

第239章

机器人

黑色金属通道上布满灰尘，而之前激光射击仅仅在通道地面上留下一点印记而已。

“呼呼——”巨力顶缓慢又稳稳地顶着闸门。

通道的这一端，只见摩云战甲迅速覆盖罗峰全身，连头部都被完全包裹住了。乍一看，罗峰好像一尊血红色雕塑。

罗峰猛地贴着地面往里冲，他身体上方的遁天梭瞬间变形为重山盾。

“唰——”一道道激光疾速射向重山盾和罗峰。

重山盾被激光射中的一瞬间，在罗峰的控制下，直接变回365把飞刀，飞刀乱飞，从而激发了激光通道的感应器，致使更多激光射了出来。

罗峰也受到了两道激光的攻击。

“砰！”罗峰被激光的冲击力直接轰得倒在地上。

而后，他又被侧面的激光轰击得往左侧横移。

瞬间，罗峰被激光轰得在地上做无规则地移动。

不过，他拼命操控精神念力，让自己不断地往前。

“嗖！”

罗峰从巨力顶顶起的闸门下方快速通过，蹿入飞船内。

“终于进来了！”罗峰身体隐隐作痛。

同时，他感觉到摩云藤似乎很是委屈，大概是因为连续被激光轰击了。

罗峰不由得笑道：“别装了，大不了，回头给你加餐。”

摩云战甲上的血红色光芒不断闪烁，似乎很兴奋。

“唰！”旁边的巨力顶突然消失了，闸门陡然落下。

“轰隆”一声，闸门砸在金属地面上。

“我把巨力顶收起来了。”巴巴塔道。

罗峰点点头。

他看向周围，此刻自己在一条宽敞的通道上。

“巴巴塔，现在去哪里？”

身处黑漆漆的通道中，罗峰不知道还会有什么危险。

“罗峰，你已经进入X81型飞船内，放心，没危险了。”巴巴塔又道，“现在赶紧去指挥室，将信号器插入智能系统接口。只有和飞船的智能系统连接，我才能想办法攻克它的智能防御系统，而后控制它。”

“明白。”罗峰点点头。

忽然，他的面前出现了一个类似笔记本内存卡的物品。

他连忙伸手抓住。

“你将金色一端插入接口就行了。走，快去指挥室。”巴巴塔说道。

“指路！”罗峰道。

“左边！”

在巴巴塔的提示下，罗峰在X81型飞船中快速前行。

X81型飞船的指挥室一片漆黑。

罗峰进入指挥室的瞬间——

“嘀！”

指挥室前面的控制台屏幕亮起来了，控制台的屏幕上出现了一段宇宙通用文字。

这段文字翻译出来就是——人类行星级精神念师闯入，威胁程度弱，予以击杀！

此时，X81型飞船底层的封闭房间中突然亮起灯光。这个封闭的房间中，三个机器人正一动不动地站着，这三个机器人身高两米多，身体全部都是黑色金属，双眸则是红色晶石。

“嘀！”

飞船智能系统信号传输过来的瞬间，三个金属机器人的红色晶石眼睛亮了起来。

“咔——”

它们体内的能量迅速运转，同时封闭房间的门自动打开了。

随即，三个机器人化为三道流光，依次蹿出了房间，沿着底层通道很快就来到了中层通道。

此刻，罗峰正在中层通道和上层通道之间的楼梯上。

罗峰迅速沿着楼梯来到上层通道。

“罗峰，三个机器人朝你杀过来了。”巴巴塔提醒道。

罗峰大吃一惊，猛地往后蹿，留下一段缓冲距离，盯着眼前的楼梯口。

他感觉到沉重的脚步声从下方传来。

“巴巴塔，你不是说，我进入飞船了，就没危险了吗？”

“这飞船沉没都超过80万年了，竟然还有机器人，我更没想到这些机器人到现在还能使用，真是厉害。”巴巴塔忍不住道，“这飞船主人当年肯定在储存室内留下大量储备能量，才能让飞船维持到今天。”

罗峰没时间听巴巴塔解释了，因为机器人快追上他了。

“轰！”一道黑色流光沿着楼梯猛地蹿上上层通道。

罗峰一眼就看清了机器人，它通体由黑色金属铸造，双眸泛着红光。而且，它的拳头仿佛一把大铁锤，身体和普通地球人差不多，但显得很不协调。

“破！”

罗峰身前的遁天梭早就变形成钻山锥，在机器人冲上来的瞬间，钻山锥亮起18道金色光芒，迅速聚集在钻山锥的尖端。

“唰——”钻山锥疾速击向机器人的胸口。

现如今罗峰可是行星级三阶精神念师，遁天梭达到了三大境界九层中的第二层。

与此同时，18道精神念力同时驱动钻山锥。

即便洪和雷神挨这么一下，也得受伤。

“砰！”机器人直接倒飞，砸在楼梯口旁边的墙壁上。

“嗖！嗖！”另外两个机器人疾速冲了上来。

“轰！”一记重拳闪电般到了罗峰的眼前。

钻山锥刚刚轰飞一个机器人，来不及再次发出攻击。

“好快！”罗峰心中暗惊，“对方的飞行速度比我要快得多。”

同时，罗峰右手上陡然出现一根长鞭，长鞭化作一道流光，狠狠地抽打在机器人的头部。

“啪！”机器人被长鞭抽中的同时，拳头狠狠地砸在罗峰的身上。

罗峰身体表面浮现出大量藤蔓和叶子，一层又一层。

“嗖！”罗峰被机器人一拳轰得倒飞出去。

在倒飞出去的过程中，罗峰的身前浮现一块血红色的残片，这块残片的边缘极为锋利。

顿时，那18道精神念力紧紧地缠住血红色的金属残片，同时爆发出最强的推动力，令血红色残片的速度瞬间暴增。

它的边缘极为锋利，而且很薄，越飞越快。

“唰！”血红色残片疾速袭向第三个机器人的颈部。

“咔！”一道刺耳的声音响起。

机器人的脖颈产生了火花，原本速度惊人的血红色残片一下子被弹开。机器人受到强烈的冲击，不由得倒飞出去。

罗峰睁大眼睛，清楚地看见机器人的脖颈上只有一道印痕，竟然连一个伤口都没有。

“嗖——”三个机器人化作三道流光，再度朝罗峰冲过来。

“巴巴塔，这机器人到底是什么玩意儿？”罗峰着急地问道。

他已经没有任何办法了，这机器人的实力估计接近恒星级一阶强者。

原本他只要靠着钻山锥，或许能跟行星级七阶或者八阶武者斗一斗。一旦使用不朽强者都难以损坏的赤混铜母残片，自己或许有机会击败恒星级一阶强者，当然前提是对方站在那里不动，任由自己攻击。

“巴巴塔，现在怎么办？”罗峰再次问道。

“别急，别急，我在努力呢。”巴巴塔道。

“你在努力什么？”

罗峰顾不得其他，掉头就跑，可是他的速度远远不及机器人。

他的双手当即延伸出两条长藤，眼看机器人就要追上了，就给它一鞭。靠着这样的手段，逼迫机器人减速。

“不好，我跑到通道尽头了。”罗峰的精神念力清楚地发现前面已经无处可跑了。

“嗯？”

罗峰一怔。

他的精神念力清楚地感应到后面的三个机器人都停了下来，一动不动地站在那里。

“罗峰，这三个机器人已经被我控制住了。”巴巴塔道。

“控制？”罗峰吃惊。

“飞船智能系统靠着无线信号控制机器人。既然是无线信号，只要保密程度不够高，我就能破解机器人的智能系统。你跟它们对战的时候，我就在努力破解它们的智能系统，刚才我成功了，完全能够控制这三个机器人了。”巴巴塔得意得很，“其实机器人的威胁程度不算大，只是它们的身体是由乌钇铸造的，你想要破坏是很难的。”

“机器人的优点是身体非常坚硬，而缺点很多，比如它们都没有自主能力，且智能程度较低，所以攻击手段非常简单。若是它们智能程度高一些，一起联手，虽然难以击杀拥有摩云藤的你，但是要抓住你并不难。”巴巴塔说道，“好了，我们去最里面的指挥室吧！”

罗峰深吸一口气。

他直接朝前方走去，三个机器人乖乖地跟着走。

忽然，他看到前方有雕刻精美的银色大门。

“指挥室到了。”巴巴塔说道。

第240章

野蛮摧毁

收获了三个金属机器人，罗峰却没有多开心，因为他现在只想找到能够杀死金角巨兽的武器，此事关系到整个人类的存亡。

“吱呀！”罗峰略微用力，便推开了银色大门。

自从飞船沉没后，这扇大门就一直没有打开过。

当罗峰打开银色大门的瞬间，指挥室和外界形成了微弱的空气对流，一阵风吹进了宽敞的指挥室。

指挥室很是亮堂。正中间的座椅上坐着一名军人，他身后站着三名身穿黑色制服的护卫。

看到指挥室内有人，罗峰微微一惊。

“呼！”微风吹过。

座椅上的军人顿时灰飞烟灭。

那三名身穿黑色制服的护卫被风一吹，黑色制服微微抖动，碎裂开来。

“巴巴塔，你不是说这飞船沉没了80多万年吗，这三人是怎么回事？”

罗峰的精神念力感应到这三人都没有生命气息了，显然早就死了。

可是，他们的身体却没有腐朽，难道都是不朽强者？

这怎么可能呢！

“坐在座椅上的军人的确是个大人物，而那三个护卫其实不是人，是一种叫做‘流银护卫’的特殊产品。流银护卫的主材料是比乌钇还要贵重得多的流银金属，内含智能系统。平时流银护卫就跟真人一样，能说话、办事等等。

“而且，因为它们的身体结构是流银，就算强者一拳砸在它们的身上，它们也会轻易地卸掉冲击力，所以它们是非常好的护卫。如遭到刺杀，它们完全能够用身体去抵挡。

“虽然它们的杀伤力不是很强，但是一旦被它们缠住，就很难脱身，就连宇宙级强者也得耗费一点时间才能摆脱。不过，这流银护卫和机器人有不同之处：其一，它们只听命于主人；其二，它们需要能量以维持平常生活，对于它们而言，能量就好像是人的生命力。

“80多万年了，它们的能量早就消耗光了。即便能量没有消耗光，飞船的智能系统也无法命令流银护卫。”

罗峰点点头。

他看向旁边的控制台，控制台的屏幕上浮现出一个碧发女子的头像，那女子紧紧地盯着罗峰。

宇宙通用语回荡在指挥室内。

“她让我离开？”罗峰很是疑惑。

这一年来，在巴巴塔的教导下，他说宇宙通用语还是比较吃力，经常要在脑海里进行翻译，然后思考片刻，才能勉强说出来。不过，他听宇宙通用语还是没多大问题的。

“罗峰，你将信号器插在控制台左侧的绿色插槽内。”巴巴塔说道，“别管那飞船智能系统的话。即便再聪明，它毕竟只是智能系统，如果无法控制武器，一点杀伤力都没有。”

罗峰点点头。

他直接将信号器插在绿色插槽中。

“嘟——”指挥室中立即响起了刺耳的警报声。

控制台的屏幕上迅速浮现出大量字符。

“罗峰，看我的。这智能系统还算不错，不过，我在30分钟内就能攻克它，以后这X81型飞船就是我们的了。”巴巴塔说完，立即侵入飞船智能系统。

而飞船智能系统自然进行防御。

“警告，系统受到攻击。”宇宙通用语响起。

“请在30秒内输入密码，否则启动自毁程序。”

“30、29、28……”

罗峰脸色一变。

“不好！这智能系统竟然还会自毁程序，罗峰，这下麻烦大了。这飞船的主人太浑蛋了，竟然设定了智能系统遭到攻击就启动自毁程序。”巴巴塔急了。

“这下怎么办？”罗峰连忙问道。

“只有30秒，就算是宇宙最强的智能，也不可能在30秒内攻克这样的智能系统。”巴巴塔慌乱起来，“更何况，我也不知道什么狗屁密码，完了完了。”

罗峰怒道：“巴巴塔，你快点想办法，我们该怎么做？”

“呃……”巴巴塔说不出一句话。

“20、19、18……”

控制台屏幕上显现出了倒计时。

“10、9、8、7……”

罗峰十分焦急。

“没办法了。”罗峰的识海中响起巴巴塔无奈的声音。

“哧哧——”

只见整个控制台发出刺耳的声音，屏幕上浮现出了大量字符，就连控制台上的许多按钮都出现了电火花。

“5、4……”

飞船智能系统的声音变得微弱。

“嘟——”飞船内猛地响起了刺耳的警报声。

此时，飞船的顶上和一些通道都出现了电火花，还发出了“哧哧”的声音。

飞船仿佛要爆炸了！

“巴巴塔，你在干什么！”罗峰大声喝道。

控制台屏幕一片漆黑。

指挥室的灯光瞬间熄灭，罗峰陷入黑暗。

“罗峰，我只能这么做。”巴巴塔无奈的声音再次响起。

“你到底干了什么？”罗峰问道。

“X81型飞船主人早就设定好，一旦有外界信号欲攻击飞船智能系统，就启动自毁程序，除非在30秒内输入密码。然而这是不可能做到的，所以只有一个办法，就是用铺天盖地的流量将飞船智能系统给摧毁。

“强行摧毁，后果是整艘飞船的控制系统损坏，许多传输系统都可能会被烧掉。可是，如果不这样做，后果是飞船启动自毁装置，整艘飞船会爆炸。你需要飞船中的武器，我只能这么办。”

罗峰明白了。

一开始巴巴塔想要攻击飞船的智能系统，从而控制飞船，可惜条件不允许。巴巴塔为了不让飞船爆炸，只能这样做。

“巴巴塔，谢谢你。”罗峰说道。

本来巴巴塔还为这次的失败而丧气，毕竟它之前向罗峰保证过，一定可以成功得到这艘飞船，结果却不如意。

罗峰道谢的声音传来。

巴巴塔一愣。

它眉毛一挑，露出可爱的獠牙，笑道：“不用谢。嘿嘿，我厉害吧！强行摧毁飞船可不容易，也是要看实力的。我的智能层次远远超过飞船的，瞬间就操控大量流量让它无法反应，然后它的智能系统就崩溃了。”

罗峰点点头。

他转头看看三个流银护卫，又看看军人留下的一些遗物。

“罗峰，当年主人发现地球周围有不少资质不错的种群，所以他想要把这里变成自己的其中一块地盘。当时这里属于银蓝帝国，而主人略微展现威严，念力冲击，令一支庞大的星际舰队上的士兵灵魂瞬间消散，舰队坠入星球中去了。这艘飞船的主人应该是那支舰队的大人物。

“能够买得起X81型飞船和流银护卫的，在银河系算是有些地位的。他的遗物肯定不错，带走。”

罗峰点点头。

“还有，流银护卫的能量消耗光了，不知道我的库存能量晶块是否匹配。我先收走这三个流银护卫，修理一下，看能不能再用。”巴巴塔道。

同时，那三个流银护卫直接消失了。

罗峰心念一动，将军人留下的戒指、兵器等遗物直接收起。

之后，巴巴塔再次用巨力顶将闸门顶起。

罗峰轻松地通过激光通道，走了出去。

“巴巴塔，这飞船上的武器什么时候能使用？”罗峰问道。

“这飞船的智能系统和控制系统损坏了，而武器等并没受到什么影响。不过，数十万年了，就算这艘飞船有那三个机器人守护，估计飞船中的武器都或多或少存在一些小问题。放心，我大概检查了一遍，应该能改造出一件能击杀恒星级六阶或者七阶武者的武器，时间没法确定，估计一两天吧。”

说完，这黑色的飞碟形飞船瞬间消失了。

“我把飞船收起来了，现在就开始进行武器修复。”巴巴塔道。

“嗯！麻烦你了！”罗峰道。

“嘿嘿，小事，小事。对了，待你出去后，我会将这艘母舰的残骸收起来。”

母舰的体积可比飞船大多了。

不过，巴巴塔的储存空间也很大，比罗峰的空间戒指中的空间要大得多。

“嗖！”

罗峰迅速沿着母舰通道朝外面而去。

他心中牵挂家人，又不知道现在地球上的情况。

金角巨兽遭到了氢弹袭击，愤怒不已的它又做了什么呢？

罗峰很是不安。

他以最快的速度迅速离开海底，而后冲出海面，脚踏遁天梭，朝C国方向迅速飞去。

第241章

疯狂的吞噬兽

JN基地市，Y城。

此时，整个Y城完全陷入了混乱。嘶喊声、惨叫声回荡在夜色中的Y城，摩天大厦坍塌，到处燃烧着火焰，整个城市仿佛即将毁灭。

明月小区。

一架飞碟形战机停在草坪上，特殊部门的三名军人跃下战机，迅速冲进罗峰的家里。

“噔噔噔！”

三人迅速冲上罗峰家的二楼。

二楼的重力室中摆放着床铺、沙发、电脑等等。

罗峰的父母、弟弟、弟弟女友及其父母，还有徐欣都待在重力室中，幸好重力室很大，足够这些人住下。

“罗洪国先生，请你们离开重力室，速速跟我们走，你们待在这里不安全。”

三名军人都站在重力室外面，为首的男子着急地喊道：“地面上的建筑随时可能成为那头吞噬兽的攻击目标，首长已经下令，让我们来接你们，时间紧迫，快点走吧。”

“我在电话里已经跟你们说了，我不会走。”

“我也不走。”

“几位，你们还是快点离开吧，我们要等我哥回来。”

罗洪国、龚心兰、罗华都坚持不走。

外面的三名军人无奈得很。

忽然，为首男子的通信手表振动起来，他低头一看，面色微变：“首长打来的电话。”

他当即接通。

“首长，罗议员的家人不肯走。”男子禀报道。

电话那边的人说了一些话。

“是！”

男子恭敬地应道，随即结束了通信。

“罗洪国先生，我们刚刚已经联系到罗议员，他马上就到！”为首的男子大声说道。

罗洪国等人都惊喜万分。

罗峰终于要回来了！

今夜的事情的确宛若一场噩梦，而他们待在重力室内很是安全，只是一直担心罗峰。

“撤！”为首男子一挥手。

顿时，这三名军人迅速离开了。

亚洲大陆上空。

黑夜中，一道流光迅速破空飞行。

罗峰身穿摩云战甲，脚踏遁天梭，右手拿着弧形盾牌，正是陨墨星主人给他留下的弧刀盘。

弧刀盘和遁天梭层次相当，一个在逃命上有优势，一个在攻击上有优势。

其实，关于念力兵器的使用，现如今罗峰都会了。当初他能同时控制18道精神念力的时候，就尝试催动遁天梭之钻山锥第二层，尝试了无数次，都失败了，就是因为他对于精神念力的控制力太弱了。

通过《掌控篇》等的学习和逐步磨炼，他的基础变得非常扎实。

他只要尝试使用这两件兵器两三次，就完全会用了。

“罗峰，我之前打电话联系你，怎么都打不通啊？”

“之前我去了12号古文明遗迹一趟，可能那里没有信号吧。”罗峰一边飞行，一边和贾谊通话，“现在怎么样了？”

“那头吞噬兽被攻击后，发疯了一样，毁了C国、I国等国家的诸多基地市，还有战争基地，现在更是疯狂地对各大城市进行猛烈的攻击。”贾谊急切地道，“对了，你的家乡Y城也遭到了波及。”

“什么？！”罗峰心中一紧。

“放心，明月小区没被波及。整个Y城遭到了12道金光的攻击，算是比较严重的。”贾谊道。

罗峰更加焦急了。

幸好Y城距离东海岸很近，罗峰很快就飞抵Y城上空。

“天哪！”

高空俯瞰，罗峰不由得深吸一口气。

Y城不断地传出惨叫声、哭声。此刻，Y城有12个地方都有深坑，摩天大厦倒塌，到处火焰冲天，很是惨烈。

军队和警察聚集Y城。

“浑蛋！”罗峰心中怒骂。

“幸好这只是它的发泄之举，如果它的目标是Y城，它要毁掉整个Y城都是轻而易举的。”巴巴塔的声音响起。

罗峰当然明白这一点。

发出12道金光，这只是金角巨兽的简单攻击。或许，在金角巨兽看来，Y城是小城，根本不值得它耗费太多精力。

罗峰迅速俯冲，而后飞向明月小区。

他到了明月小区，沿着自家窗户进入二楼。

“嘀！”重力室的金属门自动打开了。

“哥。”罗华率先从电脑前的椅子上站起来。

罗洪国和龚心兰都仔细地打量罗峰，见罗峰没什么外伤，这才安心下来。

旁边甄楠的父母笑笑，长舒了一口气。

“我们进入重力室，金属门关上后，怎么都打不开了。”罗华说道。

“嗯！这是我设定的程序。”罗峰道。

相较于政府的一些防御之地，罗峰觉得重力室更坚固，就连洪也只能勉强在重力室表面留下印痕。

即便金角巨兽发出一道金光击中重力室，也不可能损坏重力室。

“徐欣。”罗峰一把握住徐欣的手。

徐欣的手很是冰凉，脸色有些苍白。

“罗峰，你快来看。”徐欣将电脑屏幕转过来。

罗峰低头看去。

电脑屏幕上有大量视频和照片，最上面的一张照片记录了摩天大楼燃烧的场景。

“吞噬兽正在世界各地肆虐，以它的速度，估计很快会去E国。”徐欣说道。

“我们C国死伤多少？”罗峰问道。

“不清楚。”徐欣摇摇头。

旁边的罗华说道：“哥，根据一些卫星图片和视频可以判断，C国六大基地市死去的人估计不低于500万。”

此话一出，重力室里面的人都很哀伤。

罗峰心一沉。

那数百万人都是他的同胞啊！

“吞噬兽最主要是在主市区进行攻击，主市区的人比卫城要多得多，人口很密集。它一番疯狂攻击，金光轰击在一些商业大厦还好，毕竟那些大厦晚上都没人。可是，金光轰击到一些居民楼……”罗华看着屏幕上状况惨烈的照片，顿时说不下去了。

一旁的龚心兰、徐欣以及甄楠都流下了眼泪。

“金角巨兽！”罗峰脸色铁青。

旋即，他的心中浮现无奈之感。

金角巨兽凶残暴虐，虽然修为才达到恒星级，但是对于人类而言极具毁灭性。

地球的末日到了。

金角巨兽飞过一些卫城的时候，随意地发出数道金光。可是，经过一些大城市的时候，它会发出猛烈的攻击。

这场报复持续了4个多小时。

南美洲，一座城市的上空。

金角巨兽张开巨大的鳞片翅膀，它腹部的鳞片已经完全长好，没有一点伤痕。只见它俯瞰下方城市，冰冷的眸子中充满了杀意。

随即，它猛然仰头。

“嗷呜——”一阵可怕的吼声响起。

而后，金角巨兽迅速飞离，钻入海域，到海底休息去了。

之前它遭到了氢弹的攻击，受了点伤，之后毁掉了人类所有的战争基地，疯狂发泄了一番，消耗了大量能量。

它疲倦了，需要休息。

Y城明月小区，罗峰家中。

客厅内的电视机正在直播C国领导人讲话。

“同胞们，今夜我们无比痛苦、悲伤。这是全人类的灾难，我们是为了生存而战……”

此时，C国几乎所有幸存的老百姓都在看电视。

直播过程中，旁边还有大量的小视频插播。这一幕不仅仅发生在C国，世界上其他国家也是同步直播的。

全世界的人都知道，比大涅槃时期更加可怕的灾难来了。许多青年主动参军，大量受过训练的预备役士兵去前线，许多武者加入军队。

电视上在直播不计其数的海域怪兽杀来的场景，还有士兵们和怪兽交战的场景。此外，还不时插播全球其他国家的情况。

“为了生存而战！”罗峰定定地看着电视，心情沉重。

第242章

烽烟处处

忽然，罗峰的通信手表振动起来。

罗峰当即接通。

“罗峰，罗峰，Y城东部有12头王级怪兽刚刚飞出海域，其中有6头朝东南大军区方向飞去，请马上支援！”贾谊的声音焦急万分。

“收到。”罗峰应道。

“罗峰，我也不多说了，拜托了！”贾谊恳切地道。

如今，能够击杀一群王级怪兽的，只有洪、雷神、罗峰、默汉德森等少数议员。

断掉通信后，罗峰转头看向屋子里的其他人。

“小心点。”罗洪国叮嘱道。

罗峰点点头。

他心念一动，屋子里突然出现了三个机器人。

罗峰说了一连串宇宙通用语。

他命令其中一个机器人保护家人，另外两个机器人则和Y城的士兵一起负责防御。

三个机器人恭敬应命。

虽然它们的智能程序低级，需要人做出准确的指令才去行动。不过，比之前的智能战机强很多。

“小峰。”

“哥。”

罗洪国等人都震惊了。

“爸、弟弟，你们带着其他人马上上楼，一旦发现危险，就躲进重力室。”罗峰道。

而后，罗峰迅速飞出了明月小区。

天蒙蒙亮，整个Y城沸腾起来，参军的青年们堵塞了街道，军队随处可见。

高空中。

罗峰脚踏遁天梭，迅速飞向东方。

“可惜，那三个机器人都是X81型飞船上的维修机器人。”罗峰的识海中响起巴巴塔的声音，“它们的攻击力恐怕都比不上你。”

“流银护卫修好了吗？飞船上的武器改造得怎么样了？”罗峰问道。

“流银护卫使用的是C级能晶，早消耗光了。数十万年了，它们需要维修一下，估计三天内能搞定。至于武器，我已经将X81型飞船上最厉害的单体攻击武器激光炮给拆卸下来了，正在改造中。”巴巴塔说道，“流银护卫需要的能晶我这里也有储备。”

罗峰长舒一口气。

照巴巴塔所说，那种激光炮是非常厉害的兵器，理论上，其威力很大，没什么怪兽可以抵挡得住。传说中的一些顶尖的激光兵器甚至能威胁到界主级强者。

“这激光炮的威力怎么样？”罗峰问道。

“可以击杀恒星级六阶武者。”巴巴塔回道，“恒星级六阶武者比恒星级一阶怪兽要强得多，就算它是星空巨兽，也绝对抵挡不住激光炮的攻击。”

罗峰听了，顿时放下心来。

巴巴塔虽然脾气像小孩子，但是不会乱说话。

“不过，我需要时间改造激光炮。”巴巴塔道。

“你想想办法，越快越好。”罗峰道。

“我即便竭尽全力，估计也需要28—30个小时。”巴巴塔道。

罗峰思索起来。

巴巴塔需要一天多的时间，C国的损失可能很大，但应该不会到破城的地步，除非那头金角巨兽突然出现在C国。

“嗖！”罗峰用意念和巴巴塔交谈，飞行速度丝毫不减，疾速朝东南军区方向赶去。

C国，J基地市，总指挥部。

屏幕上正播放着卫星跟踪到的两个画面，一个画面是6头体形庞大的王级怪兽飞向东南军区，另一个画面是身穿血红色战甲的罗峰脚踏遁天梭，飞向东南军区。

“罗峰现在已经飞往东南军区。”贾谊说道。

“嗯！待会儿将罗峰和怪兽战斗的场景进行全国直播。”一名消瘦老者下令。

“老周！”贾谊惊讶地看着老者。

周姓老者沉声道：“贾谊，你说过，王级怪兽也有强有弱。议员强者和王级怪兽战斗，都有可能丧命。现在正值生死存亡时刻，我们需要议员强者抛头颅洒热血，这个时候，应该让他们看看同胞与怪兽奋战的场景，激起他们的斗志。”

总指挥部的领导人都是精英，一点就通，想让议员强者拼命，只能靠议员们自愿，国家是没办法强迫他们的。而要想让他们去和怪兽拼命，就得激起他们的斗志。

顿时，C国的电视直播瞬间切换画面。

“东南军区危急，东南军区危急。现在有6头王级海域怪兽朝东南军区的方向飞去……”

解说员说着，这个画面出现在C国每一台电视机的屏幕上。

那6头王级怪兽身形庞大，面孔极为狰狞。一头长蛇怪兽全身青黑色，腹部呈紫色，身长近200米；一头震山鲸王怪兽在空中疾行，宛若巨型核潜艇；一头双眸泛着诡异红光的青鳞长龙怪兽，正是名气极大的东海青龙；一头近乎透明的巨大水母王怪兽，触手有好几百米长……

每一头怪兽都无比强大，特别是东海青龙和水母王，就连贾谊都不敢轻易招惹。

C国老百姓看到这一幕，都惊呆了。

他们哪里见过这么可怕的怪兽啊？

旁边的解说员继续说着卫星探测到的情况。

“之前吞噬兽肆虐整个地球，将所有军区和战争基地的激光炮全部毁掉了。如今6头王级怪兽袭向东南军区，东南军区的人正在分批撤退，可是他们撤退的速度远远比不上王级怪兽的飞行速度，王级怪兽的飞行速度达到820米/秒。”

电视机前的老百姓都担心起来。

而后，电视机屏幕瞬间切换到另外一幕。一个身穿血红色战甲的青年脚踏遁天梭，疾速朝东南军区飞行。

顿时，老百姓们都激动起来。

“罗峰议员现在正以最快的速度飞向东南军区。数据显示，罗峰议员现在的飞行速度达到5610米/秒。我没看错，天哪！他的速度达到了16.5倍音速。”解说员很是震惊。

别说解说员震惊了，就连看到直播的所有行星级强者都震惊了。

论飞行速度，恐怕洪和雷神都比不上罗峰。

“追上了！罗峰议员追上了！”

屏幕上出现了罗峰和那6头王级怪兽。

相较于那无比庞大的6头王级怪兽，罗峰渺小如蚂蚁。看到这样的场景，所有观看直播的人都紧张起来。

忽然，那巨大的水母王怪兽喷出能够辐射数千米范围的青色雾气。

那是毒气？！

解说员说这是水母王怪兽放出的毒气，并且介绍了水母王怪兽的相关信息，让所有人惊讶不已。

水母王怪兽可是地球上极毒的几种怪兽之一。

“怎么了？”

“怎么回事？在毒气的侵袭下，罗峰议员怎么样了？”

所有人的心都揪了起来。

“罗峰。”徐欣身体颤抖。

“罗峰。”罗峰好友魏文盯着街道上的大屏幕，紧张不已。

罗峰脚踏遁天梭，精神念力在周围形成护罩。精神念力护罩的韧性极强，密封性很强，根本不给毒气一点渗透的机会。

“杀一头王级怪兽，就是救下十万乃至上百万同胞的性命。”罗峰看着朝自己迅速冲过来的6头王级怪兽，目露杀气，“你们都去死吧！”

“轰！”罗峰猛地一甩右手中的弧刀盘。

“噗！”弧刀盘竟然化为巨大的金色弧形刀刃，疯狂地飞舞起来。

首先遭到袭击的就是以用毒出名的水母王怪兽，那柔韧十足的躯体被罗峰控制的弧刀盘击中，当场丧命。

那三角脑袋怪兽的甲壳也被弧刀盘击中，瞬间没了气息。

弧刀盘比遁天梭的攻击力还要更强一点。

6头王级怪兽中，东海青龙怪兽是比较厉害的，却依旧挡不住罗峰的弧刀盘。紧接着，另外三头王级怪兽接连丧命。

C国。

人们都紧紧地盯着屏幕，很是紧张。之前看到关于吞噬兽的视频，人们都很是恐慌，所有人都期盼着能够取得一场胜利，让大家有一点生存的希望。

屏幕上。

毒气很快散开，只见罗峰脚踏遁天梭，悬浮在半空中。

而后，罗峰一招手，远处足足有数十米长，泛着金色刀芒的弧刀盘飞到他的手里。

“赢了！”

“我们赢了！”

“怪兽都被罗峰给杀了。”

这一刻，不少人都喜极而泣。

终于有了一点好消息。

“罗峰议员太厉害了！”

“罗峰议员的飞行速度可是达到16.5倍音速。”

“有罗峰议员在，我们一定会赢的。”

这一刻，很多人都记住了罗峰这个名字。

“中南军区情况危急，现在姚威武议员正迅速赶去支援。”

屏幕上切换到另外一个场景。

罗峰的实力的确很强，但是他毕竟只是一个人，没办法同一时刻在两个地方战斗。

祖国大地，烽烟处处。

在这个人类生死存亡的时刻，一位位议员强者站了出来。

一个个过去不为人知的名字被无数人知晓，这一刻，罗峰、朱喜、姚威武是人类社会中的超级强者，是极其耀眼的存在。

第243章

境界

1月24日，这注定是疯狂的一天。

在人类居住的各个地方，无数海域怪兽正沿着河道前行，因为距离较远，大多都没抵达基地市。然而，王级怪兽和行星级强者已经展开了巅峰对决。

各国和各个基地市不约而同地转了全国直播。

每发生一场战斗，就令无数人牵挂。

看到如此热血沸腾的场面，一些原本迟疑的议员强者都站了出来。

王级怪兽中有强有弱，弱的堪比行星级一阶强者，强的则堪比行星级三四阶强者，而人类的行星级强者唯一的优势是——拥有黑神套装，这令行星级强者的死亡率比王级怪兽的低。

可是，死亡率再低，还是有议员强者殒身，毕竟怪兽有一个最大的优势，那就是数量很大。陆地上的王级怪兽就比议员强者多得多，海域中的王级怪兽数量更是多得惊人。

行星级强者大概有90人，然而，仅仅1月24日这一天，从海洋中飞出来的王级怪兽就达到903头。

人类和怪兽两大种群的巅峰大对决开始了。

许多神秘强者为全球无数人知晓。

罗峰、默汉德森、伊斯特……

一个个名字都极为耀眼，其中最耀眼的当数罗峰。罗峰一人斩杀6头王级怪兽后，就迅速穿行于C国各地。

其他行星级强者和王级怪兽厮杀时，很是艰险，有时候不敌，还得逃命。可是，罗峰不一样，他出马就是一个结果——胜利。

下午3点，死在罗峰手上的王级怪兽就有37头。要知道，C国其他行星级强者杀的王级怪兽全部加起来都没有罗峰杀的一半多，至此，罗峰名声大震。

一时间，C国和转播战斗视频的其他国家的无数人都非常崇拜罗峰。

罗峰杀了37头王级怪兽，对人类而言是莫大的鼓舞。对海域怪兽一方而言是巨大的灾难，它们无比气愤。此事惹怒了海域怪兽中的两大皇者之一——八爪兽皇。

八爪兽皇跟当初雾岛的兽皇不一样，雾岛的兽皇纯粹是吃木伢晶而成长起来的，而八爪兽皇和雷龙皇是经过一次次战斗逐渐成长起来的，实力要强得多。

离J基地市120多公里外的地方的半空中。

一场大战正在进行，其中一方是八爪兽皇，这八爪兽皇的体形极大，比雾岛那个兽皇还要大得多。相较于雾岛兽皇的触手，它的更粗壮。

战斗的另外一方是罗峰。

“罗峰议员的速度非常快！”

“危险！”

各国都在直播，因为战斗速度实在太快，根本来不及详细解说。

“你竟然小瞧我！你很怕雷神和洪，就是不怕我？”

罗峰一招手，一道金色弧形刀光落到手上，变回弧刀盘。

罗峰得到消息，金角巨兽破坏地球的时候，经过洪宁基地市，攻击了极限武馆总部，欲杀死两大强者——洪和雷神。

估计是那两个兽皇告诉金角巨兽，人类中最难缠的就是洪和雷神。

不过，金角巨兽并没有成功。

洪和雷神躲在极限武馆总部的修炼室中，逃过了一劫。

那星际运输舰本来就很结实，恒星级一阶的金角巨兽要破坏是不可能的，更别说要透过星际运输舰的外壳，攻击内部最牢固的修炼室了。

此外，星际运输舰超过万米长，重量是以亿吨为单位的。金角巨兽想要吞噬这么大的玩意儿，也是不可能的。

“本想迅速解决你，没想到你的防御力这么强，那就慢一点对付你。”罗峰眼中涌现出杀气，“去死吧！”

话落，他手中的弧刀盘再一次挥出，只见弧刀盘上的弧形刀刃迅速组合并收拢，最后竟然变成只有一米长、薄如蝉翼的弧形金色弯刀。

“唰！”弧形金色弯刀一闪，直接切中八爪兽皇的脑袋。

“嗷呜——”八爪兽皇发出刺耳的叫声。

“哗啦啦——”毒液猛地喷射出来。

全世界屏幕前的人们屏息看着。

当罗峰完全被黑色毒液笼罩时，屏幕前的人都很是揪心。

除了吞噬兽外，海域怪兽中最强的是两大兽皇，一个是八爪兽皇，一个是雷龙皇。雷龙皇以速度、雷电、力量见长，八爪兽皇则以防御、再生能力、毒液、攻击之力见长。

论毒液，八爪兽皇排第一。

“嗷呜——”八爪兽皇忽然发出痛苦的叫声。

那八个粗长的触手疯狂地甩动，巨大的脑袋不断地摇晃。那双大眼睛满是痛苦。

紧接着，八爪兽皇的触手无力地垂落下来，庞大的身躯迅速下坠。

“轰隆隆！”

八爪兽皇庞大的身体砸在下方荒野区的地面上，令整个大地都震动起来。

八爪兽皇终于死了。

而罗峰脚踏遁天梭，从毒液笼罩的区域中飞了出来，看了看地面上的八爪兽皇的尸身。

顿时，屏幕前的人都激动万分。

罗峰却很是平静。

“这八爪兽皇真是找死啊！”罗峰的护腕智能虚拟空间中，巴巴塔手里拿着苹果，不屑地道，“洪和雷神躲起来，它就以为自己无敌了。罗峰，你现在的实力比雷神都要强一点，收拾它还不是小菜一碟。”

说完，巴巴塔咬了一口苹果。

对于现如今的罗峰而言，杀行星级六阶的兽皇的确轻而易举，使用弧刀盘即可。

一旦使出赤混铜母残片，罗峰的攻击力可是堪比洪的。

那些行星级强者看到罗峰杀了八爪兽皇，很是震惊。

这么多年来，洪和雷神都拿海域中这两个兽皇没办法，而罗峰的修为刚踏入行星级，就轻而易举地杀了八爪兽皇，实力几乎可和洪、雷神媲美。

洪宁基地市，极限武馆总部。

星际运输战舰的外表虽有些伤痕，但内部没有受到丝毫损伤。

修炼室。

洪赤着脚，盘膝静坐，雷神坐在他的对面。

“罗峰不愧是精神念师天才，实力竟然增长得这么快。”洪睁开眼睛，目光平和，“现在，他是地球上的第一精神念师，跟二弟相比，实力估计相差无几。”

“也好。”雷神点点头。

“地球上能有这样的天才，我即便死了，也能安心了。”洪淡淡地道。

忽然，修炼室中隐隐产生了道道电光。

洪的脸上露出惊色。

盘膝静坐的雷神表情虽然平静，但是他的身体周围渐渐出现道道电光，仅仅片刻，整个修炼室都变成了雷电领域。

雷睁开眼睛，双眸隐现雷电，嘴角露出一丝笑容。

“洪哥！”雷神缓缓地说道，“I国有至高的‘天人合一’境界，我们C国有内家拳的‘人神合一’圆满之境，超越此等境界，就能踏入领域之境了。”

“恭喜你。”洪笑着说道。

洪本身精通C国的内家拳，雷神则是兼修两家，地球上的一些秘籍正是根据一些古老拳术，并结合现如今人的力量所创造出来的。或许，力量要强得多，可是，在境界上，洪和雷神一直受益于地球的古老文化。

天人合一、人神合一、人剑合一、太极圆满等等，都是古老文化的高层次描述。

在这之上，就是领域了。

“洪哥，你我兄弟数十年出生入死，这一次我岂能退却？”雷神定定地看着洪。

洪看着雷神，仿佛看到大涅槃时期，他们在生死边缘战斗的场景。

“好，一起去。”洪微微点头。

“一起去。”雷神露出了笑容。

第244章

洪和雷神

“洪哥。”雷神微微一笑，“难怪过去我怎么都不是你的对手，原来是这样。”

洪也笑了。

即便在茫茫宇宙中，领域也算得上是很高的境界了，就连宇宙级强者都不一定拥有自己的领域。

“二弟。”洪看着雷神，缓缓地道，“吞噬兽发狂了一夜，现在已经进入海底休息了。我们要和它生死一战，也得等到它从海中出来。现在我就将自己对领域的一些感悟和运用方法告诉你。”

雷神点点头。

踏入领域之境，他才清楚领域之境深不可测。他只是刚刚踏入领域之境，而洪已踏入领域之境数十年了，比他强多了。

当洪将领域之境的一些经验和运用方法传授给雷神的时候，人类和海域怪兽的战争进入了新的阶段。

C国，JN基地市上空。

“抵达目的地。”一架飞碟形战机出现在一条宽阔的大江上空。

大江中，怪兽密密麻麻的，不计其数。

无数海域怪兽沿着大江不断地前行。

“投放12号药液。”

“是！”飞碟形战机机腹突然出现一个窟窿，一些青色和红色混杂的液体从窟窿中流了出来，流入下方的江中。

飞碟形战机迅速沿着江河飞行，药液不断地落下，流进下方的江中。

仅仅几秒钟——

“嗷呜——”

“嘎——”

各种各样的叫声响起。

下面的大江一下子沸腾了。

一些怪兽跃出水面，一些怪兽则疯狂地朝四周胡乱攻击着。

可是，仅仅片刻，江面就平静了下来，游动的水域怪兽似乎一下子少了很多。

C国，Y城，指挥部。

罗峰正跟撤退下来的李达威司令在一起。

“浑蛋！”李达威脸色铁青。

“怎么了？”罗峰问道。

“海域怪兽沿着江河进入了内陆。按照我们的计划，当大量海域怪兽充斥大江的时候，我们就将毒液洒入江中，尽量将更多的水域怪兽给毒死。此举有两个好处，一是可以毒死大量怪兽，二是大量怪兽的尸身在江中有堵塞效果。可是，效果没我们想象的好。”李达威眉头一皱。

“新研制的12号毒液竟然只是对爬行类的海域怪兽有较好的杀伤力，而对腔肠类、棘皮类怪兽等等的杀伤力一般。”李达威摇摇头。

罗峰点点头。

虽然自己杀死了一个兽皇，但是对整个大局没有很大影响。最具威胁性的还是金角巨兽。

“海域怪兽我们不怕，王级怪兽我们也不怕。”李达威沉声说道，“数十年来，我们不断地加固、改造基地市，和海域怪兽拼命，这都不算什么。真正让我们害怕的是吞噬兽，目前没有任何一个人或者基地市能阻拦吞噬兽！”

这两天，李达威的头发都愁白了。

1月25日，凌晨5点15分。

罗峰坐在电脑前，看着屏幕上的一则则消息。

白天，人类和怪兽发生了巅峰对决，怪兽一方损失惨重，特别是八爪兽皇丧命，它的死把王级怪兽们都吓住了，再不敢那么嚣张了。

因而，罗峰稍稍闲了下来。

他的身体放松了，心中却越加紧张。

“昨天凌晨，金角巨兽进入海底休息了，不知道什么时候会出来。”罗峰心中焦急，“巴巴塔，激光炮准备好了吗？”

“罗峰，别急，别急，快了，快了。”巴巴塔连声说道。

罗峰深吸一口气，强忍急躁的情绪。

他转头看向窗外，天还是黑的。

“什么时候能出现黎明？”罗峰喃喃道。

“嗡！”

罗峰猛地低头，手腕上的通信手表振动起来，是馆主洪打来的。

“喂。”罗峰接通了电话。

“罗峰，你马上进入虚拟空间的战神宫。”洪直接说道，“我有重要事情要宣布。”

“好的。”罗峰应道。

“罗峰，你的实力进步不小。”洪不由得夸赞了一声，“好好努力。”

说完，就结束了通话。

战神宫。

“唰！”一身金袍的罗峰突地出现在宽敞的房间中。

“不知道馆主这么着急召集战神们干什么。”罗峰心中疑惑。

他离开房间后，就迅速前往顶楼的会议厅。

一路上，遇到了一些战神朋友。

“罗峰，你好。”一名白人打招呼。

“特伦斯。”罗峰和此人并肩行走，“你们国家的情况怎么样？”

“很糟糕，已经有三个基地市和海域怪兽发生战斗了。”特伦斯摇摇头，又道，“半天内，估计我们国家的六个基地市都将会和海域怪兽进行战斗。”

罗峰点点头。

全世界的局势都很糟糕，最糟糕的当属A国，毕竟A国是最先遭到金角巨兽破坏的国家。据罗峰得到的消息，估计2个小时内，JN基地市就要和怪兽真正战斗了。

会议厅中的人渐渐多了起来。

“各位！”

坐在最上面的是洪和雷神。

“在这个关键时刻，我召集各位来，是有重要事情要宣布。”洪的目光冷厉，“相信大家都知道了，那吞噬兽突然出现，令地球上的所有人类陷入了前所未有的困境，不杀死它，人类很可能会灭亡。”

下方所有人沉默。

罗峰看了看周围，所有人的脸色都不好看。

“吞噬兽是宇宙中的星空巨兽，成长速度非常快。今天我们对付不了它，还能躲在飞船等地方，逃过一时。可是，吞噬兽变得更加强大的时候，我们将无处可逃。”洪神情凝重。

罗峰暗暗点头。

他也赞同这一点。

吞噬兽的血统是星空巨兽中的极强血统之一，成长到最后，可是能成界主级的。

“所以，我们必须杀了它。”洪说着，气势陡然变得凌厉。

“它必须死。”旁边的雷神也冷冷地道。

“第一议长，我们知道必须要杀死它，可是，连1.5亿吨当量的氢弹都没能杀死它，我们还能有什么办法？”一名头发花白的老者急切地道。

一位议员强者附和道：“是啊！最强的激光炮在它身上都没有留下一点痕迹，它太强了，我们一点办法都没有啊！”

洪站了起来，环顾所有人。

“我有儿子、女儿，我不是一个好父亲，我的精力都放在了武道上，我很少关心他们。可是，我不想我的孩子未来没有希望，我相信你们也是这么想的。

“极限武馆有一艘巨型飞船，连吞噬兽都暂时奈何不得，我完全可以将我的孩子送进去，让他们躲在里面。可是，我心里很清楚，一旦吞噬兽成长到宇宙级，整个地球将没有任何一个地方是安全的。”

此话震慑住了在场的所有人，包括罗峰。

“我和雷神决定，我们联手拼死一战，击杀吞噬兽！”洪毅然决然地道。

“没错！我们拼死也要击杀吞噬兽！”旁边的雷神站了起来。

会议厅中一片寂静。

“馆主！”柳河急切地出声。

“馆主！”洪的亲卫妖娆也开口了。

8个强者同时站了起来，显得很是着急。

“我已经做了决定，你们不必劝阻。”洪平静地道。

“第一议长、第二议长，你们有把握吗？”

“第一议长、第二议长，三思啊，去送死是不值得的！”

“如果此次我们抵挡不住怪兽的袭击，还得靠你们这两大超级强者保护幸存的人啊。”

不少人都劝阻道。

洪微微摇头，道：“吞噬兽不死，地球上就没有幸存者。”

这一句话让在场不少人流下了眼泪。

他们心中都很是绝望。

罗峰神色黯然。

洪说的没错。如果不是有懂得维修、组装、驾驶飞船的巴巴塔在，就算他拥有一艘X81型飞船，也不能乘着飞船逃离。

“巴巴塔。”罗峰用意念呼喊。

“有事吗？”巴巴塔问道。

“激光炮好了吗？”

“还需要1个小时。”

“激光炮能一炮就击杀吞噬兽吗？”罗峰问道。

“放心，这可是黑龙山X81型飞船上的最强武器，绝对能一炮轰杀吞噬兽。此次，它必死无疑。”巴巴塔很有自信。

“很好。”罗峰点点头。

他看着会议厅中绝望的各国精英们，还有准备牺牲的洪和雷神。

“各位！”罗峰响亮的声音在会议厅中响起。

所有人都安静下来，包括洪和雷神都看了过来。

“我有把握击杀吞噬兽。”罗峰郑重地道。

（本册完）

更多精彩尽在《吞噬星空 典藏版6》！